एलिस मनरो

2013 के नोबेल पुरस्कार से सम्मानित लेखक एलिस मनरो का जन्म 10 जुलाई, 1931 को ओन्टारियो, कनाडा में हुआ। उन्होंने द यूनिवर्सिटी ऑफ वेस्टर्न ओन्टारियो, कनाडा से शिक्षा प्राप्त की।

उनकी प्रमुख कृतियाँ हैं—'डांस ऑफ द हैप्पी शेड्स', 'लाईव्स ऑफ गर्ल्स ऐंड वीमेन', 'समिंथग आई हैव बीन मीनिंग टू टेल यू', 'हू डू यू थिंक यू आर?', 'द लव ऑफ ए गुड वूमन', 'द बेगर मेड', 'द प्रोग्रेस ऑफ लव', 'द मून्स ऑफ जुपिटर', 'टू मच हैप्पीनेस', 'डियर लाईफ' आदि।

उन्हें 2013 में नोबेल पुरस्कार, तीन बार गवर्नर जनरल लिटरेरी पुरस्कार, ट्रीलियन बुक पुरस्कार, पेन सम्मान, गिलर पुरस्कार, ओ. हेनरी पुरस्कार, 2009 के अन्तरराष्ट्रीय मैन बुकर सम्मान से सम्मानित किया गया है।

आनन्द

आनन्द ब्रॉडकास्ट तथा प्रिंट मीडिया पत्रकार रहे हैं। वे कैनेडियन साहित्य के हिन्दी में पहले अनुवादक हैं। उन्होंने यशपाल की अनेक महत्त्वपूर्ण कृतियों के अंग्रेज़ी तथा फ्रेंच में अनुवाद किए हैं।

बेलगाम

एलिस मनरो

अनुवाद
आनन्द

राजकमल पेपरबैक्स

Published in Original English as RUNAWAY

We acknowledge the support of the **Canada Council for the Arts** for this translation.

राजकमल पेपरबैक्स में
पहला संस्करण : 2022

राजकमल पेपरबैक्स : उत्कृष्ट साहित्य के जनसुलभ संस्करण

राजकमल प्रकाशन प्रा.लि.
1-बी, नेताजी सुभाष मार्ग, दरियागंज
नई दिल्ली-110 002
द्वारा प्रकाशित

शाखाएँ : अशोक राजपथ, साइंस कॉलेज के सामने, पटना-800 006
पहली मंजिल, दरबारी बिल्डिंग, महात्मा गांधी मार्ग, प्रयागराज-211 001
36 ए, शेक्सपियर सरणी, कोलकाता-700 017
वेबसाइट : www.rajkamalprakashan.com
ई-मेल : info@rajkamalprakashan.com

बी.के. ऑफसेट
नवीन शाहदरा, दिल्ली-110 032
द्वारा मुद्रित

मूल्य : ₹250

BELAGAM
Stories by Alice Munro
Translated by Anand

ISBN : 978-93-90971-77-0

क्रम

बेलगाम

बहुत दिन नहीं हुए, ग्रेस ओटावा घाटी में ट्रैवर्स परिवार का ग्रीष्मकालीन घर खोजने गई थी। वह कई वर्षों से घाटी के इस भाग में नहीं आई थी और वहाँ इस बीच कुछ परिवर्तन अवश्य हुए थे। हाइवे 7 पहले जिन कस्बों के बीच से गुज़रता था, अब उनकी बगल से होकर निकल जाता था और उन जगहों पर सीधा हो गया था, जहाँ ग्रेस की याद में पहले मोड़ थे। कैनेडियन शील्ड के इस भाग में तमाम छोटी-छोटी झीलें हैं जिन्हें सामान्य मानचित्रों में दिखाने की जगह नहीं होती है। लिटल साबोट झील को ढूँढ़ लेने पर, या ऐसा लगने पर कि उसने ढूँढ़ लिया था, उसने देखा कि देहात की एक सड़क से निकली कई सड़कें वहाँ तक जाती थीं। एक सड़क पर निगाह जमाने पर देखा कि उसे काटती कई पक्की सड़कें थीं जिनके नाम उसके लिए अपरिचित थे। चालीस साल पहले जब वह यहाँ आई थी, तब सड़कों के नाम नहीं थे और न ही वे पक्की थीं। बस एक कच्ची सड़क झील तक जाती और एक ऊबड़-खाबड़ सड़क झील के किनारे-किनारे।

अब वहाँ एक गाँव बस गया था। या आबादी-सी कहिए, क्योंकि उसे वहाँ न तो कोई डाकघर दिखाई दिया न घरेलू सामान की कोई मामूली-सी भी दुकान। झील के किनारे बस्ती चार-पाँच सड़कों में बँटकर बसी थी और छोटे-छोटे भूखंडों पर छोटे-छोटे घर पास-पास बने हुए थे। उनमें कुछ की खिड़कियों पर आती हुई शीत ऋतु को ध्यान में रखकर तख़्ते मढ़ दिए गए थे जिनमें लोग नि:सन्देह केवल गर्मियों में रहते थे। लेकिन दूसरों में लोग स्पष्टत: वर्षपर्यन्त रहते थे। इन घरों के पिछवाड़े प्लास्टिक का बना जिमनास्टिक का सामान, चूल्हे, कसरती साइकिलें और मोटर साइकिलें फैली थीं और मेज़ें थीं जिन पर बैठे लोग खाना खा रहे थे, बीयर पी रहे थे। सितम्बर के इन दिनों अभी भी गर्मी थी। कुछ घरों में जहाँ खिड़कियों पर पर्दों की जगह झंडे टँगे थे या अल्युमिनियम की पत्तरें लगी थीं, शायद छात्र रहते थे या इक्का-दुक्का अधेड़

हिप्पी। सब मिलाकर सस्ते, छोटे, सुथरे घर, कुछ शीतकालीन रिहाइश के लिए उपयुक्त, कुछ नहीं।

ग्रेस ने लौट जाने का निर्णय कर लिया होता यदि उसे वह अष्टकोणीय घर न दिख गया होता, जिसकी छत के किनारे नक्काशी किए हुए थे और हर दूसरी दीवार में दरवाज़ा था। वुड्स परिवार का घर। उसकी याद में उसमें हमेशा आठ दरवाज़े थे लेकिन अब लग रहा था कि चार ही हैं। उसने कभी भीतर जाकर नहीं देखा था कि घर को कमरों में बाँटा गया था तो कैसे। उसके विचार में ट्रैवर्स परिवार का कोई व्यक्ति भी कभी इस घर के भीतर नहीं गया था। पहले यह घर बड़ी-बड़ी झाड़ियों से घिरा था और पोपलर वृक्षों से जिनके झिलमिलाते पत्ते सदा झील से आती हवा में सरसराते रहते थे। श्री और श्रीमती वुड्स बूढ़े हो गए थे—जैसे अब ग्रेस हो गई थी—और लगता था उनके यहाँ कोई आता-जाता नहीं था; न कोई मित्र, न उनके बच्चे। उनका कभी निराला लगता घर अब कुछ अजीब और उजाड़ लगता था। घर के दोनों तरफ़ बने मकानों के बाहर कपड़े सूख रहे थे, खिलौने और मोटरों के अस्थिपिंजर बिखरे थे और बहुत ऊँचे स्वर में संगीत बज रहा था। एक-चौथाई मील आगे इसी सड़क के किनारे ट्रैवर्स परिवार के घर का भी यही हाल था। सड़क वहीं समाप्त हो जाने के बजाय अब और आगे तक जाती थी और दोनों तरफ़ बने मकान उस घर के चतुर्दिक बरामदों से कुछ ही फ़ीट दूर थे।

ग्रेस ने इस शैली में बना यह पहला घर देखा था—एक मंज़िला, छत सीधी चारों तरफ़ के बरामदों तक आती हुई। बाद में उसने ऑस्ट्रेलिया में ऐसे कई घर देखे थे जिन्हें देखकर बहुत गर्मी वाला मौसम याद आने लगता था।

पहले आप बरामदे से एक कच्चे रास्ते से होकर ट्रैवर्स परिवार की ही मिल्कियत, खर-पतवार और जंगली स्ट्रॉबेरी से भरा एक रेतीली ज़मीन का टुकड़ा पार कर सीधे झील में कूद या कहिए चलकर जा सकते थे। अब उस रास्ते में यहाँ बन गए दो कारों के ग़ैराज वाले बड़े-बड़े मकानों के कारण झील को देख पाना मुश्किल था।

जब ग्रेस इस अभियान पर निकली थी तो वास्तव में क्या खोज रही थी? सबसे दुःखद शायद होता वह मिल जाना जिसकी उसे आशा थी। जाली लगी खिड़कियों वाला आशियाना, सामने झील, पीछे मेपल, देवदार और दूसरे पेड़ों का झुरमुट। सब कुछ पहले जैसा, परिरक्षित, जबकि उसके अपने बारे में ऐसा नहीं कहा जा सकता था। कुछ परिवर्तन या ह्रास दिखाई देना, जैसा कि ट्रैवर्स परिवार के घर में छत पर जोड़ी गई खिड़कियों और नीले रंग से पुताई के बाद हुआ था, शायद अन्ततः कम दुखदायी होता।

और अगर आप सब कुछ बदला हुआ पाएँ तो? आप कुछ परेशान ज़रूर होंगे। अगर कोई संगी-साथी है तो उसके सामने अपना दुखड़ा रोएँगे। पर क्या

आपको एक राहत महसूस नहीं होगी, कि अच्छी-बुरी यादें, सब गिले-शिकवे एक साथ ग़ायब हो गए?

ट्रैवर्स साहब ने यह घर श्रीमती ट्रैवर्स को शादी के तोहफे स्वरूप देने के लिए बनाया था, यानी बनवाया था। घर बने तीस साल हो चुके जब ग्रेस ने इसे पहली बार देखा था। श्रीमती ट्रैवर्स के बच्चों की आयु में काफ़ी अन्तर था—ग्रेचेन अट्ठाईस या उनतीस साल की थी, शादीशुदा और बच्चों वाली, और मॉरी इक्कीस साल का, कॉलेज के अन्तिम वर्ष में। एक लड़का नील था, तीसवें दशक के मध्य में। लेकिन नील ट्रैवर्स नहीं था, वह नील बरो था। श्रीमती ट्रैवर्स के पहले पति मर चुके थे। उन्होंने सेक्रेटरी ट्रेनिंग कॉलेज में व्यावसायिक अंग्रेज़ी पढ़ाकर जीविका कमाई थी और लड़का पाला था। ट्रैवर्स साहब जब अपनी पत्नी से मिलने के पहले वर्षों की बात करते तो कहते कि वह समय उनकी पत्नी के लिए कोई सज़ा भुगतने जैसा था। और यह कि उसकी क्षतिपूर्ति कमोबेश अब आरामदेह ज़िन्दगी हो सकती है जो वे पत्नी को ख़ुशी से दे सकते थे।

श्रीमती ट्रैवर्स ख़ुद अपने बारे में ऐसी बात नहीं करती थीं। वे पेमब्रोक नगर में रेलवे लाइन के पास एक पुराने पर बड़े घर में नील के साथ रहा करती थीं जिसे बाद में तोड़कर अपार्टमेंट बना दिए गए थे। खाने की मेज़ पर बातचीत के समय वे उस इमारत और अपने साथी किरायेदारों की कहानियाँ सुनाती थीं और फ्रेंच-कैनेडियन मकान मालिक की कर्कश फ्रांसीसी और अटपटी अंग्रेज़ी की नक़ल उतारती थीं। उनकी कहानियों के शीर्षक जेम्स थरबर की कहानियों जैसे होते थे जिन्हें ग्रेस ने अमेरिकन हास्य कथा संग्रह में पढ़ा था। यह पुस्तक उसकी दसवीं की कक्षा में पीछे रखी पुस्तकों की आलमारी में थी। (उसी आलमारी में "द लास्ट ऑफ़ द बैरन्स" और "टू इयर्स बिफ़ोर द मास्ट" पुस्तकें भी थीं।)

उदाहरणत: "जिस रात बूढ़ी श्रीमती कोमार्टी छत पर चढ़ गई।"

"डाकिये का कुमारी फ़्लावर्स से प्रणय निवेदन।"

"सार्डीन मछली खाने वाला कुत्ता।"

ट्रैवर्स साहब कहानियाँ कभी नहीं सुनाते और बातें भी कम ही करते थे। अगर वे आपको कभी कमरे में लगी शिलाखंडों से मढ़ी फ़ायरप्लेस (अँगीठी) की तरफ़ देखते पाते तो पूछ लेते थे, "क्या आपको ऐसे पत्थरों में रुचि है?" फिर वह बताते कि उनमें से प्रत्येक कहाँ से आया था। और कैसे उन्होंने वह गुलाबी ग्रैनिट का खंड खोज निकाला था जैसा एक सड़क के किनारे लगा देखकर श्रीमती ट्रैवर्स गदगद हो गई थीं। या वे आपको ख़ुद बनाई मामूली क़िस्म की चीज़ें दिखाते—आलमारी जिसके पल्ले रसोई की ओर खुलते थे, खिड़कियों के नीचे बनी सामान रखने की जगहें। वे लम्बी और कुछ झुकी हुई काठी के थे, आवाज़ कोमल और बचे-खुचे

बाल चाँद पर कंघी से फैलाए हुए थे। झील में जाते समय पानी में चलने के उपयुक्त जूते पहने रहते थे। सामान्य कपड़ों में मोटे नहीं लगते थे, पर तैराकी के जाँघिये में पेट पर मांस की एक परत लटकी दिखाई देती थी।

उस साल की गर्मियों में ग्रेस ने लिटल साबोट झील के उत्तर में स्थित बेलीज़ फ़ाल्स के एक होटल में काम किया था। मौसम के शुरू में एक दिन ट्रैवर्स परिवार वहाँ खाना खाने आया था। उस रात भीड़ थी और उनकी मेज़ ग्रेस की देख-रेख में नहीं थी इसलिए उनकी ओर उसका ध्यान नहीं गया था। जब वह नए ग्राहकों के लिए मेज़ सजा रही थी तो उसे लगा कोई उससे बात करने के लिए पास खड़ा इन्तज़ार कर रहा था।

वह मॉरी था। उसने ऊँची आवाज़ में कहा, "तुम कभी मेरे साथ घूमने जाना पसन्द करोगी?"

काँटे-छुरियाँ लगाने में व्यस्त ग्रेस बमुश्किल ऊपर देख पाई। मॉरी कुछ घबराया-सा खड़ा था जैसे उससे यह बात किसी दबाव में कहलाई जा रही हो। ग्रेस ने पूछा, "क्या यह 'हिम्मत' दिखाने वाली बात है?"

लोगों को पता था कि आस-पास रहने वाले युवक कभी-कभी एक-दूसरे को रेस्तराँ में काम करने वाली युवतियों को घूमने ले जाने का निमंत्रण देने की 'हिम्मत' दिखाने का खेल करते थे। यह पूर्णत: मज़ाक़ नहीं था। यदि कोई युवती मान जाए तो वह घुमाने ले भी जाते थे, हालाँकि वे कभी सिनेमा दिखाने या कॉफ़ी पिलाने न ले जाकर सिर्फ़ गाड़ी कहीं पार्क करके ख़ुराफ़ात करना चाहते थे। इसलिए किसी युवती के लिए ऐसा निमंत्रण कुछ शर्म की बात भी मानी जाती थी।

"क्या?" मॉरी ने कहा। उसकी आवाज़ में कसाव-सा सुन ग्रेस ने हाथ रोक उसकी ओर देखा। उसे लगा कि उसने उस एक क्षण में मॉरी का पूरा व्यक्तित्व, मॉरी की असलियत को देख लिया। कुछ डरा-सा, कुछ उग्र। मासूम-सा लेकिन दृढ़ प्रतिज्ञ।

"ठीक है।" ग्रेस ने कहा। उसका मतलब रहा होगा कि ठीक है, शान्त हो जाओ, मैं जानती हूँ यह हिम्मत दिखाने का खेल नहीं है, मैं जानती हूँ तुम ऐसा नहीं करोगे। या ठीक है, मैं तुम्हारे साथ चलूँगी।

उसे ख़ुद नहीं पता था क्या। लेकिन मॉरी ने इसे उसकी सहमति मान लिया और तुरन्त तय कर लिया—बिना अपनी आवाज़ कम किए या इर्द-गिर्द मेज़ों पर बैठे लोगों का ध्यान किए—कि अगली रात ग्रेस की छुट्टी होने के बाद वह उसे लेने आएगा।

वह ग्रेस को 'फ़ादर ऑफ़ द ब्राईड' फ़िल्म दिखाने ले गया। ग्रेस को फ़िल्म बिलकुल पसन्द नहीं आई। फ़िल्म में एलिज़ाबेथ टेलर का किरदार धनवान घरों की लाड़ली बिगड़ैल लड़कियों जैसा था, जिनसे कुछ करने-धरने की अपेक्षा नहीं की जाती। लेकिन वे अपेक्षा करती हैं कि अन्य लोग उनकी सेवा-सत्कार करते रहें। ग्रेस को ऐसी लड़कियों से नफरत थी। मॉरी ने कहा, यह केवल फ़िल्म को कॉमेडी बनाने के लिए गढ़ी गई कहानी थी। तो ग्रेस ने कहा, उसका आशय यह नहीं था पर आशय क्या था, यह स्पष्ट न कर सकी। कोई भी सोच सकता था कि उसकी प्रतिक्रिया अटपटी इसलिए थी क्योंकि वह रेस्तराँ में नौकरी करती थी और उसके पास कॉलेज में पढ़ने के लिए पैसे नहीं थे। यदि वह वैसा विवाह चाहती जैसा फ़िल्म में हुआ था तो उसे वर्षों तक पैसे बचाकर उसका प्रबन्ध स्वयं करना पड़ता। (मॉरी ने ऐसा ज़रूर सोचा और उसका दिल ग्रेस के प्रति सम्मान और श्रद्धा से भर गया था।)

वह न ख़ुद समझ पाई और न समझा पाई कि कैसे और क्यों उसे ईर्ष्या नहीं बल्कि क्रोध अनुभव हुआ था। कारण यह नहीं था कि वह फ़िल्म की हीरोइन जैसे पैसे नहीं उड़ा सकती थी या वैसे कपड़े नहीं पहन सकती थी। कारण था कि पुरुष और दूसरे भी सब लड़कियों के इसी तरह के होने की उम्मीद करते थे। यानी सुन्दर, बिगड़ैल, स्वार्थी, सबकी आँखों का तारा, साथ ही कूढ़मग्ज़। जिससे मोहब्बत हो वह लड़की ऐसी ही होनी चाहिए। फिर एक दिन वह माँ बन जाएगी और बच्चों के लाड़-प्यार, पालन-पोषण में उलझ जाएगी। तब वह स्वार्थी कूढ़मग्ज़ ज़रूर रहेगी। हमेशा के लिए।

वह यह सब सोचती कुढ़ रही थी। उसकी बगल में बैठा मॉरी उससे प्रेम करने लगा था क्योंकि उसे एक क्षण में ही यह विश्वास हो गया था कि ग्रेस उदारता और निष्ठा जैसे गुणों से भरपूर थी और ग्रेस की ग़रीबी उसके व्यक्तित्व को रोमांस का पुट देती थी। (मॉरी उसे ग़रीब केवल उसकी मामूली नौकरी के कारण ही नहीं वरन उसके ओटावा घाटी के निवासियों जैसे उच्चारण के कारण भी समझ सकता था, पर वह इस बात से अभी अनभिज्ञ थी।)

मॉरी ने फ़िल्म के बारे में उसकी भावना का आदर किया था। उसकी झुँझलाहट और कठिनाई से कही बात सुनने के बाद मॉरी को अब अपनी बात कहने में कठिनाई हो रही थी। उसने कहा कि ग्रेस की भावना सिर्फ़ ईर्ष्या जैसी छोटी और नारी-सुलभ बात नहीं थी। यह स्पष्ट था कि ग्रेस अन्य लड़कियों की तरह छिछोरी नहीं थी, कि उसमें अन्य लड़कियों से अलग कोई ख़ास बात थी।

ग्रेस को उस रात का अपना पहरावा ख़ूब याद था। गहरी नीली बैलरीना स्कर्ट, सफ़ेद ब्लाउज़ जिसमें लगी झालर के सुराखों से उसके उरोजों का उभार देखा जा सकता था, गुलाबी इलास्टिक की चौड़ी पेटी। जैसी वह दिख रही थी और जैसी

वह दिखना चाहती थी, दोनों में कुछ असंगति थी। उसके कपड़े और शृंगार उस समय के चलन के अनुसार आकर्षक या फ़ैशनेबल नहीं थे। वह एक हुलिया बनाए रहती थी—जिप्सी औरतों जैसी सस्ती चाँदी की कलई वाली चूड़ियाँ, लम्बे काले घुँघराले खुले बाल जिनको रेस्तराँ में काम के समय सिर पर ऊँचे जूड़े में बाँध लेती।

फिर भी उसमें कोई ख़ास बात थी।

मॉरी ने अपनी माँ को उसके बारे में बताया था और उसकी माँ ने कहा था, "तुम अपनी इस ग्रेस को ज़रूर खाने पर बुलाओ।"

ग्रेस के लिए यह सब नया और आनन्ददायक था। वास्तव में हुआ यह कि जैसे मॉरी उसके प्यार में पड़ गया था, वह श्रीमती ट्रैवर्स से स्नेह करने लगी थी। पर मॉरी की तरह सबके सामने भावनाओं के अतिरेक से चुप हो जाना या श्रद्धालु हो जाना उसके स्वभाव में नहीं था।

ग्रेस का पालन-पोषण उसके चाचा-चाची द्वारा हुआ था, वास्तव में पड़चाचा और पड़चाची द्वारा। जब वह तीन वर्ष की थी तो उसकी माँ मर गई थी। उसका पिता सास्केचवान प्रान्त चला गया और वहाँ एक दूसरा परिवार बसा लिया था। उसे पालने वाले माँ-बाप दयालु थे और उसका ख़याल रखते थे पर ज़्यादा पूछताछ नहीं करते थे। चाचा कुर्सियों की बिनाई का काम करते थे। उन्होंने ग्रेस को यह काम सिखा दिया था कि वह उनकी मदद कर सके और जब कभी उनकी आँखों की रोशनी कम हो जाए तो यही पेशा अपना ले। किन्तु ग्रेस को गर्मियों में बेलीज़ फ़ाल्स में नौकरी मिल गई। चाचा को और चाची को भी उसके इस फैसले से तकलीफ़ तो हुई, लेकिन उन्होंने सोचा कि वह घर बसाने से पहले ज़िन्दगी का कुछ मज़ा ले ले।

वह बीस वर्ष की थी और अभी हाईस्कूल पास किया था। एक साल पहले ही पास कर चुकी होती अगर उसने कुछ बेमेल पाठ्यक्रम न चुना होता।

जिस छोटे से कस्बे में वह बड़ी हुई थी वह श्रीमती ट्रैवर्स के पेमब्रोक नगर से बहुत दूर नहीं था। पर वहाँ हाईस्कूल था जो सरकारी परीक्षा की तैयारी के लिए, जिसे तब सीनियर मैट्रिकुलेशन कहा जाता था, पाँच प्रकार की शिक्षा देता था। पाठ्यक्रम के सभी विषयों को पढ़ना आवश्यक न था और पहले वर्ष के अन्त यानी ग्रेड तेरहवीं तक ग्रेस ने इतिहास, जीव विज्ञान, वनस्पति विज्ञान, अंग्रेज़ी, लैटिन और फ्रांसीसी की परीक्षा दी और सबमें उसे अप्रत्याशित रूप से ऊँचे अंक मिले। वह सितम्बर में स्कूल लौटी और अब उसकी योजना भौतिक शास्त्र, रसायन शास्त्र, त्रिकोणमिति, रेखागणित और बीजगणित पढ़ने की थी। ये विषय लड़कियों के लिए

बहुत कठिन माने जाते थे। उस वर्ष के अन्त में पढ़ाई पूरी करने तक उसने तेरहवीं ग्रेड के सभी विषयों को पढ़ लिया था। सिर्फ़ इतालवी, यूनानी, स्पैनिश और जर्मन बच गए थे पर इन्हें पढ़ाने वाले अध्यापक उस स्कूल में नहीं थे। उसने गणित की तीनों शाखाओं और विज्ञान में भी अच्छा किया था लेकिन पिछले वर्ष जैसे नहीं। उसने यहाँ तक सोचा था कि इतालवी, यूनानी, स्पैनिश और जर्मन स्वयं पढ़कर अगले वर्ष उनकी परीक्षा दे। लेकिन स्कूल के प्रधानाचार्य ने उसे समझाया कि एक तो इस श्रम का कोई फल न होगा क्योंकि इससे उसे विश्वविद्यालय में प्रवेश लेने में कोई सहायता नहीं मिलेगी, और दूसरे किसी विश्वविद्यालय की पढ़ाई में ऐसे पाठ्यक्रम की ज़रूरत नहीं पड़ती है। वह ऐसा क्यों करना चाहती थी? क्या उसकी कोई योजना थी?

नहीं, ग्रेस ने कहा, सिर्फ़ वह सब कुछ सीख लेना चाहती थी जिसे मुफ़्त में सीखा जा सकता था। कुर्सी बिनने का धन्धा अपनाने से पहले।

प्रधानाचार्य बेलीज़ फ़ॉल्स के होटल के मालिक को जानता था। उसने कहा कि यदि ग्रेस गर्मियों में वहाँ नौकरी करना चाहे तो वह मालिक से बात कर सकता है। प्रधानाचार्य ने भी घर बसाने से पहले ज़िन्दगी का कुछ मज़ा लेने की बात कही।

सो जिस व्यक्ति पर दूसरों को शिक्षा देने का दायित्व था, उसका भी विश्वास था कि शिक्षा का वास्तविक जीवन से कोई सम्बन्ध न था। और जिस किसी को ग्रेस ने हाईस्कूल देर से पास करने का कारण बताया, उसने यही कहा कि क्या तुम्हारा दिमाग़ ख़राब हो गया था।

सिवाय श्रीमती ट्रैवर्स के, जिन्हें साधारण कॉलेज की जगह व्यावसायिक कॉलेज में पढ़ने भेजा गया था। उनसे कहा गया था कि उन्हें कोई धन्धा सीख उपयोगी बनना चाहिए। अब उनका कहना था कि काश वह उपयोगी धन्धे सीखने की जगह या उससे पहले वह सब पढ़ लेतीं जिसे उपयोगी नहीं समझा जाता था।

“हालाँकि तुम्हें गुज़ारे के लिए कुछ तो करना ही पड़ता।” उन्होंने ग्रेस से कहा, “कुर्सी बिनना उपयोगी क़िस्म का काम तो लगता है। ख़ैर, आगे देखा जाएगा।”

आगे क्या देखा जाएगा? ग्रेस आगे की बात सोचना ही नहीं चाहती थी। वह चाहती थी जीवन जैसा है वैसा ही चलता जाए। एक साथी लड़की से काम की पाली का समय बदलकर वह इतवार को नाश्ते के बाद छुट्टी ले लेती थी। इसका अर्थ था कि शनिवार देर तक काम पर रहना लेकिन उसका प्रयोजन मॉरी के साथ समय बिताने की जगह उसके परिवार के साथ समय बिताने का अवसर पाना भी था। वह और मॉरी न तो सिनेमा देखने जा सकते थे, न ही रात साथ बिता सकते थे। लेकिन वह उसे काम ख़तम होने के बाद रात कोई ग्यारह बजे साथ ले लेता था। दोनों कहीं कुछ देर के लिए गाड़ी में घूमने जाते थे, कहीं रुककर आइसक्रीम या हैमबर्गर खाते थे। वह अभी इक्कीस की नहीं थी इसलिए मॉरी उसे कभी किसी

बार में नहीं ले जाता था। उसके बाद वे गाड़ी को कहीं पार्क कर एक या दो बजे तक साथ रहते थे।

गाड़ी के अन्दर बिताए समय की ग्रेस की स्मृतियाँ ट्रैवर्सों के भोजन कक्ष की गोल मेज़ पर बैठे बिताए समय की उन स्मृतियों की तुलना में ज़्यादा धुँधली थीं जब सब लोग भोजन के बाद हाथ में कॉफ़ी या नए बनाए जाम लिए कमरे की दूसरी तरफ़ पड़े भूरे चमड़े के सोफ़े, डोलने वाली कुर्सियों या बेंत की गद्दीदार कुर्सियों पर बैठ जाते थे। (बर्तन धोने या रसोई साफ़ करने का झंझट कोई नहीं करता था। श्रीमती ऐबल नाम की एक औरत सुबह यह काम करने आती थी।)

मॉरी हमेशा कालीन पर गद्दियाँ रखकर बैठता था। ग्रेचेन जो ऐसे अवसरों पर भी सदा जींस या फ़ौजी पेंट पहने रहती थी, एक बड़ी कुर्सी में पालथी मारकर बैठ जाती थी। दोनों ही चौड़ी काठी के थे और अपनी माँ की तरह सुदर्शन। ग्रेचेन के आकर्षक लहरिया बाल लाल-भूरे और सुन्दर आँखें हलकी भूरी थीं। मॉरी के गाल में डिम्पल थे जो रेस्तराँ में काम करने वाली युवतियों को आकर्षक लगते थे। वे धीमे से सीटी बजाकर कहतीं, क्या चीज़ है! श्रीमती ट्रैवर्स मुश्किल से पाँच फ़ीट थीं और अपने रंगीन चोगे पहने मोटी नहीं, भरी-पूरी लगती थीं जैसे कि कोई बच्चा जिसने अपना कद नहीं खींचा हो। उनकी चमकती, उल्लसित आँखों में सदाशयता की झलक की नक़ल करना या उसे सन्तान रूप में पाना न सम्भव था न ऐसा हुआ था। जैसे उनके गालों की अम्हौरी जैसी लालिमा जो सम्भवत: चेहरे पर पड़ सकने वाले असर की परवाह किए बिना किसी भी मौसम में घर से बाहर जाने के कारण थी। उनके चोगों, उनके शरीर की तरह यह भी उनके व्यक्तित्व की स्वतंत्रता को दर्शाता था।

रविवार की संध्या कभी-कभी परिवार के लोगों के अलावा अतिथि भी होते थे। कोई पति-पत्नी, कभी कोई व्यक्ति अकेला, जो आम तौर पर ट्रैवर्स साहब और श्रीमती ट्रैवर्स के समवयस्क होते थे उन्हीं दोनों की तरह महिलाएँ चपल और हाज़िरजवाब, तथा पुरुष मितभाषी, गम्भीर और सहिष्णु। मनोरंजक किस्से सुनाए जाते जिनमें मज़ाक़ प्राय: अपने पर ही होता था। (ग्रेस दिलचस्प बातचीत करने में अब इतनी पटु हो गई है कि कभी-कभी उसे अपनी बातों से उलझन होने लगती है। उसके लिए याद करना कठिन है कि ट्रैवर्सों के यहाँ होने वाली बातचीत कभी कितनी अद्भुत लगती थी। उसके पहले के दिनों में रोचक बातचीत का मतलब था भद्दे मज़ाक़। उसके चाचा-चाची इसे नापसन्द करते थे। उन विरले अवसरों पर जब उनके यहाँ मेहमान आते थे, तब बातचीत केवल भोजन और मौसम के बारे में होती थी। सभी यह चाहते थे कि खाना जल्दी-से-जल्दी खाकर ख़तम कर दिया जाए।)

यदि मौसम ठंडा होता था तो खाना खाने के बाद ट्रैवर्स साहब अलाव जला देते थे। वे लोग एक खेल खेलते थे जिसे 'श्रीमती ट्रैवर्स बेवक़ूफ़ी के शब्दों का

खेल' कहती थीं। खेल में शब्दों की ऊटपटाँग परिभाषाएँ सोचनी पड़ती थीं परन्तु वास्तव में इसे खेलने के लिए अक्ल की ज़रूरत होती थी। कुछ लोग जो संध्या भर चुप रहे हों यहाँ चमक उठते थे। बेतुकी बातों पर दिखावटी तर्क-वितर्क होता था। ग्रेचेन का पति वाट यह ख़ूब करता था और जब ग्रेस भी यह करने लगी तो मॉरी और श्रीमती ट्रैवर्स को बहुत ख़ुशी हुई। (मॉरी कहता, "देखा! मैंने कहा था कि ये बड़ी होशियार है।" सबके हँसने पर ग्रेस सकुचा जाती।) श्रीमती ट्रैवर्स सबसे ज़्यादा ऊल-जुलूल दलीलें देकर हँसी-मज़ाक़ करती रहतीं ताकि कोई खिलाड़ी उद्विग्न न हो जाए या खेल को बहुत गम्भीरता से न लेने लगे।

यह खेल खेलते समय किसी के अप्रसन्न होने की सम्भावना उस संध्या होती जब मेविस, जो श्रीमती ट्रैविस के पुत्र नील की पत्नी थी, भी महफ़िल में रहती। मेविस अपने दो बच्चों के साथ कुछ दूरी पर झील के किनारे अपने माता-पिता के घर में रहती थी। उस संध्या सिर्फ़ ट्रैवर्स परिवार और ग्रेस थे क्योंकि मेविस और नील बच्चों के साथ बाद में आने वाले थे। लेकिन मेविस अकेली आई। नील डॉक्टर था और सप्ताहान्त में उसे काम से ओटावा जाना पड़ा था। श्रीमती ट्रैवर्स ने अपनी निराशा को छुपाकर प्रसन्नता दिखाते शिकायत की, "लेकिन बच्चे तो ओटावा नहीं गए न?"

"नहीं।" मेविस ने कहा, "लेकिन उनको साथ लाना शायद ठीक न होता। मुझे लगा कि वे पूरे समय रोते-धोते रहेंगे। बच्ची को घमोरियाँ निकल आई हैं और भगवान जाने मिकी को क्या तकलीफ़ है।"

वह बैंगनी रंग की पोशाक पहने छरहरे शरीर की, धूप में तपी त्वचा वाली महिला थी और अपने बाल उसी रंग के फीते से बाँधे हुए थी। चेहरा आकर्षक था, लेकिन मुँह के कोने सिकुड़े से जैसे हर चीज़ ऊबाऊ लगती हो या नापसन्द हो। उसने अधिकांश चीज़ें बिना खाए प्लेट में छोड़ दीं और कहा कि उसे मसालेदार खाने से तकलीफ़ होती थी।

"अरे मेविस, क्या हुआ?" श्रीमती ट्रैवर्स ने कहा, "यह अभी शुरू हुआ?"

"नहीं, मुझे यह तकलीफ़ सालों से थी लेकिन पहले किसी को बताया नहीं। मैं आधी रात तक उल्टियाँ कर-करके तंग आ गई थी।"

"तुमने पहले बता दिया होता। तुम्हारे खाने के लिए क्या लाऊँ?"

"मैं ठीक हूँ, आप परेशान न हों। गर्मी के मारे और बच्चों की देखभाल के बखेड़ों के बाद मुझे भूख ही नहीं रही।"

उसने सिगरेट सुलगा ली।

बाद में खेलते समय उसका एक शब्द की परिभाषा पर वाट से विवाद हो गया और जब शब्दकोष देखने के बाद साबित हो गया कि वाट सही था तो उसने कहा, "ओह, माफ़ कीजिये। मुझे नहीं लगता मैं आप लोगों की बराबरी कर सकती हूँ।"

और जब अगली पारी में सबको अपना-अपना शब्द काग़ज़ के टुकड़े पर लिखकर देना था, उसने मुस्कराकर सिर हिला दिया।

"मेरे पास कोई शब्द नहीं है।"

"हाय मेविस!" श्रीमती ट्रैवर्स ने कहा। ट्रैवर्स साहब ने कहा, "लिखो भी, मेविस। कोई भी नया-पुराना शब्द चलेगा।"

"माफी चाहती हूँ पर मेरे पास नया या पुराना कोई भी शब्द नहीं। आज मेरा दिमाग़ काम नहीं कर रहा है। आप सब लोग मेरे बिना खेलिए।"

सब लोगों ने यही किया, दिखाने को कि सब कुछ ठीक था। मेविस कुछ आहत-सी लगती ज़बरदस्ती मुस्कराती हुई सिगरेट पीती रही। थोड़ी देर बाद वह उठ खड़ी हुई और कहा कि वह बुरी तरह थक गई थी और बच्चों को अब और दादा-दादी के पास नहीं छोड़ सकती थी। और कि आज की शाम अच्छी गुज़री और उसने कुछ सीखा भी, पर अब घर जाना ज़रूरी था।

जाते समय उसने एक कड़वी हँसी के साथ बिना किसी को सम्बोधित कर कहा, "मुझे आप लोगों को अगले क्रिसमस पर आक्सफ़ोर्ड शब्दकोष देना पड़ेगा।"

ट्रैवर्सों के जिस शब्दकोष को वाट ने इस्तेमाल किया था वह अमेरिकन था।

उसके जाने के बाद वे लोग एक-दूसरे से आँखें बचाते रहे। श्रीमती ट्रैवर्स ने कहा, "ग्रेचेन, तुममें हिम्मत है कि सबके लिए कॉफ़ी बना सको?" ग्रेचेन कुछ भुनभुनाती हुई और मेविस को कोसती रसोई की तरफ़ चली गई।

"भई, उसका जीवन कठिन है।" श्रीमती ट्रैवर्स ने कहा, "दो छोटे बच्चों के साथ।"

हफ़्ते में एक दिन सुबह नाश्ते के बाद से संध्या के भोजन के बीच ग्रेस की छुट्टी रहती थी। श्रीमती ट्रैवर्स को पता चला तो वे बेलीज़ फ़ाल्स जाकर उसके ख़ाली समय के दौरान उसे झील के घर तक ले आने लगीं। मॉरी गर्मी भर उस समय हाइवे 7 की मरम्मत करने की नौकरी पर रहता था। वाट ओटावा में अपने काम पर चला जाता था और ग्रेचेन या तो बच्चों के साथ झील में तैरती या नौकायन करती थी। श्रीमती ट्रैवर्स, ग्रेस से कहतीं कि उन्हें बाज़ार जाना है या रात के खाने की तैयारी करनी है या पत्र लिखने हैं। उनकी बड़ी-सी बैठक में ही उनका भोजन कक्ष भी था और गर्मियों में पर्दे खिंचे रहने के कारण वह जगह ठंडी रहती थी। वहाँ चमड़े का एक पुराना सोफ़ा और किताबों भरी आलमारियाँ भी थीं।

वे ग्रेस को वहाँ अकेला छोड़ देतीं और कहतीं, "जो मन करे पढ़ो। या चाहे तो झपकी ले लो। तुम्हारा काम मेहनत का है, तुम थक जाती होगी। मैं ख़याल रखूँगी कि तुम्हें समय से वापिस पहुँचा दूँ।"

ग्रेस कभी सोती नहीं थी। वह पढ़ती रहती थी, बिना हिले-डुले लेटे रहने के कारण उसकी निक्कर पहनी नंगी टाँगें पसीने से सोफ़े के चमड़े से चिपक जाती थीं। शायद यह पढ़ने के अतीव आनन्द के कारण होता था। उसके बाद प्राय: उसकी श्रीमती ट्रैवर्स से मुलाकात लौटने के समय ही होती।

श्रीमती ट्रैवर्स कुछ देर कोई बात नहीं करतीं। कुछ कहने से पूर्व वे इन्तज़ार करतीं कि ग्रेस के विचार, जो भी पुस्तक वह पढ़ रही होती, उससे कुछ असम्बद्ध हो जाएँ। यदि वह पुस्तक उनकी पढ़ी होती तो उसके बारे में अपनी राय बतातीं। उनकी बात हलके-फुलके अन्दाज़ में कही पर विचारशील होती।

उदाहरण के लिए 'अन्ना कैरेनिना' के बारे में उन्होंने कहा, "पता नहीं कितनी बार इसे पढ़ चुकी हूँ। पहले मुझे किटी से सहानुभूति थी फिर अन्ना से—क्या सोच सकती हो तुम कि अन्ना से—और आख़िरी बार पूरे समय मेरी सहानुभूति डॉली के लिए थी। जब डॉली सब बच्चों के साथ देहात चली जाती है और उसे समझ नहीं आता कपड़े कैसे धोएँ। फिर धुलाई की नाँदों की समस्या खड़ी हो जाती है। मुझे लगता है कि उम्र बढ़ने के साथ हमारी सहानुभूतियाँ भी बदल जाती हैं। धुलाई की समस्या पहले, प्यार-मोहब्बत बाद में। पर मेरी बातों पर बहुत ध्यान न देना। ठीक है न, नहीं दोगी न?"

"मुझे नहीं पता मैं किसी की भी बातों पर ध्यान देती हूँ।" ग्रेस को अपने उत्तर पर आश्चर्य हुआ और उसने सोचा कि ऐसा कहना अकड़पन था या बचकानापन।

"लेकिन मुझे आपकी बातें सुनना अच्छा लगता है।"

श्रीमती ट्रैवर्स हँस पड़ीं, "मुझे स्वयं को सुनना अच्छा लगता है।"

इसी समय मॉरी किसी कारण से ग्रेस से विवाह की बात करने लगा था। अभी यह कई वर्षों तक सम्भव नहीं था—जब तक कि वह पढ़ाई पूरी कर इंजीनियर की नौकरी न ढूँढ़ ले। लेकिन वह कुछ ऐसे कहता कि मानो यह बात पक्की थी। "जब हम विवाहित होंगे तो..." वह प्राय: कहता और उससे प्रश्न करने या उसकी बात काटने के बजाय ग्रेस जिज्ञासावश सुनती रहती।

उनके विवाह के बाद उनका घर लिटल साबोट झील के किनारे होगा। न उसके माँ-बाप के घर के बहुत पास, न बहुत दूर। यह सिर्फ़ गर्मियों में रहने के लिये। बाक़ी समय वे वहाँ रहेंगे जहाँ उसकी इंजीनियर की नौकरी उन्हें ले जाएगी। यह कहीं भी हो सकता है—पेरू, इराक, नार्थ वेस्ट टेरीटरीज़। ग्रेस को ऐसी यात्राओं की बातें सुनना अच्छा लगता था—उस बात से थोड़ा अधिक जब वह बड़े गर्व से 'हमारे अपने घर' की बात करता था। ऐसी बातें ग्रेस को वास्तविकता से दूर लगती थीं, लेकिन तब अपने चाचा की सहायता करने की बात, कुर्सी बिननेवाली का

जीवन बिताने की बात, उसी कस्बे और उसी घर में जहाँ वह बड़ी हुई थी, जीवन बिता देने की बात भी तो उसे अवास्तविक लगती थी।

मॉरी पूछता रहता कि ग्रेस ने उसके बारे में अपने चाचा-चाची को क्या बताया था, वह कब उसे उनसे मिलाने अपने घर ले जा रही थी। मॉरी के 'अपने घर' कहने से उसे कुछ उलझन होती थी, जबकि वह स्वयं इस शब्द का प्रयोग करती रही थी। उसे 'मेरी चाची और चाचा का घर' कहना अधिक उपयुक्त लगता था।

वास्तव में उसने चाचा-चाची को अपने संक्षिप्त से साप्ताहिक पत्रों में कुछ नहीं लिखा था, सिवाय इसके कि वह "एक लड़के के साथ घूमने आती-जाती है जो वहाँ गर्मियों भर काम कर रहा था।" इसका अर्थ लगाया जा सकता था कि वह भी उसी होटल में काम करता था।

ऐसा नहीं था कि उसने विवाह के बारे में सोचा न था। वह सम्भावना-अर्ध निश्चित बात-कुर्सी बिनने के जीवन की सम्भावना के साथ उसके विचारों में थी। इस तथ्य के बावजूद कि किसी ने अब तक उससे शादी की बात नहीं की थी, उसने एक दिन ऐसा होने के बारे में सोचा था। और उसका भावी पति बिलकुल इसी तरह ही निर्णय ले लेगा। वह उससे मिलेगा—हो सकता है कि वह एक कुर्सी ठीक कराने के लिए लेकर आए—और प्रेमग्रस्त हो जाएगा। वह मॉरी की तरह आकर्षक होगा। भावपूर्ण होगा, मॉरी की तरह। उनके बीच सुखद शारीरिक नज़दीकियाँ हो जाएँगी।

यही बात नहीं हुई थी। वह चाहती थी कि हो, मॉरी की गाड़ी में या सितारों के नीचे घास पर। तैयार मॉरी भी था, लेकिन एक सीमा तक। उसके विचार में इन सबसे ग्रेस को दूर रखना उसका दायित्व था। और जिस आसानी से वह उस निकटता के लिये तैयार हो गई थी उससे मॉरी कुछ विचलित हो गया था। ग्रेस का इच्छुक होना ग्रेस के बारे में उसकी धारणा से मेल नहीं खाता था। उसे लगा था कि शायद यह सर्द मौसम के कारण हो। ग्रेस ख़ुद नहीं समझ पा रही थी कि ऐसा किस कारण था। उसका विश्वास था कि इच्छुकता का प्रदर्शन उसे उस आनन्द का अनुभव करा देगा जिसे उसने एकान्त के क्षणों में और अपनी कल्पना में जाना था। उसने सोचा था कि अगला कदम उठाना मॉरी पर था। लेकिन मॉरी उस बात के लिए अभी तैयार न था।

ऐसी घटनाओं से वे दोनों विक्षुब्ध हो लज्जित से हो जाते थे, जिसके फलस्वरूप रात में अलविदा कहते समय देर तक आलिंगनबद्ध हो एक-दूसरे को चूमते-चाटते रहते थे। डॉरमेटरी में अपने बिस्तर में अकेला होना और पिछले दो घंटों की याद को भुला देना ग्रेस के लिए राहत भरा होता था। उसे लगता कि हाइवे पर अकेले गाड़ी चलाते हुए मॉरी भी ऐसी ही राहत अनुभव करता होगा। उसे अपनी ग्रेस के

प्रति धारणाओं को अदलने-बदलने का अवसर मिलता होगा ताकि वह पूरी तरह से उसके प्यार में डूबा रह सके।

सितम्बर के आरम्भ में होटल में काम करने वाली अधिकांश युवतियों ने वापिस स्कूल या कॉलेज जाने के लिए काम छोड़ दिया। लेकिन होटल बचे कर्मचारियों के साथ नवम्बर तक खुला रहा—ग्रेस उनमें से एक थी। चर्चा थी कि होटल इस वर्ष फिर कुछ दिन के लिए दिसम्बर में खुलेगा, कम-से-कम क्रिसमस की छुट्टियों के दौरान। किन्तु रसोईघर या भोजन कक्ष के किसी कर्मचारी को पूरा पता नहीं था कि ऐसा होगा। ग्रेस ने चाचा और चाची को अपने पत्र में ऐसा दर्शाया कि होटल क्रिसमस की छुट्टियों में खुला रहना निश्चित था। वास्तव में उसने होटल के बन्द होने के बारे में सिर्फ़ यह लिखा कि शायद नया साल शुरू होने के बाद बन्द हो। इसलिए वे उसकी क्रिसमस पर प्रतीक्षा न करें।

उसने ऐसा क्यों किया? इसलिए नहीं कि उसकी कोई दूसरी योजना थी। उसने मॉरी से कहा था कि उसका विचार पूरे साल चाचा की सहायता करने का था तथा हो सके तो किसी को ढूँढ़ना जो कुर्सी बिनना सीख ले, जब तक कि मॉरी विश्वविद्यालय में अपनी पढ़ाई का अन्तिम वर्ष न पूरा कर ले। उसने यहाँ तक वादा किया था कि वह मॉरी को क्रिसमस पर घर बुलाएगी ताकि वह उसके परिवार से मिल सके। मॉरी ने कहा था कि क्रिसमस उनकी सगाई की औपचारिकता पूरी करने का उपयुक्त समय होगा। वह अपनी गर्मियों की नौकरी की कमाई से उसके लिए हीरे की अँगूठी ख़रीदने के लिए पैसे बचा रहा था।

वह भी अपनी कमाई से पैसे बचा रही थी। किंगस्टन तक बस से जाकर विश्वविद्यालय में पढ़ते मॉरी से मिलने के लिए।

उसने ऐसा करने का वादा बहुत सहजता से किया था। पर क्या उसे विश्वास था, क्या उसकी कामना थी कि ऐसा हो?

"मॉरी खरा आदमी है।" श्रीमती ट्रैवर्स ने कहा था, "तुम यह स्वयं देख सकती हो। अपने पिता की तरह भला और सीधा-साधा। अपने भाई की तरह नहीं। उसका भाई नील ज़हीन है। मेरा मतलब नहीं कि मॉरी नहीं है। बिना दिमाग़ के कोई इंजीनियर नहीं बन सकता, लेकिन नील अधिक गहरा है।" वे अपने पर हँस पड़ीं, और एक कविता की पंक्ति कही, "समुद्र की गहरी अथाह लहरें।" फिर कहा, "मैं क्या कह कह रही हूँ? एक लम्बे समय तक बस नील और मैं ही थे। मेरे लिए उसकी बात ही और है। मेरा मतलब नहीं कि वह हँसी-मज़ाक़ नहीं करता। पर कई बार हँसी-मज़ाक़ करने वाले लोग ही अधिक अवसादित होते हैं। विस्मय होता है कि ऐसा क्यों। लेकिन बड़े हो गए अपने बच्चों की चिन्ता करने से क्या लाभ? नील

के लिए मैं थोड़ा परेशान रहती हूँ, मॉरी के लिए उससे कम और ग्रेचेन के लिए बिलकुल नहीं। स्त्रियों के पास हमेशा कुछ ऐसा होता है जिससे वे जीवन बिता लेती है, नहीं? पुरुषों के पास वो नहीं होता।"

झील किनारे का घर प्रति वर्ष अक्टूबर के दूसरे सोमवार को थैंक्सगिविंग उत्सव तक बन्द नहीं किया जाता था। ग्रेचेन और बच्चे सितम्बर में स्कूल खुलने के कारण वापिस ओटावा लौट जाते थे। मॉरी को भी नौकरी समाप्त हो जाने पर सितम्बर में किंगस्टन लौटना पड़ता था। सितम्बर के दूसरे सप्ताह के बाद ट्रैवर्स साहब अब केवल सप्ताहान्त में ही यहाँ आते थे। लेकिन जैसा श्रीमती ट्रैवर्स ने ग्रेस को बताया था, इस बीच वे इसी घर में रहती थीं, कभी अकेले, कभी अतिथियों के साथ।

इस वर्ष कुछ परिवर्तन हुए। वे सितम्बर में ट्रैवर्स साहब के साथ ओटावा चली गईं। यह अचानक हुआ, जिस कारण उस सप्ताहान्त को संध्या भोज निरस्त करना पड़ा।

मॉरी ने कहा कि उसकी माँ अब-तब दिल घबराने से बेचैन हो जाती हैं। उन्हें कुछ दिनों के लिए अस्पताल में भर्ती कर उनकी हालत को सँभालना पड़ता है। अस्पताल में रहने के बाद वे हमेशा ठीक हो जाती हैं।

ग्रेस ने कहा कि वह कभी सोच भी नहीं सकती थी कि मॉरी की माँ को ऐसी समस्या हो सकती है, "यह क्यों हो जाता है?"

"मेरे ख़याल में डॉक्टरों को भी पता नहीं है।"

लेकिन कुछ पल बाद उसने कहा, "वैसे उनके पति के कारण हो सकता है। मेरा मतलब है उनका पहला पति, नील के पिता। उनके साथ और जो कुछ हुआ, आदि-आदि।"

हुआ यह था कि नील के पिता ने आत्महत्या कर ली थी।

"उन्हें शायद कोई मानसिक रोग था।"

"लेकिन माँ की समस्या का कारण यह न होकर कोई दूसरी बात हो सकती है।" वह कहता गया, "वे समस्याएँ जो उनकी उम्र की औरतों को हो जाती हैं। पर कोई बात नहीं, आजकल नई दवाओं से उनका इलाज आसानी से हो जाता है। ये नई दवाएँ बहुत ज़बरदस्त हैं। तुम बेकार परेशान मत हो।"

जैसा मॉरी का अनुमान था, थैंक्सगिविंग आने तक श्रीमती ट्रैवर्स ठीक होकर अस्पताल से लौट आई थीं। थैंक्सगिविंग की दावत हमेशा की तरह झील किनारे के घर में हो रही थी। और हमेशा की तरह ही रविवार को—जिससे कि घर और

सामान समेटकर सोमवार को घर बन्द किया जा सके। ग्रेस के सौभाग्य से रविवार अभी भी उसकी छुट्टी का दिन था।

पूरा परिवार आनेवाला था। ग्रेस के अतिरिक्त कोई मेहमान नहीं बुलाया गया। नील और मेविस और बच्चे, मेविस के माता-पिता के घर ठहरेंगे और सोमवार की दावत वहीं खाएँगे परन्तु रविवार वे ट्रैवर्सों के यहाँ बिताएँगे।

रविवार को मॉरी जब तक ग्रेस को लेकर झील पर आया, टर्की को पकने के लिए ओवन (तंदूर) में रख दिया गया था। बच्चों के कारण भोजन जल्दी शुरू होना था, पाँच बजे तक। कद्दू, सेब और ब्लू बेरी से बनी पाई (भरवाँ मिठाई) रसोईघर के पटल पर रखी थीं। रसोई का प्रबन्ध ग्रेचेन के हाथ में था—वह जितनी अच्छी खिलाड़ी थी, उतनी ही अच्छी रसोइया। श्रीमती ट्रैवर्स रसोईघर में मेज़ पर बैठी कॉफ़ी पीती हुई ग्रेचेन की सबसे छोटी बेटी डाना के साथ जिगसॉ (टुकड़ों को जोड़ने की) पहेली खेल रही थीं।

"अरे, ग्रेस।" वे उसे गले लगाने के लिए कुछ तेज़ी से खड़ी हुईं। उन्होंने पहली बार ऐसा किया था। उनका हाथ लग जाने से जिगसॉ के टुकड़े बिखर गए।

डाना क्रंदन कर उठी, "नानी।" उसकी बड़ी बहिन जेनी पास खड़ी खेल देख रही थी, उसने टुकड़ों को बटोर दिया।

"इन्हें फिर से वैसे ही लगा देंगे।" जेनी ने कहा, "नानी ने जान-बूझकर नहीं किया।"

"आपने करौंदों की चटनी कहाँ रखी है?" ग्रेचेन ने पूछा।

"आलमारी में।" श्रीमती ट्रैवर्स ने कहा। वे पहेली के बिखरने को नज़रअन्दाज़ कर अभी भी ग्रेस की बाँहें पकड़े थीं।

"आलमारी में कहाँ?"

"अच्छा करौदों की चटनी।" श्रीमती ट्रैवर्स ने कहा, "मैं स्वयं बनाती हूँ। मैं उन्हें थोड़े पानी में डालकर हलकी आँच पर रख देती हूँ। नहीं, शायद पहले उन्हें कुछ देर भिगोती हूँ—।"

"मेरे पास वह सब करने के लिए समय नहीं है।" ग्रेचेन ने कहा, "आपका कहना है आपके पास डिब्बाबन्द चटनी नहीं है?"

"मेरे ख़याल में नहीं। नहीं ही होगी, क्योंकि मैं ख़ुद बनाती हूँ।"

"मुझे किसी को भेजकर मँगवानी पड़ेगी।"

"तुम श्रीमती वुड्स से पूछ सकती हो।"

"नहीं। मैंने शायद ही कभी उनसे बात की हो। मैं उनसे नहीं पूछ पाऊँगी। किसी को दुकान तक जाना पड़ेगा।"

"बेटी, आज थैंक्सगिविंग है।" श्रीमती ट्रैवर्स ने समझाते हुए कहा, "कुछ खुला नहीं होगा।"

"हाइवे पर थोड़ा आगे जाकर वह जगह, वह हमेशा खुली रहती है।" ग्रेचेन ने थोड़ी ऊँची आवाज़ में कहा, "वाट कहाँ है?"

"वह नाव लेकर गया है।" मेविस ने चेतावनी भरी आवाज़ में पीछे वाले शयनकक्ष से कहा क्योंकि वह अपनी बच्ची को सुलाने की कोशिश कर रही थी, "मिकी भी उसके साथ है।"

मेविस बच्ची और मिकी के साथ अपनी गाड़ी में आई थी। नील बाद में आनेवाला था, उसे कुछ फ़ोन करने थे।

ट्रैवर्स साहब गोल्फ़ खेलने गए थे।

"मैं चाहती हूँ कि कोई भी दुकान तक चला जाए।" ग्रेचेन ने कहा। उसने थोड़ी प्रतीक्षा की किन्तु शयनकक्ष से कोई उत्तर न मिला। उसने भौंहें चढ़ाकर ग्रेस की तरफ़ देखा।

"तुम गाड़ी नहीं चला सकती हो?"

ग्रेस ने कहा, "नहीं।"

श्रीमती ट्रैवर्स ने अपनी कुर्सी के लिए नज़रें दौड़ाईं और बैठकर चैन की साँस खींची।

"अच्छा।" ग्रेचेन ने कहा, "मॉरी जा सकता है। कहाँ है वह?"

मॉरी सामने के शयनकक्ष में अपना तैराकी का जाँघिया तलाश कर रहा था, हालाँकि उसे बता दिया था कि झील का पानी बहुत ठंडा होगा। उसने कहा, दुकान नहीं खुली होगी।

"खुली होगी।" ग्रेचेन ने कहा, "वे पेट्रोल भी बेचते हैं। और अगर खुला न हो तो एक और दुकान है पर्थ पहुँचने से पहले, जिसके बाहर आइसक्रीम—।"

मॉरी चाहता था ग्रेस उसके साथ चले पर दोनों बच्चियाँ जेनी और डाना, ग्रेस को खींच रही थीं कि वह उनके साथ चलकर उस झूले को देखे जिसे उनके नाना ने घर की बगल में नार्वेजियन मेपल वृक्ष पर डाला था।

सीढ़ियों से नीचे जाते समय ग्रेस के एक सैंडल का फीता टूट गया। उसने दोनों सैंडल उतार लिए। बलुई धरती पर पेड़ों से झड़ी हुई पत्तियाँ बिछी हुई थीं और उसे चलने में कोई कठिनाई न हुई।

पहले उसने बच्चियों को झूले पर झुलाया, फिर उन्होंने उसको। जब वह झूले से उतरने के लिए कूदी, उसकी एक टाँग उसके भार के नीचे मुड़ गई और दर्द से चीख़ निकल गई।

चोट पाँव में थी, टाँग में नहीं। दर्द उसके बाएँ पाँव के तलुए से उठा था जो एक सीप के धारदार किनारे से कट गया था।

"डाना ये सीपियाँ लाई थी।" जेनी ने कहा, "वह अपने घोंघे के लिए घर बनाना चाहती थी।"

"वह कहीं ग़ायब हो गया।" डाना ने कहा।

यह सोचकर कि चीख़ किसी बच्ची ने मारी थी, ग्रेचेन और श्रीमती ट्रैवर्स और मेविस भी भागे-भागे आ गए थे।

"इसका पाँव ख़ून से तर है।" डाना ने कहा, "ख़ून ज़मीन पर भी फैल गया है।"

जेनी ने कहा, "सीप लगने से कट गया। डाना ने सीपियाँ यहाँ रखी थीं। वह अपने घोंघे इवान के लिए घर बनाना चाहती थी।"

एक चिलमची, घाव को धोने के लिए पानी और तौलिया लाया गया। सब पूछ रहे थे कि कितना दर्द हो रहा है? क्या बहुत दर्द हो रहा है?

"बहुत नहीं।" लंगड़ाकर सीढ़ियों तक जाते हुए ग्रेस ने कहा। दोनों बच्चियाँ उसे एक-दूसरी से ज़्यादा सहायता देने की कोशिश में उसके चलने में बाधा ही डाल रही थीं।

"हाय, बुरी तरह कटा है।" ग्रेचेन ने कहा, "तुमने सैंडल क्यों नहीं पहना था?"

"फीता टूट गया था।" डाना और जेनी ने एक साथ कहा। उसी समय एक गहरे लाल रंग की कनवर्टिबल गाड़ी बहुत हलकी आवाज़ किए बड़ी सफ़ाई से मुड़कर पार्किंग की जगह में आ खड़ी हुई।

"इसे मैं ठीक समय पर आना कहती हूँ।" श्रीमती ट्रैवर्स ने कहा, "जिसकी हमें ज़रूरत थी वह आ गया।"

यह नील था जिससे ग्रेस पहली बार मिल रही थी। वह लम्बा, छरहरा था, कुछ चुस्त अन्दाज़।

"तुम्हारा बैग कहाँ।" श्रीमती ट्रैवर्स ने हुलसित होकर पूछा, "तुम्हारे लिए यहाँ एक मरीज़ है।"

"क्या शानदार खटारा है!" ग्रेचेन ने कहा, "नई ख़रीदी है?"

"मेरी दीवानेपन की निशानी है।"

"लो बच्ची जाग गई।" मेविस ने बिना किसी को सम्बोधित किए कुछ खीजकर कहा और घर के भीतर चली गई।

जेनी ने चिड़चिड़ाकर कहा, "बच्ची के जागे बिना यहाँ कुछ हो ही नहीं सकता।"

"तुम बस चुप रहो।" ग्रेचेन ने कहा।

"यह मत कहना कि लेकर नहीं आए।" श्रीमती ट्रैवर्स ने कहा। जब नील ने पिछली सीट से डॉक्टरों का बैग उठाया तो उन्होंने कहा, "अरे वाह, तुम लाए हो! क्या पता कब इसकी ज़रूरत पड़ जाए।"

"तुम मरीज़ हो?" नील ने डाना से पूछा, "क्या हुआ? मेंढक ने काट लिया?"

"मरीज़ वो है।" डाना ने गम्भीर होकर कहा, "ग्रेस।"

"अच्छा, तो उसे मेंढक ने काट लिया?"

"उसने अपना पाँव काट लिया। ख़ून बहता ही बहता जा रहा है।"

"सीप से कटा।" जेनी ने कहा।

नील ने बच्चियों से कहा, "अलग हटो।" और ग्रेस के नीचे वाली सीढ़ी पर बैठ गया। उसने उसका पाँव सँभालकर उठाकर देखा और कहा, "मुझे वह कपड़ा या कुछ भी दो।" फिर सावधानी से ख़ून पोंछा कि घाव को देख सके। उसके इतना पास आने पर ग्रेस को एक गन्ध आई जिसे वह होटल में अपनी नौकरी के समय पहचानने लगी थी—शराब और पेपरमिंट की मिली-जुली गन्ध।

"हाँ, कट गया है।" नील ने कहा, "और ख़ून बहता ही जा रहा है। अच्छा है, घाव साफ़ हो जाएगा। दर्द है?"

ग्रेस ने कहा, "थोड़ा-सा।"

उसने एक पल के लिए ग्रेस को आँखें गड़ाकर देखा। शायद जानने के लिए कि क्या ग्रेस को वह गन्ध आई और उसकी क्या प्रतिक्रिया थी? क्या सोच रही थी?

"ज़रूर होगा। जहाँ कटा है उसे साफ़ कर एक-दो टाँके लगा दूँगा, फिर उस पर लगाने के लिए मेरे पास एक चीज़ है जिससे ज़्यादा जलन नहीं होगी।" उसने ग्रेचेन की ओर देखकर कहा, "भई, ज़रा तमाशबीनों को हटाओ।"

नील ने अपनी माँ से एक शब्द भी न कहा था जिन्होंने पुनः कहा कि उसका इस समय आ पहुँचना कितनी क़िस्मत की बात थी।

"बॉय स्काउट की तरह।" नील ने कहा, "हमेशा तैयार।"

उसके हाथों और आँखों पर शराब का असर नहीं लग रहा था। न ही अब वह बच्चियों का विनोदप्रिय मामा लग रहा था या वह जिसने ग्रेस को सांत्वना देने के लिए मीठी-मीठी बातें की थीं। उसका ऊँचा माथा, घने घुँघराले खिचड़ी बाल, धूसर आँखें और पतले-पतले होंठों वाले मुँह का दबा कोना देखकर लगता था उसे किसी की ज़्यादा परवाह नहीं थी।

घाव पर वहीं सीढ़ियों पर पट्टी बाँध दी गई थी। ग्रेचेन बच्चियों को अपने आगे-आगे चलाकर रसोईघर में चली गई थी। श्रीमती ट्रैवर्स होंठ दबाए गौर से देख रही थीं, जैसे कह रही हों कि वे कोई बाधा नहीं डालेंगी। नील ने कहा कि अच्छा होगा अगर वह ग्रेस को कस्बे के अस्पताल में ले जाए।

"एंटी-टिटेनस इंजेक्शन के लिए।"

"अब तो कोई ऐसी तकलीफ़ नहीं है।" ग्रेस ने कहा।

"मेरा अभिप्राय कुछ और है।" नील ने कहा।

"मैं सहमत हूँ।" श्रीमती ट्रैवर्स ने कहा, "टिटेनस बहुत बुरी चीज़ है।"

"हमें ज़्यादा समय नहीं लगेगा।" नील ने कहा, "इधर आओ ग्रेस। मैं तुम्हें गाड़ी तक ले चलता हूँ।" उसने ग्रेस की बगल में हाथ डालकर सहारा दिया। ग्रेस ने एक सैंडल पहन लिया और दूसरे में पंजा फँसा लिया कि गाड़ी तक जा सके। पट्टी सफ़ाई से कसकर बाँधी गई थी।

जब वह गाड़ी में बैठ गई तो नील ने कहा, "मैं ज़रा भीतर हो लूँ। क्षमा माँग लूँ।"

ग्रेचेन से? मेविस से?

श्रीमती ट्रैवर्स बरामदे से नीचे उतर आईं। उनके चेहरे पर पुराना उत्साह और जीवंतता थी। उन्होंने गाड़ी के दरवाज़े पर हाथ रखकर कहा, "यह बड़ा अच्छा हुआ, ग्रेस। तुम आज इसे पीने से दूर रखना, ठीक है। तुम्हें तो जैसे भगवान ने भेज दिया। तुम्हें समझ है यह कैसे करना है।"

ग्रेस ने उनके शब्दों को सुना तो पर ज़्यादा ध्यान नहीं दिया। वह श्रीमती ट्रैवर्स में आए परिवर्तनों को देखकर हतोत्साहित अनुभव कर रही थी। वे कुछ ज़्यादा मोटी हो गई लगती थीं, चलने-फिरने में कठिनाई कुछ बढ़ गई थी, कुछ अधिक द्रवीभूत। होंठो के किनारों पर पपड़ी, सूखी चीनी जैसी दिखती।

अस्पताल तीन मील दूर कार्लटन प्लेस में था। रेल की लाइन के ऊपर हाइवे का वक्राकार पुल था और गाड़ी उसके शिखर से इतनी तेज़ी से गुज़री कि ग्रेस को लगा कि गाड़ी कुछ क्षण के लिए सड़क छोड़कर हवा में तैर रही थी। वह घबराई नहीं क्योंकि हाइवे पर गाड़ियाँ कम थीं और इस बारे में वह कुछ कर भी नहीं सकती थी।

नील इमरजेंसी वार्ड में ड्यूटी पर नर्स को जानता था। उसने एक फ़ॉर्म भरा और नर्स ने ग्रेस के पाँव पर सरसरी निगाह डाली।

"आपने सही किया।" नर्स ने भावहीन आवाज़ में कहा।

फिर नील ने स्वयं टिटेनस का इंजेक्शन लगा दिया, "अभी तो नहीं लेकिन बाद में दर्द हो सकता है।" जैसे ही उसने इंजेक्शन लगाना समाप्त किया, नर्स ने फिर कमरे में आकर कहा, "प्रतीक्षालय में एक आदमी इसे घर ले जाने के लिए प्रतीक्षा कर रहा है।"

नर्स ने ग्रेस से कहा, "वह कहता है कि वह तुम्हारा मंगेतर है।"

"उससे कह दो कि अभी यह जाने को तैयार नहीं है।" नील ने कहा, "नहीं, कहो हम लोग जा चुके हैं।"

"मैंने कहा आप लोग यहीं हैं।"

"लेकिन जब तुम वापिस आईं।" नील ने कहा, "हम लोग जा चुके थे।"

"उसने बताया कि आप उसके भाई हैं। क्या वह सामने आपकी गाड़ी नहीं देख लेगा?"

"मैंने पीछे पार्क किया था, डॉक्टरों के पार्क करने की जगह में।"

"आप हैं खुर्राट।" नर्स ने लौटते हुए कहा।

नील ने ग्रेस से कहा, "तुम अभी घर नहीं जाना चाहती, ठीक है न?"

"नहीं।" ग्रेस ने कहा, मानो जैसे उसकी आँखों का परीक्षण हो रहा था और यह शब्द सामने आँखों के परीक्षण वाले चार्ट पर लिखा था।

एक बार पुन: उसे सहारा देकर गाड़ी तक लाया गया, पंजे में फँसा सैंडल घिसटते-घिसटते, और गाड़ी की मुलायम सीट पर बिठा दिया गया। गाड़ी एक पीछे की गली से सड़क तक गई। कस्बे से बाहर जाने का रास्ता भी नया था। वह जानती थी कि मॉरी से नहीं मिल पाएगी। उसे मॉरी के बारे में परेशान होने की ज़रूरत नहीं लगी। उससे भी कम मेविस के बारे में।

अपने जीवन के इस दौर, उस दौर में आए इस परिवर्तन के बारे में ग्रेस बाद में कह सकती थी—वह कहती ही थी—कि जैसे उसके पीछे कोई द्वार खटाक की आवाज़ के साथ बन्द हो गया था। वास्तव में कोई आवाज़ नहीं आई थी। केवल उसके भीतर जो हो रहा था उसके लिए एक मौन सहमति भर गई थी, जो पीछे छूट गए थे उनके अधिकार स्वयं निरस्त हो गए थे।

उस दिन की स्मृति सदा स्पष्ट और ताज़ा रही, हालाँकि उनमें से कुछ बातों की स्मृति यदा-कदा कुछ भिन्न हो जाती थी।

और कुछ बातों को तो वह ठीक से समझ भी न पाई थी।

***

पहले वे हाइवे 7 के पश्चिम गए। जैसे ग्रेस को याद है, हाइवे पर कोई दूसरी गाड़ी नहीं है, और रेल के पुल की ऊँचाई के शिखर पर उनकी गाड़ी हवा में तैरने-सी लगती है। यह सही नहीं हो सकता—सड़क पर दूसरे लोग रहे होंगे, रविवार की सुबह अपने घर लौटते, अपने परिवारों के साथ थैंक्सगिविंग मनाने जाते हुए। गिरजाघर जाते हुए या वहाँ से लौटते हुए। गाँवों के बीच से या कस्बे के किनारे से निकलते हुए नील ने गाड़ी की गति ज़रूर कम की होगी, पुराने हाइवे पर तमाम मोड़ों के कारण भी वह कनवर्टिबल जैसी बिना छत की गाड़ी की आदी नहीं थी—जब आँखें हवा के कारण भी खोली नहीं जातीं, हवा बालों को चाहे जैसा छितरा देती है। ऐसा होने से उसे एक निर्बाध गति का, उड़ने का बोध-हो रहा था—उन्मत्त नहीं, चमत्कारिक, शान्त-सा।

और यद्यपि मॉरी और मेविस और अन्य लोग उसके स्मृति पटल से पुँछ गए थे, श्रीमती ट्रैवर्स की याद की कुछ खुरचन बची रही थी, फुसफुसाकर अपनी अन्तिम बात कहती हुई।

"तुम्हें समझ है यह कैसे करना है।"

ग्रेस और नील बातें नहीं कर पा रहे थे। जैसे ग्रेस को याद है, दूसरे को बात सुनाने के लिए चीख़ना पड़ता। और सच तो यह है कि जो उसे याद है, वह उसके

उस समय के विचारों और परिकल्पनाओं से भिन्न नहीं है कि सेक्स क्या होता है। उन दोनों का आकस्मिक मिलन, दबे-दबे पर स्पष्ट संकेतों का आदान-प्रदान, उसे कमोबेश बंदी बनाकर दोनों का चुपके से भाग जाना। स्वप्निल आत्म समर्पण, शरीर अब केवल वासना का मूर्त स्वरूप।

अन्तत: वे कैलाडार में रुके और एक होटल में गए। वह पुराना होटल अभी भी है। उसका ग्रेस का हाथ पकड़कर, उसकी उँगलियों में अपनी उँगलियाँ गूँथना, ग्रेस के उलटे-पलटे पड़ते कदमों से कदम मिलाने के लिए ज़रा धीरे चलना। वह उसे बार में ले गया। इससे पहले कभी किसी बार में न जाने के बावजूद वह जान गई कि वह क्या जगह थी। (बेलीज़ फ़ाल्स के होटल में बार का लाइसेंस नहीं था। लोग या तो अपने कमरों में पीते थे या सड़क पार एक फटीचर-सी जगह में जिसे नाइट क्लब कहा जाता था।) यह स्थान ग्रेस की अपेक्षा के अनुकूल था—एक घुटन भरा अँधेरा-सा कमरा, जहाँ जल्दी-जल्दी की गई सफ़ाई के बाद मेज़-कुर्सियों को बेतरतीब ढंग से छोड़ दिया गया था और जहाँ बीयर, व्हिस्की, सिगार, पाईप और पुरुषों की गन्ध को फ़िनायल की गन्ध दबा नहीं पा रही थी।

वहाँ कोई नहीं था—यह शायद तीसरे पहर तक खुलता नहीं था। पर क्या अभी तीसरा पहर नहीं हुआ था? समय का उसे कोई अनुमान नहीं था।

बगल के कमरे से एक आदमी आया और उसने नील से कहा, "हैलो, डॉक्टर।" वह बार के काउंटर के पीछे चला गया। यह भी ग्रेस की अपेक्षा के अनुकूल था—वे जहाँ भी जाएँगे, कोई-न-कोई ऐसा मिलेगा जो नील को पहले से जानता होगा।

"आप जानते हैं आज रविवार है।" उस आदमी ने जान-बूझकर आवाज़ ऊँची कर कुछ सख़्ती से कहा। मानो वह चाहता हो कि उसकी बात बाहर गाड़ियाँ पार्क करने के स्थान तक पहुँच जाए, "यहाँ रविवार को कुछ नहीं बेचा जा सकता। और इसे तो कोई चीज़ कभी भी नहीं बेच सकते। इस लड़की को यहाँ आना ही नहीं चाहिए। समझ गए आप?"

"जी हाँ साहब! बिलकुल सही साहब!" नील ने कहा, "आप बिलकुल ठीक कह रहे हैं।"

जब दोनों बात कर रहे थे, बार के काउंटर के पीछे खड़े आदमी ने एक गुप्त आलमारी से एक व्हिस्की की बोतल निकाली और एक गिलास में थोड़ी-सी डालकर नील की तरफ़ खिसका दी।

"तुम्हें प्यास लगी है?" उसने कोकाकोला की बोतल खोलते हुए ग्रेस से कहा। उसने गिलास के बिना बोतल ग्रेस की ओर बढ़ा दी।

नील ने काउंटर पर डॉलर का एक नोट रखा पर उस आदमी ने उसे परे कर दिया।

"मैंने आपसे कहा।" उस आदमी ने कहा, "कुछ नहीं बेच सकते।"

"लेकिन कोकाकोला?"

"कुछ नहीं बेच सकते।"

उस आदमी ने व्हिस्की की बोतल वापिस रख दी। जो गिलास में था उसे नील जल्दी से गुड़क गया।

"आप भले आदमी हैं।" नील ने कहा, "क़ानून के रखवाले।"

"कोकाकोला अपने साथ लेते जाओ। जितनी जल्दी ये लड़की यहाँ से जाए, मुझे उतनी ही ख़ुशी होगी।"

"जैसा आप कहें।" नील ने कहा, "यह भली लड़की है। मेरी भाभी। मेरी होनेवाली भाभी। जहाँ तक मुझे मालूम है।"

"क्या कहना।"

वे हाइवे 7 पर वापिस नहीं गए। उन्होंने उत्तर की ओर जाती एक सड़क ली जो पक्की तो नहीं थी लेकिन काफ़ी चौड़ी थी और अच्छी तरह समतल कर दी गई थी।

शराब पीने का जैसा प्रभाव चालक पर होना चाहिए, उसका ठीक उलटा प्रभाव नील पर हो रहा था। वह ऐसी सड़क के अनुकूल धीमी गति से, बल्कि सावधानी से गाड़ी चला रहा था।

"तुम्हें बुरा तो नहीं लगा?" नील ने पूछा।

"किस बात का बुरा?" ग्रेस ने कहा।

"ऐसी जगह में ले जाने का।"

"नहीं।"

"मुझे तुम्हारी संगति चाहिए। तुम्हारा पाँव कैसा है?"

"ठीक है।"

"थोड़ा दर्द तो होगा।"

"नहीं, सब ठीक है।"

उसने ग्रेस के उस हाथ को पकड़ लिया जिसमें कोकाकोला की बोतल नहीं थी। हथेली को मुँह पर दबाया, हलके से चाटा और छोड़ दिया।

"क्या तुम्हें लगा था कि मैं किसी पाप कर्म के लिए तुम्हारा अपहरण कर रहा था।"

"नहीं।" ग्रेस ने झूठ बोला, 'पाप कर्म' सुनकर उसकी स्मृति में श्रीमती ट्रैवर्स कौंध गईं।

"कभी तुम सही हो सकती थी।" उसने कहा, मानो ग्रेस ने हाँ कहा हो।

"किन्तु आज नहीं। आज तक एक गिरजाघर की तरह सुरक्षित हो।"

उसके मृदु और अन्तरंग हो गए स्वर, अपनी हथेली पर उसके अधरों और जिह्वा के स्पर्श की स्मृति ने ग्रेस पर कुछ प्रभाव डाला कि वह शब्दों को तो सुन

रही थी पर उनका अर्थ नहीं समझ पा रही थी। उसकी जिह्वा के सैकड़ों, हज़ारों स्पर्श ग्रेस को कुछ अनुनय करते से अपनी देह पर अनुभव हो रहे थे। लेकिन उसने कहा, "गिरजाघर सदा सुरक्षित नहीं होता।"

"सच है, सही।"

"और मैं आपकी भाभी नहीं हूँ।"

"भावी। मैंने भावी नहीं कहा था?"

"वो भी नहीं हूँ।"

"अच्छा। ख़ैर, मुझे कोई आश्चर्य नहीं है। बिलकुल नहीं है।"

नील की आवाज़ फिर बदल गई।

"यहाँ दाहिनी तरफ़ एक मोड़ आना चाहिए, एक सड़क जिसे मुझे पहचान लेना चाहिए। तुम क्या आसपास के इलाक़े से परिचित हो?"

"इस इलाक़े से नहीं।"

"फ़्लावर स्टेशन नहीं जानती? ऊमपाह, पौलेंड? स्नो रोड?"

ग्रेस ने किसी के बारे में नहीं सुना था।

"मुझे किसी से मिलना है।"

नील ने कुछ अनिश्चय से बुदबुदाते हुए गाड़ी दाएँ मोड़ दी। रास्ता दर्शाने के कोई चिह्न नहीं थे। सड़क कम चौड़ी और ऊबड़-खाबड़ थी, उस पर लकड़ी का तंग पुल था।

मौसम देर तक गर्म रहने के कारण पत्तियों के रंग बदलने शुरू नहीं हुए थे। चीड़ और बलूत आदि की टहनियाँ ऊपर छाई हुई थीं। पर इक्का-दुक्का स्थानों पर रंग बदल चुकी पत्तियाँ हरियाली में लगे रंगीन झंडियों-सी चमक रही थीं। यह सब किसी सुरक्षित स्थान में होने का आभास देता था। नील और ग्रेस मीलों चुप रहे और पेड़ थे कि ख़तम ही नहीं हो रहे थे, वन का कोई अन्त नहीं था। फिर नील ने शान्ति भंग की।

उसने कहा, "तुम गाड़ी चला लेती हो?" और ग्रेस ने कहा नहीं तो उसने कहा, "मेरा ख़याल है तुम्हें सीखना चाहिए।"

उसका मतलब था अभी। उसने गाड़ी रोक दी, बाहर निकला, घूमकर ग्रेस की तरफ़ आया तो ग्रेस को स्टियरिंग की तरफ़ खिसकना पड़ा।

"इससे अच्छी कोई और जगह नहीं।"

"अगर कोई दूसरी गाड़ी आ गई तो?"

"नहीं आएगी। आएगी तो देखा जाएगा। इसलिए मैंने सीधी सड़क चुनी है। घबराओ नहीं, सब कुछ सिर्फ़ दाहिने पाँव से करना होगा।"

वे पेड़ों से छाई एक लम्बी सुरंग जैसी सड़क के मुहाने पर थे, ऊपर से छनकर आता सूर्य का प्रकाश धरती पर चकत्ते बना रहा था। उसने गाड़ी कैसे चलाते हैं,

यह बताने की ज़हमत नहीं उठाई। सिर्फ़ ग्रेस को दिखाया कि पाँव कहाँ रखना है, और गियर बदलने का अभ्यास कराया, फिर कहा, "अब चलो, जैसा कहता हूँ वैसा करो।"

गाड़ी के एकाएक उछलकर चलने से ग्रेस घबरा गई। उसके गियर ग़लत-सलत बदलने से लगा कि वह सिखाना तुरन्त बन्द कर देगा, पर वह सिर्फ़ हँसा। उसने कहा, "सम्भल के, धीरे-धीरे। चलाती रहो।" और ग्रेस ने वैसा ही किया। उसने ग्रेस के स्टियरिंग द्वारा गाड़ी सँभालने के बारे में कुछ नहीं कहा, या जिस तरह से स्टियरिंग सँभालने के चक्कर में एक्सीलरेटर दबाना भूल जाती थी। वह सिर्फ़ कहता रहा, "चलाती जाओ, चलाती जाओ, सड़क पर रहो, इंजन को बन्द न होने दो।"

"मैं कब रोकूँगी?" ग्रेस ने पूछा।

"जब मैं कहूँगा, तब।"

उसने सुरंग से बाहर आने तक गाड़ी ग्रेस को चलाने दी। तब उसने ब्रेक का प्रयोग सिखाया। गाड़ी रुकते ही ग्रेस ने दरवाज़ा खोल दिया कि वे अपने स्थान बदल सकें पर नील ने कहा, "नहीं, ज़रा साँस ले लें। जल्दी ही तुम्हें मज़ा आने लगेगा।" और जब ग्रेस ने पुन: चलाना आरम्भ किया, उसे लगा कि वह शायद ठीक ही कह रहा था। उसके इस क्षणिक आत्मविश्वास के कारण गाड़ी एक गड्ढे में गिरते-गिरते बची। नील को गाड़ी को गिरने से बचाने के लिए जल्दी से स्टियरिंग पकड़ना पड़ा, पर वह सिर्फ़ हँसा और प्रशिक्षण चलता रहा।

अगली बार जब उसने ग्रेस को रुकने को कहा तो वे मीलों पार कर चुके थे और धीरे-धीरे कई मोड़ों से भी गुजरे थे। अब उसने ग्रेस से स्थान बदलने को कहा, क्योंकि जब तक वह स्वयं गाड़ी नहीं चलाता था उसे दिशा का पता नहीं चलता था।

अब कैसा लग रहा है, उसने ग्रेस से पूछा, और यद्यपि उसका पूरा शरीर काँप रहा था, ग्रेस ने कहा, "ठीक हूँ।"

उसने ग्रेस की बाँह को कन्धे से कोहनी तक सहलाया और कहा, "कितनी झूठी हो।" लेकिन उसके बाद कुछ नहीं किया, न ही अपने मुँह से ग्रेस के शरीर के किसी भाग को छुआ।

कुछ मील आगे एक चौराहे पर पहुँचते उसे दिशा का भान हो गया था। वह बाएँ मुड़ा। पेड़ कम होते जा रहे थे और एक छोटी-सी पहाड़ी से होकर जाती असमतल सड़क पर कुछ मील जाकर वे एक गाँव या सड़क किनारे बने कुछ भवनों तक पहुँच गए। एक गिरजाघर और एक दुकान, जो प्रार्थना-पूजा और सामान बेचने के लिए नहीं वरन सम्भवत: घरों की तरह प्रयोग हो रहे थे, जैसा कि उनके इर्द-गिर्द खड़ी गाड़ियों और खिड़कियों में लटके पुराने पर्दों से लगता

था। उसी हालत में कुछ और घर थे। एक के पीछे खलिहान था जिसकी छत बैठ गई थी और जिसकी शहतीरों के बीच से निकल आयी काली पुआल आँतों की तरह लग रही थी।

इस जगह को देख नील ख़ुशी से कुछ बुदबुदाया लेकिन गाड़ी नहीं रोकी।

"आख़िरकार।" उसने कहा, "आ-ख़िर-कार। अब पता चला। तुम्हें धन्यवाद।"

"मुझे?"

"तुम्हें गाड़ी चलाना सिखाने के लिए। इसने मुझे बड़ी शान्ति प्रदान की।"

"शान्ति प्रदान की?" ग्रेस ने कहा, "वाकई?"

"कसम से।" नील मुस्करा रहा था लेकिन उसने ग्रेस की तरफ़ नहीं देखा। वह गाँवों के पार सड़क के दाएँ-बाएँ फैले खेतों को देखने में व्यस्त था।

'यही है। यहीं होना चाहिए। अब पता चला।' उसने स्वगत कहा।

यही होता रहा जब तक वह एक पतली सड़क पर नहीं मुड़ गया। यह सीधी न जाकर एक मैदान में पत्थरों और जूनिपर की झाड़ियों के इई-गिर्द जा रही थी। सड़क के अन्त में एक घर था जिसकी हालत गाँव के दूसरे घरों से भिन्न नहीं थी।

"अब यहाँ।" उसने कहा, "यहाँ मैं तुम्हें भीतर नहीं ले जाऊँगा। मुझे मुश्किल से पाँच मिनट लगेंगे।"

उसे इससे ज़्यादा देर लगी थी।

वह घर की छाया में गाड़ी में बैठी रही। घर का दरवाज़ा खुला था पर बाहर का जालीवाला दरवाज़ा बन्द था। जाली में तार लगाकर जोड़े पैबन्द लगे थे। उसे बाहर बैठी देखने कोई नहीं आया, कुत्ता तक नहीं। अब जब गाड़ी नहीं चल रही थी, चारों तरफ़ एक अप्रत्याशित सन्नाटा छा गया लगता था। अप्रत्याशित इसलिए कि ऐसी गर्म दोपहर घास और जुनिपर की झाड़ियों में छुपे कीड़ों की भनभन और झंकार से गुंजित होनी चाहिए थी। आप उन्हें देख न पाएँ तो भी उनकी आवाज़ क्षितिज तक फैली धरती पर उगती हर चीज़ से आती सुनाई देती है। लेकिन इस वर्ष इन सबके लिए और सम्भवत: दक्षिण की ओर उड़कर जाती बत्तखों की कैं-कैं सुनने के लिए देर हो चुकी थी। जो भी हो, ग्रेस को कुछ नहीं सुनाई पड़ रहा था।

ऐसा लगता था कि यहाँ वे जगत के शीर्ष पर थे, कम-से-कम किसी एक शीर्ष पर। चारों तरफ़ धरती नीची थी और वहाँ उगते पेड़ों के सिर्फ़ ऊपरी भाग दिखाई दे रहे थे।

यहाँ वह किसे जानता था, इस घर में कौन रहता था? कोई महिला? लगता नहीं कि जैसी महिला उसे पसन्द आएगी वह ऐसी जगह में रहेगी, लेकिन जैसे अजीबोग़रीब अनुभव आज ग्रेस को हो चुके थे, क्या पता। वाकई क्या पता।

कभी यह ईंट का घर रहा होगा किन्तु अब कोई दीवारों से ईंटें निकाल रहा था। नीचे लकड़ी की दीवारें नंगी हो गई थीं और निकली हुई ईंटों का ढेर एक तरफ़ लगा था। शायद बेचने के लिए। इस दीवार पर बची ईंटें आड़ी-तिरछी पंक्तियों में थीं, जैसे जीने की पायदानें। कुछ और करने को न होने के कारण ग्रेस ने अपनी सीट को पीछे खिसकाया ताकि वह ईंटों को गिन सके। यह गिनना कुछ गम्भीरता और कुछ खिलवाड़ था, जिस तरह आप खेल-खेल में फूल की एक-एक पंखुड़ी अलग करते हैं, लेकिन खेल के साथ दुहराई जाने वाली पंक्तियों को वह स्पष्ट न कह सकी, जैसे वह मुझसे प्यार करता है, वह मुझसे प्यार नहीं करता।

मेरी क़िस्मत में। नहीं। क़िस्मत में। नहीं। कहने भर का साहस कर सकी।

आड़ी-तिरछी लगी ईंटों को गिनना आसान नहीं था क्योंकि दरवाज़े के ऊपर वे एक सीधी पंक्ति में लगी थीं।

वह समझ गई कि यह क्या जगह थी। चोरी से शराब बनाने वाले का घर। उसे अपने कस्बे में कभी देखा चोरी से शराब का धन्धा करने वाला एक व्यक्ति याद आया—दुबला, बूढ़ा, बदमिज़ाज, शंकालु। हैलोवीन उत्सव की रात को वह बन्दूक लिये घर के सामने की सीढ़ियों पर बैठा रहता था। दरवाज़े के बगल में जलावन के लिये जमा किए कुन्दों पर नम्बर लिख देता था जिससे जान सके कि कोई उनकी चोरी तो नहीं कर रहा है। ग्रेस ने उसके—या यहाँ रहने वाले—के बारे में सोचा कि वह अपने कुछ गन्दे पर सुव्यवस्थित कमरे में बैठा गर्मी में ऊँघ रहा होगा। दरवाज़े की जाली में लगे पैबंदों से पता चल जाता कि घर सुव्यवस्थित होगा। उसकी एक चरमराती चारपाई या सोफ़ा होगा और एक पुरानी गन्दी रजाई जिसे उसकी किसी अब दिवंगत रिश्तेदार ने वर्षों पहले बनाया होगा।

ऐसा नहीं कि पहले किसी ऐसा धन्धा करने वाले के घर जा चुकी हो। पर उसके अपने कस्बे के समाज में ग़रीबी का जीवन सम्मानपूर्वक बिताने और न बिताने के ढंगों में अधिक अन्तर न था। ग्रेस को ख़ूब मालूम था।

उसका मॉरी से विवाह का सोचना भी कितनी विचित्र बात थी। यह एक प्रकार का धोखा होता। अपने से धोखा। पर नील की गाड़ी में घूमना किसी से धोखा न था। क्योंकि नील कुछ वही बातें जानता था जो वह जानती थी। और वह नील के बारे में लगातार कुछ और जान रही थी।

फिर उसे लगा कि वह अपने चाचा को दरवाज़े के सामने खड़े देख रही हो। वह कुछ झुके हुए और खोये से लग रहे थे और उसकी तरफ़ ऐसे देख रहे थे कि

मानो वह वर्षों से दूर रही हो। कि उसने घर आने का वादा किया हो, फिर भूल गई हो, और इस बीच चाचा को मर जाना चाहिए था पर वह मरे नहीं थे।

ग्रेस ने चाचा से कुछ कहने का यत्न किया, लेकिन वह कहीं ग़ायब हो गए। उसकी नींद कुछ उखड़ी, वह कुछ कसमसाई। वह फिर नील के साथ थी और गाड़ी सड़क पर दौड़ रही थी। सोते समय तो उसका मुँह खुला था, और अब उसे प्यास लग रही थी। नील उसकी तरफ़ एक क्षण के लिए मुड़ा और, चलती गाड़ी में हवा की तेज़ी के बावजूद, उसे व्हिस्की की ताज़ी गन्ध आई।

यह वास्तविकता थी।

"तुम जगी हो? मैं बाहर आया तो तुम गहरी नींद में थीं।" नील ने कहा, "माफ करना, वहाँ कुछ देर बैठना ज़रूरी था। पेशाब तो नहीं लगा?"

जब वे इस घर पहुँचे थे तो ग्रेस इसी बारे में सोच रही थी। उसने घर के पीछे एक शौचालय बना देखा था लेकिन गाड़ी से उतरकर वहाँ तक जाने में उसे संकोच हो रहा था।

नील ने कहा, "यह उस काम के लिए उपयुक्त जगह लग रही है।" और गाड़ी रोक दी। वह उतरी और किनारे खिले हुए जंगली फूलों के बीच से गुज़र फारिग होने के लिए बैठ गई। नील सड़क के दूसरी ओर ऐसे ही फूलों के बीच मुँह फेरे खड़ा था। गाड़ी में पुन: बैठने पर ग्रेस ने अपने पाँवों के पास फर्श पर पड़ी बोतल देखी। बोतल एक तिहाई ख़ाली थी।

नील ने उसकी नज़र बोतल की ओर जाती देखी।

"अरे, चिन्ता मत करो।" नील ने कहा, "मैंने थोड़ी इसमें डाल ली है।" उसके हाथों में एक फ़्लास्क था, "गाड़ी चलाते समय सहूलियत रहती है।"

फर्श पर एक दूसरी कोकाकोला की बोतल थी। उसने ग्रेस से ग्लव कम्पार्टमेंट में बोतल खोलने वाली चाभी ढूँढ़ने के लिए कहा।

"ठंडी है।" ग्रेस ने कुछ विस्मय से कहा।

"आईसबॉक्स में थी। ये लोग जाड़े में झील से बर्फ़ काटकर लकड़ी के बुरादे में रखते हैं। यह आदमी अपने घर के नीचे बर्फ़ जमा करता है।"

"मुझे लगा मैंने अपने चाचा को इस घर के दरवाज़े पर खड़ा देखा।" ग्रेस ने कहा, "लेकिन मैं स्वप्न देख रही थी।"

"तुम मुझे अपने चाचा के बारे में बता सकती हो। जहाँ रहती हो उसके बारे में। क्या काम करती हो। कुछ भी। मुझे तुम्हें बात करते सुनना अच्छा लगता है।"

उसकी आवाज़ में एक नई खनक थी और चेहरे पर एक नया रंग, लेकिन यह अन्तर शराब पीने से न आया था। जैसे कि वह बीमार रहा हो, ज़्यादा बीमार नहीं, बस कुछ तबीयत ख़राब-सी, और अब आश्वस्त करना चाहता था कि उसका हाल

पहले से अच्छा था। उसने फ़्लास्क का ढक्कन बन्द कर नीचे रख दिया और हाथ बढ़ाकर ग्रेस का हाथ पकड़ लिया। जैसे किसी मित्र का हाथ पकड़ा हो।

"वे काफ़ी बूढ़े हैं।" ग्रेस ने कहा, "वे असल में मेरे पड़चाचा हैं। वे कुर्सी बिनाई का काम करते हैं। मैं यह काम समझा नहीं सकती पर दिखा सकती हूँ यदि कोई कुर्सी हो बिनने के लिए—।"

"मुझे तो कोई नहीं दिखाई दे रही।"

वह हँसी और कहा, "ऊबाऊ काम है, वाकई।"

"तुम्हें और क्या पसन्द है? और क्या करना अच्छा लगता है?"

ग्रेस ने कहा, "आप।"

"हूँ, मुझमें ऐसा क्या पसन्द है?" नील ने अपना हाथ हटा लिया।

"जो आप अभी कर रहे हैं।" ग्रेस ने कुछ निश्चय से कहा, "क्यों?"

"तुम्हारा मतलब है पीना? मैं क्यों पी रहा हूँ?" फ़्लास्क का ढक्कन फिर खुल गया, "तुम मुझसे पूछती क्यों नहीं?"

"क्योंकि मैं जानती हूँ आप क्या कहेंगे?"

"वह क्या? मैं क्या कहूँगा?"

"यही कि करने को और कुछ क्या है? या कुछ ऐसा ही।"

"सही है।" नील ने कहा, "मैं यही कहूँगा। तुम बताने की कोशिश करोगी कि मैं क्यूँ ग़लत हूँ।"

"नहीं।" ग्रेस ने कहा, "नहीं, मैं नहीं करूँगी।"

यह कहने के बाद उसे कुछ निराशा हुई। अपने विचार में वह नील की बातें गम्भीरता से ले रही थी, लेकिन अब उसे लगा कि वह नील को ऐसे उत्तरों से प्रभावित करना और अपने को उतना ही सयाना दिखाना चाह रही थी जितना वह था। इस सबके बीच उसे एक क़ठोर सत्य का आभास हुआ। एक निराशा की अनुभूति—सच्ची, तर्क संगत और स्थायी।

"तुम नहीं करोगी? नहीं, तुम नहीं करोगी। कितनी राहत मिली मुझे। तुमने कितनी राहत दी, ग्रेस।"

थोड़ी देर में नील ने कहा, "मालूम है, मुझे नींद आ रही है। जैसे ही कोई उपयुक्त जगह मिलेगी, मैं गाड़ी रोककर थोड़ा सो लूँगा। तुम्हें आपत्ति तो नहीं?"

"नहीं। मेरा भी ख़याल है आपको सो लेना चाहिए।"

"तुम मेरा ध्यान रखोगी?"

"हाँ।"

"ठीक है।"

उपयुक्त जगह मिली फ़ॉरचून नाम के कस्बे में। नदी किनारे एक पार्क था और गाड़ियाँ खड़ी करने के लिए बजरी बिछा स्थान। नील ने सीट को पीछे किया और

तुरन्त ही सो गया। अँधेरा होने लगा था, जैसे इन दिनों संध्या के भोजन के समय हो जाता है, इस बात का द्योतक कि यह आख़िरकार गर्मियों का दिन नहीं था। कुछ ही देर पहले यहाँ लोगों ने थैंक्सगिविंग की पिकनिक मनाई थी—एक चूल्हे से अभी भी धुआँ उठ रहा था और हवा में हैमबर्गर पकने की गन्ध थी। उस गन्ध ने ग्रेस की भूख नहीं चेताई—इससे उसे दूसरी परिस्थितियों में भूख लगने की बात याद आ गई।

नील तुरन्त सो गया था। वह गाड़ी से उतर गई। गाड़ी चलाना सीखते समय बार-बार रुकने और चलने से वह थोड़ी धूल से भर गई थी। बाहर लगे एक नल पर उसने अपनी बाँहें, हाथ और चेहरा धोया। फिर ज़ख्मी पैर पर बोझ न डालने की कोशिश करती वह नदी के नरकट भरे किनारे तक यह देखने गई कि पानी कितना छिछला है। एक साइनबोर्ड पर चेतावनी लिखी थी कि यहाँ अशिष्ट और अश्लील व्यवहार और गन्दी भाषा का प्रयोग करने वाले दंडित होंगे।

वह वहाँ लगे एक झूले में बैठी। पश्चिम की ओर पेंग भरते उसकी दृष्टि संध्या के विमल आकाश की ओर गई—धुँधलाती हरित और सुनहरी आभा, क्षितिज छूती प्रज्वलित लोहित रेखा। हवा में शीत ऋतु का आभास होने लगा था।

उसने सोचा था कि इसका कारण अनुभव किए स्पर्श थे। अधरों पर अधर, जिह्वाएँ छूती हुईं, त्वचा को रगड़ती त्वचा, जुड़े हुए शरीर, हड्डी से टकराती हड्डी। भावातिरेक वासना। पर उनके साथ ऐसा कुछ नहीं हुआ था। जितना उसे अब वह समझ और जान चुकी थी, उसकी तुलना में यह बच्चों का खेल था।

पर जो जाना था उसके अन्तिम होने की अनुभूति थी। मानो वह एक काले पानी के विस्तार के छोर पर थी, जिसमें न कोई हलचल थी और जिसकी न कोई सीमा दिखाई दे रही थी। पानी का ठंडा, सपाट विस्तार। इस काले, सपाट, ठंडे पानी को देखते हुए और जानते हुए कि इसके अतिरिक्त और कुछ नहीं था।

इसका कारण शराब पीना न था। हर स्थिति में और हर समय वही एक वस्तु प्रतीक्षारत थी। पीना, पीने की आवश्यकता—बाक़ी चीज़ों की तरह वह भी वास्तविकता को न देखना था।

वह वापिस गाड़ी तक गई और नील को जगाने का यत्न किया। वह हिला-डुला मगर उठा नहीं। वह अपने को गर्म रखने के लिए चहलकदमी करने लगी और कम-से-कम पीड़ा के चलने का अभ्यास करने लगी—उसे मालूम था कि कल सुबह उसे काम पर नाश्ता परोसना पड़ेगा।

उसने पुन: नील को स्थिति समझाकर जगाने का यत्न किया। वह कुछ बुदबुदाया, उठने की बात कही और पुन: सो गया। जब अँधेरा घना हो गया तो उसने यत्न करना छोड़ दिया। लगातार सर्द होती जा रही रात से कुछ बातें उसके लिए साफ़ हो गईं कि वे यहाँ से जाने में अब अधिक देर नहीं कर सकते थे। कि वे अभी भी इसी संसार में थे। और कि उसे बेलीज़ फ़ाल्स वापिस लौटना था।

कुछ कठिनाई से उसने नील को यात्री सीट में खिसकाया। यह स्पष्ट था कि यदि इससे भी उसकी नींद नहीं टूटी, तो किसी भी तरह नहीं टूटेगी। उसे समझने में कुछ समय लगा कि गाड़ी की बत्तियाँ कैसे जलाई जाती हैं, फिर वह हिचकोले खाती गाड़ी को धीरे-धीरे वापिस सड़क की ओर लाने लगी।

उसे कोई अनुमान न था किस दिशा में जाना था और न ही सड़क पर कोई था जिससे वह पूछ सकती थी। वह गाड़ी चलाती कस्बे को पार करने का यत्न करती रही। उसे दिशा निर्देश देती कुछ पट्टिकाएँ दिखाई दीं जिनमें से सौभाग्य से एक बेलीज़ फ़ाल्स के लिए थी जो केवल नौ मील दूर था।

वह दो लेन वाले हाइवे पर गाड़ी चलाती गई, पर कभी भी तीस मील घंटा की रफ्तार से ऊपर नहीं। हाइवे पर गाड़ियाँ ज़्यादा नहीं थीं। एक या दो बार एक गाड़ी हॉर्न बजाती उसके पास से निकल गईं, शायद इसलिए कि उसकी गति इतनी धीमी थी। सामने से आती कुछ गाड़ियों ने भी हॉर्न बजाया, शायद इसलिए कि उसे गाड़ी की बत्तियाँ नीची करना नहीं आता था। उसने परवाह न की। वह सड़क के बीच गाड़ी रोककर कुछ देर सुस्ता भी नहीं सकती थी। बस गाड़ी चलाती जाओ, जैसे नील ने कहा था। चलाती जाओ।

एक अपरिचित रास्ते से बेलीज़ फ़ाल्स पहुँचने के कारण वह कस्बे को पहले तो पहचान ही नहीं पाई। जब पहचाना तो उसे इतना भय लगा जितना पिछले नौ मीलों में नहीं लगा था। अनजान इलाक़े में गाड़ी चलाना एक बात थी, होटल के फाटक में गाड़ी मोड़ना एकदम दूसरी बात थी।

जब उसने निर्धारित जगह पर गाड़ी पार्क की तो नील जगा हुआ था। उसने कोई विस्मय नहीं दिखाया कि वे कहाँ थे या यहाँ तक कैसे पहुँच गए थे। नील ने कहा कि असल में गाड़ियों के हॉर्न बजाने ने उसे मीलों पहले जगा दिया था, पर वह सोने का बहाना करता रहा क्योंकि ग्रेस को गाड़ी चलाते समय चौंका न देना ज़रूरी था। पर वह घबराया नहीं, वह जानता था कि ग्रेस ठीक-ठाक पहुँच जाएगी।

ग्रेस ने उससे पूछा कि क्या उसे इतनी होश थी कि गाड़ी चला ले।

"बिलकुल होश है। नींद का नामो-निशान नहीं।"

उसने ग्रेस से सैंडल से पाँव बाहर निकालने को कहा। पाँव को यहाँ-वहाँ छुआ और दबाया, फिर कहा, "ठीक है। गर्म नहीं है। सूजन नहीं है। तुम्हारी बाँह दर्द कर रही है? शायद न करे।" वह ग्रेस के साथ दरवाज़े तक आया और उसकी संगति के लिए धन्यवाद दिया। वह सुरक्षित लौट आने पर अभी भी चकित थी। उसे मुश्किल से ध्यान आया कि यह अलविदा कहने का समय था।

असल बात यह है कि ग्रेस आज तक नहीं समझ पाई कि क्या उन्होंने वे शब्द एक-दूसरे से कहे थे कि नहीं, या नील ने उसे पकड़कर ज़ोर से अपनी बाँहों में जकड़ा, उसके जिस्म पर यहाँ-वहाँ लगातार दबाव के साथ, कि उसे लगा कि यह

करने के लिए दो से अधिक बाँहों की ज़रूरत थी। ग्रेस को यह भी लगा कि वह नील के बलवान और छरहरे शरीर से घिरी थी, वह उसे चाहता भी था और उसको छोड़ भी रहा था, जैसे कि मानो कहने का यत्न कर रहा था कि ग्रेस का उस पर भरोसा न करना ग़लत था, कि सब कुछ सम्भव था, लेकिन यह भी कि वह ग़लत नहीं थी, वह उस पर अपनी यादों की छाप छोड़कर चला जाना चाहता था।

सवेरे ही सवेरे मैनेजर ने डॉरमेटरी के दरवाज़े पर दस्तक देकर ग्रेस का नाम पुकारा।

"किसी का फ़ोन है।" मैनेजर ने कहा, "तुम आओ मत, वे सिर्फ़ जानना चाहते हैं कि तुम यहाँ हो कि नहीं। मैंने कहा मैं जाकर पता करता हूँ। और सब ठीक है।"

मॉरी होगा, ग्रेस ने सोचा। या फिर उनमें से कोई भी। किन्तु सम्भवत: मॉरी ही। अब उसे मॉरी से निपटना पड़ेगा।

जब वह सुबह अपने किरमिच के जूते पहन नाश्ता लगाने गई तो उसने दुर्घटना के बारे में सुना। लिटल साबोट झील के आधे रास्ते में एक गाड़ी पुल के खम्बे से टकरा गई थी। गाड़ी चकनाचूर होकर जल गई थी। दुर्घटना में कोई दूसरी गाड़ी नहीं शामिल थी और न ही ज़ाहिरा तौर पर कोई सवारी। चालक की पहचान उसके दाँतों के रिकार्ड से हो पाएगी। हो सकता है पहचान लिया गया हो, अब तक।

"किसी की मृत्यु ऐसे न हो।" मैनेजर ने कहा, "इससे तो अच्छा है कि कोई अपना गला ही काट ले।"

"कोई और कारण भी हो सकता है।" रसोइए ने कहा, जो कुछ आशावादी क़िस्म का था, "हो सकता है चालक को झपकी आ गई हो।"

"हाँ। हो सकता है।"

उसकी बाँह में दर्द उठा जैसे कि ज़ोर की चोट लगी हो। वह परोसने की थाली उस अकेले हाथ में न सँभाल पाई और थाली को दोनों हाथों से पकड़ना पड़ा।

मॉरी से आमने-सामने बात करने की नौबत नहीं आई। उसने ग्रेस को एक पत्र लिखा।

बस इतना कहना कि उसने तुम्हें मजबूर किया था। बस कहना कि तुम नहीं जाना चाहती थी।

ग्रेस ने पाँच शब्द का उत्तर लिखा। मैं स्वयं जाना चाहती थी। वह इसमें जोड़ने वाली थी मुझे खेद है, लेकिन अपने को रोक लिया।

ट्रैवर्स साहब उससे मिलने होटल आए। उनका बातचीत का ढंग नम्र, शान्त, बिना लाग-लपेट के और व्यावहारिक था। ग्रेस उन्हें एक ऐसी परिस्थिति में मिल रही

थी जहाँ उनका स्वतंत्र व्यक्तित्व उभर आया था। एक ऐसा व्यक्ति जो मामले को सँभाल सकता था, जिसे पता था कि अब क्या करना है। उन्होंने कहा कि बहुत दु:ख की बात हुई थी, उन सभी को बहुत दु:ख था लेकिन पियक्कड़पन बुरी चीज़ थी। जब श्रीमती ट्रैवर्स की हालत थोड़ी सुधरेगी, वह उनका मन बहलाने के लिए किसी ऊष्म स्थान की यात्रा पर ले जाएँगे।

फिर उन्होंने कहा कि उन्हें चलना चाहिए, बहुत से काम थे। जब उन्होंने अलविदा कहने के लिए हाथ मिलाया, ग्रेस को एक लिफ़ाफ़ा पकड़ा दिया।

"हम दोनों को आशा है यह तुम्हारे काम आएगा। तुम इसका अच्छा इस्तेमाल करोगी।" उन्होंने कहा।

चेक एक हज़ार डॉलर का था। पहली बात उसके दिमाग़ में आई थी कि चेक को वापिस भेज दे या फाड़कर फेंक दे, और अब भी वह कभी-कभी सोचती है कि वैसा कर देती तो अधिक अच्छा होता। लेकिन अन्त में वह कर न पाई। उन दिनों इतना पैसा जीवन की कई नई राहें खोल सकता था।

गुनाह

लगभग आधी रात के समय वे शहर से बाहर निकले—हैरी और डेलफ़ीन कार की अगली सीट पर बैठे थे और आईलीन और लॉरेन पिछली सीट पर। आसमान साफ़ था और बर्फ़ पेड़ों पर से फिसलकर नीचे आ गिरी थी मगर अभी पिघली नहीं थी, न पेड़ों के नीचे और न सड़क के किनारे के पत्थरों पर। एक पुल के बगल में हैरी ने कार रोक दी।

"यहाँ ठीक रहेगा।"

"कोई हमें यहाँ रुका हुआ देख सकता है।" आईलीन ने कहा, "हम क्या कर रहे हैं, देखने के लिए वे रुक सकते हैं।"

हैरी ने फिर कार चलानी शुरू कर दी। वे एक गाँव की तरफ़ जा रही छोटी सड़क पर मुड़ गए। वहाँ वे सभी कार से बाहर आ गए और सावधानीपूर्वक पास में काले देवदारों से भरे किनारे की तरफ़ चल पड़े। पैरों के नीचे बर्फ़ टूटने की हलकी-सी आवाज़ हो रही थी, यद्यपि बर्फ़ के नीचे की ज़मीन नरम और दलदली थी। लॉरेन ने अब भी कोट के नीचे नाईटी पहनी हुई थी, लेकिन आईलीन ने उसे जूते पहनवा दिए थे।

"यहाँ ठीक रहेगा?" आईलीन ने कहा।

"यह सड़क से बहुत दूर नहीं है।" हैरी ने कहा।

"इतनी दूर काफ़ी है।"

यह वह साल था जब हैरी ने मानसिक तनाव के कारण समाचार पत्रिका की नौकरी छोड़ दी थी। उसने इस छोटे से कस्बे में जिसे वह बचपन से जानता था, एक साप्ताहिक समाचार पत्र ख़रीद लिया था। उसके परिवार का वहीं पास की छोटी-सी झील के किनारे ग्रीष्मकालीन घर हुआ करता था और उसे मुख्य सड़क पर बने होटल में पहली बार बीयर पीना भी याद था। वह और आईलीन और लॉरेन उस शहर में पहले रविवार की रात वहाँ खाना खाने गए थे।

मगर बार बन्द हो चुका था। हैरी और आईलीन को पानी ही पीना पड़ा।

"इतनी जल्दी कैसे बन्द हो गया?" आईलीन ने कहा।

हैरी ने मालिक की तरफ़, जो होटल का बैरा भी था, नज़रें उठाईं।

"रविवार के कारण?" उसने कहा।

"लाइसेंस नहीं है।" मालिक ने अपनी भारी आवाज़ में जैसे कुछ तिरस्कार से कहा। उसकी कमीज, टाई और सामने से खुला स्वेटर और पतलून लगता था कि उसके साथ ही पुराने हुए हैं। वे झुर्रियों से भरी, रोंयेदार त्वचा की तरह लग रहे थे जैसी कि उनके नीचे उसकी बुढ़ाती असल त्वचा होगी।

"हालात बदल गए हैं।" हैरी ने कहा। और जब उस आदमी ने कोई जवाब नहीं दिया तो उसने सबके लिए कोयलों पर भुने मांस का ऑर्डर दिया।

"क्या दोस्ताना अन्दाज़ है।" आईलीन ने कहा।

"यूरोपीयन।" हैरी ने कहा, "यह वहाँ की संस्कृति है। वे हर समय मुस्कुराना ज़रूरी नहीं समझते।" उसने दिखाया कि कैसे भोजन कक्ष की सभी चीज़ें अभी तक ज्यों-की-त्यों थीं—ऊँची छत, उस पर धीरे-धीरे घूम रहा पंखा, यहाँ तक कि धुँधलाया तैल चित्र भी जिसमें एक भूरे पंखों वाली चिड़िया को मुँह में लिये हुए शिकारी कुत्ते का चित्र बना हुआ था।

कुछ और गाहक भी आ गए। पारिवारिक जश्न मनाते कुछ लोग। झालरदार फ्राक और चमकते जूतों में बच्चियाँ, एक नन्हा बच्चा, एक किशोर जो सूट में शर्म से अधमरा हो रहा था, अनेक माँ-बाप और उनके भी माँ-बाप—एक दुबले-पतले अन्यमनस्क से वृद्ध और फूल माला पहने व्हीलचेयर पर एक तरफ़ झुकी बैठी वृद्धा। फूलदार कपड़ों में कुछ महिलाएँ जिनकी एक पोशाक से आईलीन की चार पोशाकें तैयार हो जातीं।

"शादी की सालगिरह।" हैरी फुसफुसाया।

बाहर जाते समय हैरी अपना और अपने परिवार का परिचय देने के लिए, उनको यह बताने के लिए कि वह साप्ताहिक पत्र का नया मालिक था और अपनी शुभकामनाएँ देने के लिए रुका। उसने कहा कि अगर वह उनके नाम पूछे तो वे बुरा तो नहीं मानेंगे। चौड़े चेहरे वाला लड़कानुमा हैरी जिसकी त्वचा धूप में तपी थी और बालों में हलकी भूरी चमक थी। उसका दोस्ताना अन्दाज़ और प्रसन्नचित्त व्यवहार उस मेज़ पर बैठे सभी व्यक्तियों के चेहरे पर नज़र आया—हालाँकि शायद उस किशोर और वृद्ध दम्पती पर नहीं। उसने पूछा कि उनकी शादी को कितना समय बीत चुका था और उसको जवाब मिला—पैंसठ साल।

"पैंसठ साल।" वह कुछ चकित-सा हो ज़ोर से बोला। उसने पूछा कि क्या वह दुल्हन का चुम्बन ले सकता है? और दुल्हन ने अपना सिर थोड़ा घुमाया और हैरी ने होंठों से उसके कान के निचले हिस्से को छूकर चुम्बन ले भी लिया।

"अब तुम दूल्हे का चुम्बन लो।" उसने आईलीन से कहा, जिसने मुस्कुराते हुए वृद्ध के सिर पर हलके-से चुम्बन जड़ दिया।

हैरी ने उनके ख़ुशहाल दाम्पत्य जीवन का राज़ पूछा।

"मम्मा बोल नहीं पातीं।" विशालकाय महिलाओं में से एक ने कहा, "लेकिन मुझे डैडी से पूछने दो।" वह अपने बाप के कान में चिल्लाई, "ख़ुशहाल दाम्पत्य जीवन के लिए आपकी क्या सलाह है?"

उसने शरारती अन्दाज़ में चेहरा सिकोड़ कहा, "हमेशा औरत की गर्दन पैर से दबाए रखो।"

सभी बड़े लोग हँसने लगे, और हैरी ने कहा, "ठीक है, मैं साप्ताहिक में केवल यह लिखूँगा कि आपने हमेशा अपनी पत्नी की सहमति का ख़याल रखा।"

बाहर आने पर आईलीन ने कहा, "ये इतने मोटे कैसे हो जाते हैं? मेरी समझ में नहीं आता। इतना मोटा होने के लिए तो दिन-रात खाना पड़ेगा।"

"अजूबा।" हैरी ने कहा।

"वे हरे सेम की फलियाँ डिब्बाबन्द थीं।" आईलीन ने कहा, "अगस्त में क्या यही समय नहीं जब वे पककर तैयार होती हैं? और वह भी उसी देहात में जहाँ वे उगाई जाती हैं।"

"अजूबे पर अजूबा।" हैरी ने चहककर कहा।

लगभग उसी समय होटल में परिवर्तन होने शुरू हो गए थे। जहाँ भोजन कक्ष था वहाँ नक़ली छत लगा दी गई—जिसमें धातु की पट्टियों की मदद से पेपरबोर्ड के वर्गाकार टुकड़े लगे हुए थे। बड़ी गोल मेज़ों की जगह छोटी चौकोर मेज़ें आ गईं थीं, और लकड़ी की भारी-भरकम कुर्सियों की जगह हल्की धातु की भूरी-लाल प्लास्टिक की सीट वाली कुर्सियाँ लगा दी गई थीं। चूँकि छत नीची हो गई थी, खिड़कियों को छोटा कर आयताकार कर दिया गया था। उनमें से एक में नियोन साईन बोर्ड पर लिखा था—वेलकम कॉफ़ी हाउस।

साईन बोर्ड के बावजूद उसके मालिक, जिसका नाम मिस्टर पलेजियन था, के चेहरे पर कभी मुस्कराहट नहीं उभरी और न कभी उसने ज़रूरत से ज़्यादा एक शब्द किसी के स्वागत में बोला।

फिर भी कॉफ़ी हाउस दोपहर और अपराह्न में ग्राहकों से भर जाता था। ग्राहक हाईस्कूल के छात्र होते थे, अधिकतर नवीं और ग्यारहवीं कक्षा के, कुछ बड़ी कक्षाओं के भी। यहाँ आने का बड़ा आकर्षण था कि यहाँ कोई भी धूम्रपान कर सकता था। पर सिगरेट ख़रीद नहीं सकता था, अगर सोलह से कम आयु का लगे।

पलेजियन साहब इस मामले में बहुत सख़्त थे। "तुम नहीं।" वह अपनी भारी नीरस आवाज़ में कहते, "तुम नहीं ख़रीद सकते।"

उन्होंने कॉफ़ी हाउस में काम के लिए एक औरत रख ली थी, और अगर कोई कमउम्र लड़का उससे सिगरेट ख़रीदने की कोशिश करता था, वह हँसने लगती थी।

"किसे बेवक़ूफ़ बना रहे हो, बच्चे।"

लेकिन कोई जो सोलह साल या उससे ऊपर का था, कमउम्र लड़कों से पैसे लेकर दर्जन पैकेटों का बंडल ख़रीद सकता था।

"क़ानून यही है।" हैरी ने कहा।

हैरी ने वहाँ दोपहर में खाना बन्द कर दिया—बहुत शोर होता था—लेकिन वह नाश्ता करने अब भी आया करता था। उसे उम्मीद थी कि किसी-न-किसी दिन पलेजियन साहब कुछ नर्म पड़ेंगे और उसे अपनी ज़िन्दगी की कहानी सुनाने के लिए तैयार हो जाएँगे। हैरी ने एक फ़ाइल में अपनी किताबों के लिए बहुत से विषय इकट्ठा कर रखे थे और हमेशा नए जीवन वृत्तान्त ढूँढ़ता रहता था। क्या पता किसने, जैसे पलेजियन साहब—या फ़िर उस सख़्त लहजे वाली मुट्टल वेटर ने—अपने हृदय में किसी दुखद दास्तान या रोमांचक अनुभव को दबा रखा हो जो बेस्ट सेलर किताब बन जाए।

ज़िन्दगी का मतलब है इस संसार में किसी मक़सद के साथ जीना, हैरी ने लॉरैन से कहा था। आँखें खुली रखो और जिस किसी से मिलो उसके दिल में अच्छाई देखो। सजग रहो। अगर उसे लॉरैन को कुछ भी सिखाना था तो यही था। *सजग रहो।*

लॉरैन अपना नाश्ता ख़ुद बनाती थी, प्रायः सीरियल जिसे वह दूध की जगह मेपल की चाशनी में पकाती थी। आईलीन अपनी कॉफ़ी लेकर वापस बिस्तर में चली गई और उसे धीरे-धीरे पीने लगी। वह बात नहीं करना चाहती थी। उसे अपने आपको साप्ताहिक कार्यालय में दिन भर काम करने के लिए मानसिक रूप से तैयार करना था। जब वह अपने आपको काफ़ी हद तक तैयार कर चुकी—उस समय जब लॉरैन स्कूल जा चुकी थी—वह बिस्तर से निकली और नहाने के बाद उसने अपने भड़कीले कपड़ों में से एक पहन लिया। पतझड़ शुरू होने के बाद अधिकतर वह रंग-बिरंगे लम्बे मोज़ों के ऊपर चमड़े की छोटी स्कर्ट तथा बड़ा-सा स्वेटर ही पहनती थी। पलेजियन साहब की तरह, आईलीन शहर के हर दूसरे व्यक्ति से अलग दिखती थी, हाँ, मगर अपने छोटे कटे काले बाल, विस्मयादिबोधक आकार के सोने के बुंदे और हलका बैंगनी रंग लगे पपोटों के

साथ ख़ूबसूरत लगती थी, समाचार पत्र कार्यालय में उसका व्यवहार चुस्त पर कुछ अन्यमनस्क-सी लगती थी, मगर ज़रूरत पड़ने पर वह आकर्षक और जीवन्त तरीके से मुस्करा भी देती थी।

उन लोगों ने शहर के किनारे की तरफ़ एक घर किराये पर ले रखा था। उनके घर के पिछवाड़े से ही पथरीला और ग्रैनाइट की ढलानों वाला जंगली इलाक़ा शुरू हो जाता था जिसमें देवदार भरे दलदल थे, छोटी झीलें थीं, और चिनार, मेपल, तमारक और फर वृक्षोंवाला परिवर्ती जंगल था। हैरी को यह जगह बेहद पसन्द थी। वह कहता था कि हो सकता है कि किसी सुबह उनकी आँख खुले और उन्हें अपने पिछवाड़े बारहसिंगा नज़र आ जाए। लॉरेन स्कूल से घर वापस आ गई थी। उस समय सूरज ढल रहा था और शरद ऋतु के दिन की अलसायी-सी गर्माहट ख़तम हो रही थी जैसे कि कभी थी ही नहीं। घर ठंडा था और पिछली रात के खाने और बची हुई कॉफ़ी की और कूड़े की भी गन्ध से भरा हुआ था जिसे बाहर फेंकना उसकी ज़िम्मेदारी थी। हैरी कम्पोस्ट खाद बना रहा था—अगले साल वह सब्ज़ियों का बग़ीचा लगाना चाहता था। लॉरेन ने छिलके, सेबों के बीज वाले भाग, काफ़ी की तलछट, बचे-खुचे खाने की बाल्टी उठाई और जंगल के छोर तक फेंकने गई जहाँ हिरण या भालू कभी भी नज़र आ सकता था। चिनार की पत्तियाँ पीली पड़ चुकी थीं और सदाबहार के सामने तमारक के पेड़ पर रोएँदार नारंगी काँटे नज़र आ रहे थे। उसने कूड़ा उलट दिया और बेलचे से उसके ऊपर मिट्टी और कटी घास फैला दी, जैसाकि हैरी ने उसको सिखाया था।

उसकी ज़िन्दगी अब कुछ सप्ताह पहले तक की ज़िन्दगी से बहुत बदल चुकी थी, जब वह और हैरी और आईलीन दोपहर की गर्मी में किसी एक झील में तैरने जाया करते थे। बाद में शाम को वह और हैरी शहर में टहलने चले जाते थे, जबकि आईलीन घर की दीवारों को साफ़ करने, पेंट करने और वॉलपेपर लगाने के लिए रुक जाती थी। उसका कहना था कि वह अकेले इस काम को ज़्यादा तेज़ी और अच्छी तरह कर सकती है। वह हैरी से सिर्फ़ इतनी मदद चाहती थी कि वह अपने सारे दस्तावेज़ों के बक्से और अपनी फ़ाइलों की आलमारी और मेज़ तहखाने में रख दे ताकि उनसे काम में अड़चन न आए। लॉरेन ने हैरी की मदद की थी।

जब लॉरेन ने एक गत्ते का डिब्बा उठाया तो वह बहुत ही हलका था मानों उसमें काग़ज़ न होकर कोई नरम-सी चीज़ जैसे कपड़े या ऊन के गोले भरे हुए थे।

जैसे उसने कहा, "क्या है ये?" हैरी ने उसे वह डिब्बा उठाए हुए देखा और कहा, "अएँ।" फिर उसने कहा, "हे भगवान!"

उसने लॉरेन के हाथ से डिब्बा ले फ़ाइलों की आलमारी के एक खाने में रख उसका दरवाज़ा ज़ोर से बन्द किया। "हे भगवान।" उसने फिर कहा।

उसने इतने रूखे और क्रुद्ध लहजे में शायद ही कभी लॉरेन से बात की थी। उसने इधर-उधर देखा कि कहीं कोई देख तो नहीं रहा है और अपने हाथ अपनी पतलून पर झाड़े।

"माफ करना।" उसने कहा, "पता नहीं था कि तुम उसे उठा लोगी।" उसने फ़ाइलों की आलमारी के ऊपर कोहनियाँ टिका दीं और अपने हाथों से सिर पकड़ लिया।

"तो।" वह बोला, "तो, लॉरेन, मैं तुमको सुनाने के लिए कोई भी झूठी कहानी गढ़ सकता हूँ, लेकिन मैं तुम्हें सच बताने जा रहा हूँ। क्योंकि मेरे ख़याल में बच्चों को सच बता दिया जाना चाहिए। कम-से-कम जब वह तुम्हारी उम्र के हो जाएँ, उनको बता ही दिया जाना चाहिए। लेकिन हमें इस बात को एक राज़ रखना है। ठीक?"

लॉरेन बोली, "ठीक है।" यद्यपि किसी कारण उसके दिल ने कहा कि काश वह ऐसा न करे।

"उसमें भस्म है।" हैरी ने कहा। भस्म कहते समय उसकी आवाज़ लरज गई, "कोई मामूली भस्म नहीं। एक बच्चे के अन्तिम संस्कार की भस्म। तुम्हारे पैदा होने से पहले ही उस बच्चे की मृत्यु हो चुकी थी। समझीं? बैठ जाओ।"

वह जिल्द वाली पुस्तिकाओं के ढेर पर बैठ गई जिनमें हैरी की रचनाएँ संकलित थीं। हैरी ने अपना सिर उठाया और उसकी तरफ़ देखा।

"देखो—मैं तुमको जो भी बता रहा हूँ उससे आईलीन बहुत परेशान हो सकती है और इसीलिए इस बात को राज़ रखना बहुत ज़रूरी है। इसीलिए तुम्हें इस बारे में कभी नहीं बताया गया क्योंकि आईलीन इस बात की याद दिलाया जाना बरदाश्त नहीं कर सकती। तुम बात समझ गईं?"

लॉरेन ने कहा जो उसको कहना चाहिए था। हाँ।

"ठीक है तो—हुआ यह था कि तुम्हारे पैदा होने से पहले हमारा यह बच्चा हुआ था। एक बच्ची, और वह बच्ची अभी नन्हीं ही थी तो आईलीन फिर गर्भवती हो गई। इससे उसे बहुत धक्का लगा था क्योंकि वह बस समझने लगी ही थी कि एक नवजात शिशु कितनी बड़ी ज़िम्मेदारी है। तिस पर वह ठीक से सो नहीं पाती थी और सुबह-सुबह उसको मतली आने के कारण उल्टियाँ शुरू हो जाती थीं। यह मतली की समस्या केवल सुबह की नहीं थी बल्कि सुबह दोपहर और रात की भी थी, और वह बस समझ नहीं पा रही थी कि गर्भवती होते हुए उससे कैसे निबटे। तो एक रात जब वह बिलकुल अकेली परेशान थी, उसका मन हुआ कि घर से बाहर जाए। वह कार में बैठी और बच्ची को भी उसने एक छोटे पालने में साथ ले लिया। अँधेरा था। बारिश हो रही थी। और वह गाड़ी बहुत तेज़ चला रही थी। और एक मोड़ पर वह चूक गई। तो बच्ची, जो ठीक तरह से बाँधी हुई नहीं

थी पालने से बाहर आ गिरी। आईलीन की कुछ पसलियाँ टूट गई थीं और उसके सिर में भी चोट आई थी, और एक समय ऐसा लगा कि जैसे हम दोनों बच्चों को खोने जा रहे थे।"

उसने एक लम्बी साँस ली।

"मेरा मतलब है, एक को तो हम पहले खो चुके थे। अपने पालने से बाहर गिरते ही वह मर गई थी। लेकिन जो आईलीन के गर्भ में था वह बच गया। वह तुम थी। तुम समझी? तुम।"

लॉरेन ने सहमति में हलके से सिर हिलाया।

"इसलिए एक तो हमने तुमको आईलीन को लगे सदमे के कारण नहीं बताया था। दूसरे कहीं तुम्हें ऐसा न लगे कि हम तुम्हारा जन्म नहीं चाहते थे। मगर तुमको मेरा विश्वास करना होगा, तुम्हारा पैदा होना शुभ था। ओह, लॉरेन। तुम शुभ थी। तुम शुभ हो।"

हैरी ने आलमारी पर से बाँह उठाई और लॉरेन के पास आकर उसको अपनी बाँहों में भर लिया। लॉरेन को उससे पसीने और उस वाईन की बू आई जो हैरी और आईलीन ने खाने के समय पी थी। उसे अटपटा-सा लगा और संकोच भी हुआ। कहानी सुनकर वह बहुत परेशान नहीं हुई थी, अपितु भस्म की बात उसे कुछ डरावनी ज़रूर लगी थी। लेकिन वह समझ गई कि आईलीन को बहुत दु:ख हुआ होगा।

"क्या आप लोगों में इसी बात को लेकर चखचख होती है?" उसने पूछा तो हैरी उसको छोड़कर अलग हो गया।

"चखचख।" हैरी ने संजीदगी से कहा, "मैं समझता हूँ वैसा कोई कारण तो हो सकता है। आईलीन के हिस्टीरिया का कारण। वह सब सोचकर बहुत कष्ट होता है। वाकई होता है।"

जब वे टहलने के लिए जाते थे तो हैरी ने कई बार उससे पूछा कि जो कुछ भी उसने बताया था उसे लेकर वह परेशान या दुखी तो नहीं है।

"नहीं।" लॉरेन ने कुछ झुँझलाकर दृढ़ता से कहा।

हैरी ने कहा, "तो ठीक है।"

हर सड़क का एक किस्सा था—विक्टोरियन हवेली (जो अब एक नर्सिंग होम थी), ईंटों की मीनार जो कभी झाड़ू बनाने के कारख़ाने का हिस्सा थी, एक क़ब्रिस्तान जो 1842 से था। पिछले दो दिनों से शरद उत्सव का मेला चल रहा था। उन्होंने देखा कि एक मैदान में कई ट्रक सीमेंट के बड़े-बड़े चक्के लादकर खींचने का तमाशा दिखा रहे थे।

यह चक्के आगे की ओर फिसल जाते। जिसकी वजह से ट्रक आड़े-तिरछे हो रुक जाते थे। यह मापा जाता था कि कौन ट्रक कितनी दूर तक खींच पाया। हैरी और लॉरेन ने एक-एक ट्रक चुन लिया जो उनके विचार में प्रतियोगिता में सबसे दूर तक खींच पाएगा और उसे ज़ोर-ज़ोर से बढ़ावा देने लगे।

लॉरेन को अब ऐसा लग रहा था कि तब अनुभव की हुई हर ख़ुशी झूठी थी, एक बचकाना उल्लास था, रोज़मर्रा की या हक़ीक़त की ज़िन्दगी से उसका कोई लेना-देना नहीं था। स्कूल खुलने और समाचार पत्र छपना शुरू होने—और मौसम में परिवर्तन आने के बाद भी यह बोझ उसके दिल पर छाया रहा। भालू या बारहसिंगा सिर्फ़ अपना भोजन ढूँढ़ते जंगली जानवर ही तो थे—उनके बारे में कोई क्यों उत्साहित हो। अब वह मेलों में अपने ट्रक को बढ़ावा देने के लिए उछलकूद कर शोर नहीं करती थी। स्कूल का कोई भी उसे देख सकता था और सोच सकता था कि वह कुछ सनकी है।

वह ऐसा सोच भी लेते तो बहुत ग़लत तो नहीं था न।

स्कूल में उसके अलग-थलग रहने का कारण थीं वह बातें जो वह इस आयु तक सीख और समझ चुकी थी। उसे कुछ आभास था कि ऐसा व्यवहार भोलापन या घमंडपन भी समझा जा सकता था। कुछ बातें उसे ख़ुराफ़ात और रहस्यपूर्ण नहीं लगती थीं और उसे समझ नहीं आता था कि यह दिखावा कैसे करे। और यही बात उसे दूसरे विद्यार्थियों से अलग कर देती थी, जैसे कि ल'आंस ओ मीडोज का सही उच्चारण जानना या लॉर्ड ऑफ़ द रिंग्स पढ़ना। पाँच साल की उम्र में वह बियर की आधी बोतल ख़तम कर चुकी थी और छह साल की थी तो गाँजे की सिगरेट के कश भी ले चुकी थी, हालाँकि उसको दोनों में ही मज़ा नहीं आया था। कभी-कभी वह खाने के समय थोड़ी वाइन ले लिया करती थी, और वह उसे अच्छी लगती थी। उसे ओरल सेक्स के बारे में पता था और परिवार नियोजन के सारे तरीके मालूम थे और यह भी जानती थी कि समलैंगिक क्या करते हैं। वह हैरी और आईलीन को अक्सर नग्न अवस्था में देख चुकी थी। एक बार उन्हें दोस्तों के साथ जंगल में अलाव जलाकर और नंगे होकर मस्ती करते भी देखा था। उन्हीं छुट्टियों में उसने जंगल में दूसरे बच्चों के साथ छुपकर अपने पिताओं को गुपचुप किए समझौतों के बाद उन माँओं के टेंट में रात बिताने के लिए घुसते देखा था जो उनकी अपनी पत्नियाँ नहीं थीं। एक लड़के ने उससे सेक्स के लिए कहा था और वह राज़ी हो गई थी, लेकिन जब वह कुछ कर नहीं पाया तो उनके बीच नाराज़गी हो गई और बाद में उसे उस लड़के की शक्ल से ही नफरत हो गई थी।

अब यह सब उसके दिल पर बोझ था—जिससे उसे संकोच और अजीब-सी उदासीनता का अहसास होता था। और ख़ालीपन का भी। स्कूल में हैरी और

आईलीन को डैड और मम्मी पुकारना याद रखने के सिवा इस दिमाग़ी बोझ के बारे में वह कुछ कर भी नहीं सकती थी। ऐसा करने से उसके मस्तिष्क में उनकी छवि कुछ बड़ी हो जाती थी, पर ज़्यादा स्पष्ट नहीं। उन्हें ऐसे पुकारने से उनके बीच रहने वाला तनाव कुछ कम हो उतना नहीं खलता था पर उनके सामने वह ऐसा नहीं कर पाती थी। वह कह भी न सकती थी कि ऐसा करने से उसे कोई सुकून मिलता।

लॉरेन की कक्षा की कुछ लड़कियों के लिए कॉफ़ी की दुकान के नज़दीक होना ही रोमांचक था मगर वे अन्दर जाने की हिम्मत नहीं जुटा पाती थीं। वे होटल की लॉबी से होते हुए महिला प्रसाधन कक्ष में चली जाती थीं। वहाँ वह पन्द्रह मिनट या आधा घंटा अपने या एक-दूसरे के बाल तरह-तरह के स्टाइलों में बनातीं, लिपस्टिक लगातीं जो शायद उन्होंने स्टेडमैन्स नाम की दुकान से चुराई थी, और वे एक-दूसरे की गर्दन और कलाई सूँघतीं जिन पर दुकानों से मुफ़्त में मिले इत्र के नमूने छिड़के हुए होते थे।

जब उन्होंने लॉरेन को भी शामिल होने के लिए कहा तो उसे कोई चाल होने का सन्देह हुआ, मगर फिर भी वह तैयार हो गई, कुछ इसलिए भी क्योंकि उसे लगातार छोटी हो रही दोपहरों में जंगल के सिरे पर बने अपने घर अकेले जाने से बहुत घबराहट होती थी।

जैसे ही वे लोग लॉबी के अन्दर पहुँचे, उनमें से दो लड़कियों ने उसे पकड़ लिया और उस डेस्क की ओर ले गईं जहाँ उस रेस्तराँ में काम करने वाली औरत ऊँचे स्टूल पर बैठी कैलकुलेटर पर कुछ हिसाब-किताब कर रही थी।

उस औरत का नाम—जो लॉरेन हैरी से पहले ही सुन चुकी थी—डेलफ़ीन था। उसके लम्बे बाल सुनहरे-सफ़ेद थे या सफ़ेद हो गए थे क्योंकि वह जवान तो थी नहीं। उसे अक्सर उन बालों को अपने चेहरे पर से हटाने के लिए पीछे झटकना पड़ता होगा, जैसाकि उसने उस समय भी किया। काले फ़्रेम वाले चश्मे के पीछे उसके पपोटे बैंगनी रंग के थे। बिना झुर्रियों का चेहरा उसके बदन की तरह चौड़ा था, उसका अन्दाज़ चुस्त। अपनी हलकी नीली आँखें ऊपर उठा उसने हर लड़की की तरफ़ ऐसे देखा जैसे उनकी अच्छी-बुरी किसी बात से उसे कोई आश्चर्य नहीं होगा।

"यही है वह।" लड़कियों ने कहा।

उस औरत—डेलफ़ीन—ने अब लॉरेन की तरफ़ देखा। उसने कहा, "लॉरेन? तुम ही हो?"

"हाँ।" लॉरेन ने कुछ घबराकर कहा।

"मैंने ही इनसे पूछा था कि तुम लोगों के स्कूल में किसी का नाम लॉरेन है।" डेलफ़ीन ने दूसरी लड़कियों की तरफ़ इशारा किया। लगा कि अब उसे

उन लड़कियों से कोई वास्ता नहीं था, कि वे वहाँ मौजूद ही न थीं, "मैंने इसलिए पूछा था क्योंकि यहाँ पर कुछ पड़ा मिला था। किसी का कॉफ़ी शॉप में गिर गया था।"

उसने एक दराज़ खोली और सोने की एक ज़ंजीर निकाली। ज़ंजीर से कुछ अक्षर लटके हुए थे जिनसे लॉरेन शब्द बन रहा था।

लॉरेन ने नहीं में सिर हिलाया।

"तुम्हारी नहीं है?" डेलफ़ीन ने कहा, "कोई बात नहीं। मैं हाईस्कूल के बच्चों से पहले ही पूछ चुकी हूँ। तो इसे यहीं रखना चाहिए। कोई भी इसे ढूँढ़ता आ सकता है।"

"आप मेरे पिता के पत्र में विज्ञापन दे सकती हैं।" लॉरेन ने कहा। यह अहसास उसे अगले दिन हुआ कि उसे केवल 'पत्र' कहना चाहिए था, जब वह स्कूल के गलियारे में कुछ लड़कियों के पास से गुज़री और उसे किसी का मेरे पिता का पत्र व्यंग्यात्मक आवाज़ में कहना सुनाई पड़ा।

"मैं दे सकती थी।" डेलफ़ीन ने कहा, "मगर फिर हर तरह के लोग आकर दावा करना शुरू कर देते कि यह उनकी है। यहाँ तक कि वह अपने नाम भी झूठे बता सकते थे। यह सोने की है।"

"अगर उनका असली नाम यही नहीं है।" लॉरेन ने समझाना चाहा, "तो वे इसे कैसे पहन सकते हैं?"

"सही है। मगर यह बात उन्हें वैसा दावा करने से नहीं रोक सकती।"

दूसरी लड़कियाँ तब तक महिला प्रसाधन कक्ष की ओर चल चुकी थीं।

"अरे सुनो।" डेलफ़ीन ने उनको पुकारा, "वहाँ नहीं जा सकतीं।"

वे चकित-सी वापस मुड़ीं।

"क्यों कर?"

"क्योंकि तुम वहाँ नहीं जा सकतीं, इस कर। जाओ और किसी और जगह ठलुआगिरी करो।"

"पहले तो तुमने हमें कभी नहीं रोका।"

"पहले पहले था और अब अब है।"

"यह सबके के लिए होना चाहिए।"

"यह नहीं है।" डेलफ़ीन ने कहा, "जो टाउन हॉल वाला है वह सबके लिए है। दफ़ा हो जाओ!"

"मैं तुमसे नहीं कह रही।" उसने लॉरेन से कहा जो दूसरों के पीछे चल दी थी। "अफ़सोस है कि यह ज़ंजीर तुम्हारी नहीं है। तुम एक-दो दिन में फिर पता कर लेना। अगर कोई पूछने नहीं आया, तो मैं सोचूँगी कि क्या करना है। देखो, इस पर तो तुम्हारा नाम लिखा हुआ है।"

लॉरेन अगले दिन फिर आई। उसे असल में ज़ंजीर की कोई परवाह नहीं थी, गले में अपना नाम टाँगकर कहीं जाने के बारे में वह सोच ही नहीं सकती थी। उसे तो बस यूँ ही कुछ करने को, कहीं जाने के लिए कोई जगह चाहिए थी। वह साप्ताहिक पत्र के कार्यालय भी जा सकती थी लेकिन जिस तरह से उन्होंने मेरे पिता का पत्र कहा था, सुनने के बाद वहाँ भी नहीं जाना चाहती थी।

उसने सोच लिया था कि अगर लॉबी की डेस्क पर पलेजियन साहब हुए और डेलफ़ीन नहीं तो वह अन्दर नहीं जाएगी। मगर डेलफ़ीन वहाँ मौजूद थी और सामने की खिड़की पर रखे भद्दे से पौधे को पानी दे रही थी।

"आओ।" डेलफ़ीन ने कहा, "अभी तक कोई उसके बारे में पूछने नहीं आया है। सप्ताह के अन्त तक देख लेते हैं, मुझे तो अभी से लग रहा है कि ये तुम्हारी होने जा रही है। तुम दिन के इस पहर में कभी भी आ सकती हो। मैं दोपहर बाद कॉफ़ी शॉप में काम नहीं करती हूँ। अगर मैं तुम्हें यहाँ न मिलूँ तो बस घंटी बजा देना, मैं आस-पास ही कहीं मिलूँगी।"

"ठीक है।" लॉरेन ने कहा, और वापस जाने के लिए मुड़ी।

"कुछ देर बैठोगी? मैं चाय पीने की सोच रही थी। तुम कभी चाय पीती हो? तुम्हें अनुमति है इसकी? या फिर तुम कुछ ठंडा पियोगी?"

"नीम्बू पानी।" लॉरेन ने कहा, "मेहरबानी से।"

"गिलास में? क्या तुम्हें गिलास चाहिए? बर्फ़ भी?"

"जैसा है वैसा ही दे दीजिए।" लॉरेन ने कहा, "धन्यवाद।"

फिर भी डेलफ़ीन एक गिलास ले आई, जिसमें बर्फ़ थी।

"मुझे यह ठीक से ठंडा नहीं लगा।" उसने कहा। उसने लॉरेन से पूछा वह कहाँ बैठना चाहेगी, खिड़की के पास घिस चुके चमड़े से मढ़ी कुर्सियों में से किसी पर या काउन्टर के पीछे ऊँचे स्टूल पर। लॉरेन ने स्टूल का चुनाव किया, और डेलफ़ीन दूसरे पर बैठ गई।

"अब बताओ आज तुमने स्कूल में क्या सीखा?"

"आँ...हाँ...।" लॉरेन ने कहा।

डेलफ़ीन के चौड़े चेहरे पर मुस्कराहट फैल गई।

"अरे, मैं मज़ाक़ में पूछ रही थी। मुझे ख़ुद पसन्द नहीं कि कोई मुझसे ऐसी बात पूछे। एक तो यह बात कि मुझे कभी याद ही नहीं रहता कि उस दिन मैंने पढ़ा क्या था। और दूसरी यह कि जब मैं स्कूल में नहीं हूँ तो उसके बारे में बात करना मुझे नापसन्द है। चलो छोड़ो इस बात को।"

लॉरेन को इस औरत की दोस्त बनने की प्रत्यक्ष इच्छा से कोई आश्चर्य नहीं। वह इसी समझ के साथ बड़ी हुई थी कि बच्चे और बड़े बराबर के स्तर पर एक-दूसरे से बात कर सकते हैं, यद्यपि उसने देखा था कि अधिकतर

वयस्कों को यह बात समझ नहीं आती थी। वैसे भी उसके लिये यह कोई अहम मुद्दा नहीं था।

उसने देखा कि डेलफ़ीन कुछ परेशान-सी थी। इसीलिए वह बिना रुके लगातार बोलती ही जा रही थी, और बिना बात के हँस रही थी, और बोलते-बोलते उसने दराज़ के अन्दर हाथ डाला और एक चॉकलेट बाहर निकाल ली।

"तुम्हारे पेय के साथ कुछ खाने के लिए। मुझसे मिलने आने का तुम्हें कुछ फ़ायदा तो हो, हूँ?"

उसके व्यवहार से लॉरेन को संकोच हो रहा था, हालाँकि वह चॉकलेट पाकर ख़ुश थी। घर पर तो उसे ऐसी मीठी चीज़ें नहीं मिलती थीं।

"आपसे मिलने आने के लिए कोई लालच देने की कोई ज़रूरत नहीं है।" उसने कहा, "मैं ख़ुशी से आऊँगी।"

"ओ-हो। तो मैं कुछ न करूँ? तुम भी ख़ूब चीज़ हो। ठीक है, फिर ये मुझे वापस कर दो।"

उसने चॉकलेट को लेने के लिए हाथ बढ़ाया, और लॉरेन उसके हाथ से बचने के लिए नीचे झुक गई। अब वह भी हँसने लगी।

"मेरा मतलब है अगली बार। अगली बार आपको मुझे कोई लालच देने की ज़रूरत नहीं।"

"पर एक बार ठीक है। है न?"

"मुझे करने के लिए कुछ चाहिए।" लॉरेन ने कहा, "घर नहीं जाना चाहती।"

"अपने दोस्तों के यहाँ क्यों नहीं चली जाती?"

"कोई नहीं है। मैंने इस स्कूल में सितम्बर में ही आना शुरू किया है।"

"हूँ। अगर तुम्हें उन लड़कियों में से दोस्त बनाने हैं जो यहाँ आया करती हैं तो मैं कहूँगी, तुम उनसे दूर ही अच्छी। तुम्हें यह शहर कैसा लगा?"

"छोटा है। मगर कुछ बातें अच्छी हैं।"

"कूड़ा है बिलकुल। सबके सब कूड़े के ढेर हैं। मुझे तो अपने समय में ऐसे-ऐसे कूड़े के ढेरों से वास्ता पड़ा है कि तुम सोचो कि अब तक चूहों ने मेरी नाक कैसे नहीं खा ली।" उसने अपनी अँगुलियों से नाक के ऊपर नीचे थपथपाया। उसके नाख़ूनों का रंग उसकी पपोटों के रंग से मेल खा रहा था, "अब भी है यहीं।" उसने कुछ सोचकर कहा।

कूड़ा है बिलकुल। डेलफ़ीन ऐसी ही बातें कहा करती थीं। अपनी ही कहती थी, किसी की कम सुनती थी। हर चीज़ के बारे में उसकी राय एकतरफ़ा और कुछ सनकी क़िस्म की होती थी। वह अधिकतर अपने बारे में ही बात करती थी—उसे

क्या पसन्द है, वह कहाँ और कैसा काम करना चाहती है—जैसे कि यह सब कोई बहुत बड़ा रहस्य हो, कोई अनोखी बात हो।

उसे चुकन्दर से एलर्जी थी। चुकन्दर के रस की एक बूँद भी उसके गले के नीचे चली जाए तो उसके गले की नसें फूल जाती थीं और उसको अस्पताल ले जाकर फ़ौरन ऑपरेशन करना पड़ सकता था कि वह साँस ले सके।

"तुम्हें कुछ ऐसा है? तुम्हें भी कोई एलर्जी है? नहीं? बढ़िया।"

डेलफ़ीन के हिसाब से एक औरत को, चाहे वह जिस भी तरह के काम करती हो, अपने हाथों का ख़ास ख़याल रखना चाहिए। उसे स्याह नीली या बैंगनी रंग की नेलपॉलिश लगाना पसन्द था। उसे बड़े और झनझनाने वाले झुमके पहनने का शौक़ था, यहाँ तक कि काम पर भी यही पहनकर आती थी। छोटे बटन जैसे बुन्दों से कोई वास्ता नहीं था।

उसे साँपों से डर नहीं लगता था, मगर बिल्लियों से कुछ अजीब घबराहट होती थी। उसके ख़याल में जब बच्ची रही होगी तो दूध की गन्ध से आकर्षित होकर कोई बिल्ली उसके ऊपर चढ़ गई होगी।

"और तुम?" उसने लॉरेन से पूछा, "तुम्हें किस चीज़ से डर लगता है? तुम्हें कौन-सा रंग पसन्द है? क्या तुम कभी नींद में चली हो? क्या तुम्हारी त्वचा धूप में तप जाती या झुलस जाती है? तुम्हारे बाल तेज़ी से बढ़ते हैं या धीरे-धीरे?"

ऐसा नहीं था कि लॉरेन को इस बात की आदत नहीं थी कि कोई उसमें दिलचस्पी ले। हैरी और आईलीन भी उससे ऐसी बातें करते थे—ख़ासकर हैरी—कि वह क्या सोचती है, उसकी क्या राय है और किसी चीज़ के बारे में उसे क्या महसूस होता है। कभी-कभी इन सब से खीज आने लगती थी। लेकिन कभी यह एहसास नहीं हुआ था कि इस तरह की मामूली बातों में भी किसी को दिलचस्पी हो सकती है। और उसे कभी भी ऐसा महसूस नहीं हुआ—जैसाकि उसे घर पर लगता था—कि डेलफ़ीन की बातों का कोई और भी मतलब था, कभी ऐसा नहीं लगा कि अगर उसने ध्यान नहीं रखा तो उसके राज़ खुल जाएंगे।

डेलफ़ीन ने उसे बहुत से चुटकुले सुनाए। कहा कि उसे सैकड़ों चुटकुले याद हैं, मगर वह लॉरेन को केवल वे ही सुनाएगी जो उसकी उम्र के हिसाब से ठीक हैं। हैरी इस बात से कभी सहमत नहीं होता कि न्यूफ़ंडलैंड के निवासियों के बारे में चुटकुले उसके लिए ठीक थे, मगर लॉरेन फिर भी हँस दी।

उसने हैरी और आईलीन से कहा कि स्कूल के बाद वह एक दोस्त के घर जाएगी। यह पूरा झूठ भी नहीं था। लगा कि उन्हें यह सुनकर ख़ुशी हुई। उन्हीं के लिहाज़ में उसने अपना नाम लिखी सोने की ज़ंजीर नहीं ली जो डेलफ़ीन उसे दे रही थी।

उसने दिखावा किया कि उसे इस बात की चिन्ता है कि जिसकी थी, वह कभी भी उसे ढूँढ़ता आ सकता है।

डेलफ़ीन, हैरी को जानती थी, वह रोज़ कॉफ़ी शॉप में उसको नाश्ता देती थी, और वह उससे लॉरेन के बराबर आने के बारे में बता सकती थी, मगर स्पष्टत: उसने ऐसा नहीं किया।

वह सूचनापट लगा देती—*सहायता के लिए घंटी बजाएँ*—और लॉरेन को होटल के दूसरे हिस्सों में ले जाती। होटल में कभी-कभी लोग ठहरते थे, और उनके बिस्तरों को ठीक करना पड़ता था। टॉयलेट और वॉश-बेसिन को रगड़कर साफ़ करना और फर्श का झाड़ू-पोंछा करना पड़ता। लॉरेन को मदद नहीं करने देती थी। "बस बैठो और मुझसे बातें करो।" डेलफ़ीन कहती, "यह काफ़ी उबाऊ क़िस्म का काम है।"

मगर बातें सारी वही करती। उसकी बातें उसके जीवन की कहानियाँ थीं जिनका कोई आगा-पीछा नहीं था। पात्र सामने आते और ग़ायब हो जाते और लॉरेन को बिना पूछे समझ लेना पड़ता कि वे कौन थे। वे लोग जिनके नाम के पहले श्रीमान और श्रीमती था अच्छे बॉस थे। दूसरे 'बूढ़ा खूँसट', 'घोड़े की गाँड', (मेरे शब्द नहीं दुहराना) उतने अच्छे नहीं थे। डेलफ़ीन अस्पतालों में भी काम कर चुकी थी (नर्स की नौकरी? मज़ाक़ कर रही हो?) और तम्बाकू के खेतों में और अच्छे रेस्तराँ में और सस्ते नाइट क्लब में, और एक आराघर में जहाँ वह खाना पकाती थी, और एक बस डिपो में जहाँ वह सफ़ाई करती थी और वहाँ उसने ऐसी निर्लज्ज बातें देखीं जिनके बारे में वह बात नहीं कर सकती और एक पूरी रात खुलने वाली किराने की दुकान में जहाँ एक बार डाका पड़ने के बाद उसने काम छोड़ दिया था।

कभी वह अपनी एक दूसरी दोस्त लॉरेन के बारे में और कभी फ़िल के बारे में बात करती थी। फ़िल को चीज़ें उधार लेने की आदत थी—वह डेलफ़ीन का ब्लाउज़ एक डांस में पहनकर गई जहाँ इतना पसीना निकला कि काँख का कपड़ा सड़ गया। फ़िल ने हाईस्कूल कर लिया था मगर उसने एक बहुत बड़ी ग़लती कर दी जो एक बेवक़ूफ़ से शादी कर ली और अब वह पक्का पछता रही होगी।

डेलफ़ीन भी शादी कर सकती थी। उसके कुछ मर्द दोस्तों ने ठीक-ठाक किया, कुछ बहुत निकम्मे निकले और कुछ का उसे पता नहीं क्या हुआ। टॉमी किलब्राइड नाम का एक लड़का उसे बहुत पसन्द था लेकिन वह कैथलिक निकला।

"तुम्हें शायद अन्दाज़ भी नहीं होगा औरत के लिए इसका क्या मतलब है।"

"इसका मतलब है कि तुम गर्भ निरोधक का प्रयोग नहीं कर सकती।" लॉरेन ने कहा, "मेरी माँ आईलीन भी कैथलिक थी, मगर अब नहीं क्योंकि वह इस बात से सहमत नहीं थी।"

"जो हुआ उसके बाद तो तुम्हारी माँ को परेशान होने की कोई ज़रूरत नहीं थी।"

लॉरेन को समझ नहीं आया। फिर उसने सोचा कि डेलफ़ीन ज़रूर उसके बारे में बात कर रही होगी कि लॉरेन यानी वह माँ-बाप अकेली औलाद है। वह यही सोच रही होगी कि हैरी और आईलीन ने उसके होने के बाद और भी बच्चे चाहे होंगे जो नहीं हुए होंगे। जहाँ तक लॉरेन को पता था ऐसी बात नहीं थी।

उसने कहा, "मेरे होने के बाद अगर वे चाहते तो और हो सकते थे।"

"हूँ, तुम्हें ऐसा लगता है?" डेलफ़ीन ने मज़ाक़ में कहा, "हो सकता है उनके एक भी न हुआ हो। तुमको उन्होंने गोद लिया हो।"

"नहीं। उन्होंने मुझे गोद नहीं लिया। मुझे मालूम है कि उन्होंने मुझे गोद नहीं लिया।" लॉरेन बताने वाली थी कि जब आईलीन गर्भवती थी तो क्या हुआ था, मगर अपने को रोक लिया क्योंकि हैरी ने ज़ोर देकर रहस्य रखने को कहा था। वह अपने वचन को न तोड़ने में विश्वास रखती थी हालाँकि वह जानती थी वयस्क लोग शायद ही कभी इस बात की परवाह करते हैं।

"अब इतनी गम्भीर मत नज़र आओ।" डेलफ़ीन ने कहा। उसने लॉरेन के चेहरे को अपने हाथों में ले लिया और गहरे जामुनी रंग के नाख़ूनवाली अँगुलियों से उसके गाल को थपथपाया। "मैं तो मज़ाक़ कर रही हूँ।"

होटल के धुलाईघर की कपड़ा सुखाने की मशीन ख़राब थी, डेलफ़ीन को सारे चादर और तौलिए फैलाने थे, और चूँकि बारिश का मौसम था इसके लिए सबसे अच्छी जगह पुराना अस्तबल था। लॉरेन ने होटल के पीछे छोटे से बजरीले अहाते के पार पत्थर के बने खलिहान तक सफ़ेद चादरों से भरे हुए टोकरों को ले जाने में मदद की। खलिहान के फर्श को सीमेंट से पक्का कर दिया गया था, लेकिन फिर भी उसके नीचे से कच्ची मिट्टी की या शायद कंकड़ और मिट्टी से बनी दीवारों से सीलन की गन्ध आती रहती थी। हर तरफ़ सीली हुई मिट्टी, घोड़ों के मूत्र और चमड़े की तेज़ गंध फैली हुई थी। कपड़े टाँगने की रस्सियों और कुछ टूटी कुर्सियों व मेज़ों के सिवाय यह जगह बिलकुल ख़ाली थी। उनके कदमों की आवाज़ गूँजती थी।

"अपना नाम पुकारकर देखो।" डेलफ़ीन ने कहा।

लॉरेन ने पुकारा, "डेल...फ़ी...न...।"

"अपना नाम। क्या कर रही हो तुम?"

"तुम्हारा नाम ज़्यादा अच्छा गूँजेगा।" लॉरेन ने कहा, और फिर पुकारा, "डेल...फ़ी...न...।"

"मुझे अपना नाम पसन्द नहीं है।" डेलफ़ीन ने कहा, "कोई अपना नाम पसन्द नहीं करता।"

"मैं अपना नाम नापसन्द नहीं करती।"

"लॉरेन अच्छा है। यह सुन्दर नाम है। तुम्हारे लिए उन्होंने सुन्दर नाम चुना।"

डेलफ़ीन एक चादर के पीछे थी जिसे वह रस्सी पर चिमटी से फँसा रही थी। लॉरेन सीटी बजाती हुई इधर-उधर टहलने लगी।

"अगर यहाँ गाना गाया जाए तो बहुत अच्छा सुनाई पड़ता है।" डेलफ़ीन ने कहा, "अपना मनपसन्द गाना गाओ।"

लॉरेन कोई मनपसन्द गाना याद नहीं कर सकी। डेलफ़ीन को बहुत आश्चर्य हुआ, वैसे ही जब उसको मालूम हुआ था कि लॉरेन को कोई चुटकुला नहीं आता।

"मुझको तो बहुत से आते हैं।" उसने कहा और गाना शुरू कर दिया।

"चन्द्र नदी, एक मील का तेरा विस्तार...।"

यह वही गाना था जो हैरी कभी-कभी गाया करता था, हमेशा या तो गाने का मज़ाक़ उड़ाने को, या अपने आपका। डेलफ़ीन का गाने का तरीका बिलकुल अलग था। लॉरेन को डेलफ़ीन की आवाज़ में निश्चल दर्द का एहसास हुआ जो उसे लहराती हुई सफ़ेद चादरों की तरफ़ खींच ले गया। ऐसा लग रहा था कि वे चादरें उसके नहीं, उसके और डेलफ़ीन के इर्द-गिर्द फिज़ा में घुल गई हैं जिससे वातावरण अत्यधिक मधुर हो गया है। डेलफ़ीन का गाना आलिंगन की तरह था, बाँहें फैलाए, कि तुम उसमें समा सकते हो। उसी क्षण भावनाओं के उतार-चढ़ाव से लॉरेन के बदन में झुरझुरी फैल गई, उसे अपना जी मिचलाता-सा लगा।

"घुमाव पर करता इन्तज़ार
वो मेरा यार..."

लॉरेन ने एक टूटी हुई कुर्सी के पाँव फर्श पर रगड़कर उसका गाना रुकवा दिया।

***

"एक बात मैं आप लोगों से पूछना चाहती थी।" रात का खाना खाते समय एक निश्चय से लॉरेन ने हैरी और आईलीन से कहा, "क्या ऐसा हो सकता है कि मुझे गोद लिया गया हो?"

"तुम्हारे दिमाग़ में यह बात कैसे आई?" आईलीन ने कहा।

हैरी के हाथ रुक गए, चेतावनी की निगाह लॉरेन की तरफ़ उठी, फिर वह मज़ाक़ करने लगा, "अगर हमें बच्चा गोद ही लेना था।" उसने कहा, "तो तुम्हें क्या लगता है हम ऐसा बच्चा गोद लेते जो इतने सारे और ऐसे सवाल करता?"

आईलीन खड़ी हो गई। उसकी अँगुलियाँ उसकी स्कर्ट की ज़िप टटोल रही थीं। स्कर्ट नीचे गिर गई। फिर उसने अन्दर पहने हुए तंग पजामे और जाँघिये को नीचे की तरफ़ मोड़ दिया।

"देखो। यहाँ देखो।" उसने कहा, "इससे तुम्हें पता चलेगा।"

कपड़ों के ऊपर से सपाट लगता था उसका पेट, अब थोड़ा भरा-भरा और ढुलमुल दिखाई दे रहा था। अब भी बिकिनी के निशान के बाहर गहरी उसकी त्वचा पर, हलकी सफ़ेद लकीरों का जाल रसोई की रोशनी में चमक रहा था। लॉरेन यह सब पहले भी देख चुकी थी मगर उसने इसके बारे में कुछ सोचा नहीं था। आईलीन के कन्धे पर दो तिलों की तरह यह भी उसके शरीर का हिस्सा ही लगता था।

"यह त्वचा के फैलने से हो गया है।" आईलीन ने कहा, "तुम गर्भ में थी तो मेरा पेट यहाँ तक था।" उसने अपने हाथों को पेट के आगे लाकर बहुत बड़ा घेरा बनाया, "क्या अब तुम्हें विश्वास हुआ?"

हैरी ने अपना चेहरा आईलीन के पेट पर रगड़ते हुए उस पर टिका दिया। फिर पीछे हट लॉरेन से कहा।

"अगर सोच रही हो कि हमारे और बच्चे क्यों नहीं हैं, तो इसका जवाब यह है कि तुम ही वह हो जिसकी हमें ज़रूरत है। तुम तेज़ हो, देखने में अच्छी हो और तुम्हारा स्वभाव भी अच्छा है। हमें क्या पता कि हमारे और बच्चे भी इतने ही अच्छे होते? फिर हमारा पारिवारिक जीवन भी औरों से हटकर है। हम विभिन्न स्थानों पर रहना चाहते हैं। नई चीज़ें आजमाना चाहते हैं, उसके अनुसार अपने को ढालना होता है। हमें सही बच्चा मिल गया जो हमारे साथ निभा सकता है। हमें अपनी क़िस्मत को और आजमाने की ज़रूरत नहीं थी।"

उसका चेहरा, जिसे आईलीन नहीं देख सकी, लॉरेन की तरफ़ था। चेहरे का भाव उसके शब्दों से कहीं ज़्यादा गम्भीर था। आँखों में निराशा और आश्चर्य से भरी चेतावनी झलक रही थी।

अगर आईलीन वहाँ पर नहीं होती, लॉरेन उससे और सवाल करती। क्या पता उन्होंने दुर्घटना में एक की जगह दोनों बच्चे खो दिए हों? क्या पता वह ख़ुद कभी आईलीन के पेट के अन्दर न रही हो और पेट पर बनी धारियों के लिए वह ज़िम्मेदार न हो? उसे कैसे पक्का मालूम होता कि वह किसी दूसरे की जगह नहीं लाई गई थी। अगर इतनी बड़ी बात अब तक पता नहीं थी तो वैसी ही और बातें क्यों नहीं हो सकतीं?

इस परेशान कर देने वाले ख़याल का एक अपना मज़ा भी था।

अगली बार जब लॉरेन स्कूल के बाद होटल पहुँची, वह खाँस रही थी।

"ऊपर चलो।" डेलफ़ीन ने कहा, "मेरे पास इसका अच्छा इलाज है।"

वह 'सहायता के लिए घंटी बजाएँ' का बोर्ड लगा ही रही थी कि पलेजियन साहब कॉफ़ी शॉप से निकलकर आ गए। उन्होंने एक पैर में जूता और दूसरे में

चप्पल पहन रखी थी जो पैरों पर बँधी पट्टी को जगह देने के लिए सामने से काटी हुई थी। जहाँ उनका अँगूठा होता, ख़ून का सूखा निशान नज़र आ रहा था।

लॉरेन ने सोचा कि पलेजियन साहब को देखकर डेलफ़ीन बोर्ड हटा देगी, मगर उसने ऐसा नहीं किया। उसने सिर्फ़ उनसे कहा, "समय मिले तो आपको पट्टी बदल लेनी चाहिए।"

पलेजियन साहब ने सिर हिलाया लेकिन उसकी तरफ़ देखा नहीं।

"मैं अभी कुछ देर में नीचे आ रही हूँ।" उसने उनको बताया।

उसका कमरा ऊपर तीसरी मंज़िल पर, ओरी के नीचे था। ऊपर चढ़ते खाँसते हुए लॉरेन ने पूछा, "उनके पैर को क्या हुआ है?"

"क्या पैर?" डेलफ़ीन ने कहा, "हो सकता है किसी ने कुचल दिया हो। शायद जूते की एड़ी से, हूँ!"

उसके कमरे की छत शयनकक्ष की खिड़की के दोनों तरफ़ काफ़ी ढलुआ थी। एक जने के सोने लायक पलंग, एक बड़ा वॉश बेसिन, एक कुर्सी और दराज़ों वाली मेज़ थी। कुर्सी पर छोटा बिजली का स्टोव जिस पर एक केतली रखी थी। मेज़ शृंगार प्रसाधनों, कंघियों और दवाओं, चाय के डिब्बे और चॉकलेट पाउडर के डिब्बे से लदी हुई थी। चारख़ाने का पलंगपोश मेहमानों के कमरे के पलंगों जैसा था।

"कोई सजाया-वजाया नहीं है, है न?" डेलफ़ीन ने कहा, "मैं यहाँ बहुत समय नहीं बिताती।" उसने केतली को वॉशबेसिन पर भरा और स्टोव को चालू कर दिया, फिर पलंगपोश हटाकर एक कम्बल बाहर निकाल लिया।

"अपनी जैकेट उतार दो।" उसने कहा, "अपने आपको इसमें लपेटकर गरम कर लो।" उसने रेडियेटर पर हाथ रखा, "सारा दिन लग जाता है यहाँ तक ज़रा-सी गर्मी पहुँचने में।"

लॉरेन ने वैसा ही किया जैसा उससे कहा गया था। मेज़ की ऊपर की दराज़ से दो प्याले और दो चम्मच निकाले गए और डिब्बे में से चॉकलेट पाउडर नापकर डाला गया। डेलफ़ीन बोली, "मैं इसे केवल गरम पानी में बनाती हूँ। मेरे ख़याल से तुम दूध की आदी होगी। मैं चाय या किसी में भी दूध नहीं डालती। दूध यहाँ लाकर रखती हूँ तो वह ख़राब हो जाता है। मेरे पास कोई फ्रिज तो है नहीं।"

"पानी के साथ ठीक है।" लॉरेन ने कहा, हालाँकि उसने गरम चॉकलेट इस तरह कभी पी नहीं थी। काश, वह घर पर होती, उसने सोचा, और सोफ़े पर कुछ ओढ़े लेटे टीवी देख रही होती।

"अच्छा है, अब वहाँ खड़ी मत रहो।" डेलफ़ीन ने थोड़ी चिड़चिड़ी या परेशान-सी होकर कहा, "आराम से बैठ जाओ। केतली गरम होने में बहुत समय नहीं लेगी।"

लॉरेन बिस्तर के किनारे पर बैठ गई। डेलफ़ीन अचानक पीछे मुड़ी, उसे अपनी बाँहों में जकड़—जिससे उसकी खाँसी दोबारा शुरू हो गई—ऊपर खींचकर

दीवार से पीठ लगाकर बैठा दिया। लॉरेन के पैर फर्श पर लटके हुए थे। डेलफ़ीन ने उसके जूते उतार दिए और पैर दबाकर देखे कि कहीं मोज़े भीगे तो नहीं थे।

"अरे, मैं तुम्हारी खाँसी के लिए कुछ देने जा रही थी। मेरी खाँसी की दवाई कहाँ है?"

उसी दराज़ से भूरे-सुनहरे पदार्थ से आधी भरी बोतल निकली। डेलफ़ीन ने चम्मच भर उँड़ेला।

"मुँह खोलो।" उसने कहा, "स्वाद बुरा नहीं है।"

लॉरेन ने निगलकर कहा, "क्या इसमें व्हिस्की मिली हुई है?"

डेलफ़ीन ने बोतल को ध्यान से देखा, जिस पर कोई लेबल नहीं था।

"नज़र नहीं आ रहा कि ऐसा लिखा है। तुम देख सकती हो। तुम्हारे मम्मी-डैडी नाराज़ होंगे अगर तुम अपनी खाँसी के लिए थोड़ी व्हिस्की पी लोगी?"

"मेरे डैडी कभी-कभी मुझे गरम रम पिलाते हैं।"

"अच्छा, सच्ची?"

केतली अब तक खौल चुकी थी और पानी प्यालों में निकाल लिया गया था। डेलफ़ीन ने पाउडर डालकर तेज़ी से मिलाया ताकि गाँठें घुल जाएँ।

"चलो, बदमाशों। चलो, जल्दी घुलो।" उसने गाँठों को विनोद में कहा।

कुछ परेशानी थी आज डेलफ़ीन के साथ। वह कुछ घबराई या आवेश में लग रही थी, या शायद नाराज़ भी। उसके तड़क-भड़क वाले व्यक्तित्व के लिए यह कमरा छोटा लग रहा था।

"ये जगह ज़रा देखो।" उसने कहा, "मुझे मालूम है तुम क्या सोच रही हो। तुम सोच रही हो, लो, यह तो ग़रीब है। इसके पास और सामान क्यों नहीं है? लेकिन मैं सामान जमा ही नहीं करती। सही वजह से क्योंकि मुझे अपना सामान समेटकर किसी और जगह जाने के बहुत अनुभव हैं। अलबत्ता मैं पैसे बचाती हूँ। लोगों को पता चल जाए कि मेरे पास बैंक में कितने पैसे हैं तो वह बहुत हैरान होंगे।"

उसने लॉरेन को उसका प्याला दिया, और ख़ुद सँभलकर बिस्तर के सिरहाने की तरफ़ बैठ गई। तकिया उसकी पीठ के पीछे था और पारदर्शी नायलोन के मोजे चढ़े हुए पैर, पलंगपोश के नीचे की चादर पर थे। लॉरेन को नायलोन के मोजे चढ़े हुए पैरों से बहुत घृणा थी। न नंगे पैरों से, न मोज़े पहने पैरों से, न पैरों से जो नायलोन के मोज़े पहने जूतों में हों, केवल नायलोन के मोज़े पहने पैरों से और ख़ासकर अगर वे कोई और कपड़ा छू रहे हों। यह उसकी अपनी नापसन्दगी की झक थी—जैसी कि कुकुरमुत्तों के लिए, या दूध में उतराते सीरियल के दानों के लिए थी।

"दोपहर में जिस समय तुम आई थीं मैं बहुत दुखी थी।" डेलफ़ीन ने कहा, "मैं एक लड़की के बारे में सोच रही थी जिसे मैं जानती थी, सोच रही थी कि अगर

मुझे मालूम होता कि वह कहाँ है तो मैं उसे एक पत्र लिखती। उसका नाम जॉएस था। मैं सोच रही थी कि जीवन में उसके साथ क्या हुआ होगा।"

डेलफ़ीन के शरीर के भार से गद्दा दब गया था जिससे लॉरेन को अपने आपको उसकी तरफ़ फिसलने से रोकने में परेशानी हो रही थी। उसके शरीर से न छूने के यत्न से उसे संकोच हो रहा था, और इस कारण अधिक विनम्रता से बातें करने की कोशिश कर रही थी।

"तुम उसे कब जानती थीं?" उसने पूछा, "जब तुम जवान थीं?"

डेलफ़ीन हँस पड़ी।

"हाँ। जब मैं जवान थी। वह भी जवान थी और उसके लिए अपना घर छोड़ना ज़रूरी हो गया था। उसकी एक लड़के से दोस्ती थी और वह फँस गई। तुम समझीं मेरा मतलब?"

लॉरेन ने कहा, "गर्भवती हो गई।"

"ठीक। तो उसने कुछ दिन देखा, सोचा कि शायद मुसीबत ख़ुद टल जाए। हा हा। ज़ुकाम की तरह। जिस लड़के से उसकी दोस्ती थी, उसके पहले से ही दूसरी औरत से दो बच्चे थे जिससे उसने शादी भी नहीं की थी लेकिन वह एक तरह से उसकी पत्नी ही थी, और वह हमेशा उसके पास वापस जाने की सोचता रहता था। लेकिन इससे पहले कि ऐसा कर पाता वह पकड़ा गया। और वह भी—जॉएस भी—क्योंकि वह उसका कुछ सामान यहाँ-वहाँ ले जाती थी। उसने सामान टैमपैक्स की नली में छुपा रखा था, तुम्हें पता है वो क्या है? तुम समझीं मैं किस सामान के बारे में बात कर रही हूँ?"

"हाँ।" लॉरेन ने दोनों सवालों के जवाब में कहा, "पता है। नशे की चीज़ें।"

डेलफ़ीन ने अपने पेय को निग़लते हुए गलगल की आवाज़ की, "यह सब बहुत रहस्य की बातें हैं, तुम समझती हो न?"

उसके चॉकलेट पाउडर की सभी गाँठें टूटी और घुली नहीं थीं, और लॉरेन उन्हें उस चम्मच से तोड़ना भी नहीं चाहती थी जिस पर अब वह उस तथाकथित खाँसी की दवाई का स्वाद मौजूद होगा।

"सज़ा माफ होने पर वह छूट गई, उसका गर्भवती होना इतना बुरा भी नहीं रहा। इसी कारण वह छोड़ दी गई थी और फिर क्या हुआ, वह ईसाइयों के एक सम्प्रदाय में शामिल हो गई और वे एक डॉक्टर और उसकी पत्नी को जानते थे जो उस जैसी गर्भवती लड़कियों की देखभाल करते थे और बच्चों के पैदा होते ही चुपचाप उनको गोद लिए जाने का इन्तज़ाम कर देते थे। यह कोई परोपकार के लिए नहीं था, उनको इन बच्चों के लिए पैसे मिलते थे, लेकिन इससे वह कम-से-कम सरकारी देख-रेख करने वालों से बची रही। तो, उसका बच्चा हुआ, और उसने उसको फिर कभी नहीं देखा। वह सिर्फ़ इतना जानती है कि वह एक लड़की थी।"

लॉरेन ने घड़ी देखने के लिए इधर-उधर देखा। कोई दिखाई नहीं दी। डेलफ़ीन की हाथ की घड़ी उसके काले स्वेटर की आस्तीन के अन्दर थी।

"वह जेल से बाहर आई तो उसके साथ एक के बाद एक कई हादसे हुए और वह बच्चे के बारे में भूल गई। उसने सोचा वह शादी कर लेगी और उसके और बच्चे हो जाएँगे। बहरहाल, ऐसा नहीं हुआ। कुछ लोगों के साथ तो समझो अच्छा हुआ उनकी शादी और बच्चे नहीं हुए। यहाँ तक कि उसको एक-दो बार ऑपरेशन भी कराने पड़े कि बच्चा न पैदा हो। तुम जानती हो न किस तरह के ऑपरेशन?"

"गर्भपात।" लॉरेन ने कहा, "कितना बजा है?"

"तुम हो बच्ची पर तुम्हें सब बातें पता हैं।" डेलफ़ीन ने कहा, "हाँ, बिलकुल ठीक, गर्भपात।" उसने आस्तीन ऊपर खींचकर घड़ी देखी, "अभी पाँच नहीं बजे हैं। मैं कहने वाली थी कि उसे अपनी बच्ची की याद आने लगी और उसने पता करना शुरू किया कि बच्ची का क्या हुआ। क़िस्मत ने उसका साथ दिया और उसने उस ईसाई सम्प्रदाय के लोगों को ढूँढ़ लिया। उसे उनके साथ कुछ सख़्ती से पेश आना पड़ा लेकिन कई बातें पता चल गईं। उसे उस दम्पती का नाम मिल गया जो उसकी बच्ची को ले गए थे।"

लॉरेन जिस्म मरोड़कर बिस्तर से उठ गई। कम्बल में फँसकर लगभग गिरते-गिरते उसने प्याले को मेज़ पर रख दिया।

"मुझे अब जाना चाहिए।" उसने कहा। उसने छोटी-सी खिड़की से बाहर देखा, "बर्फ़ गिर रही है।"

"सचमुच? इसमें नई क्या बात है? तुम बाक़ी नहीं सुनना चाहती?"

लॉरेन अपने जूते पहन रही थी, कुछ सोचने का बहाना करते हुए ताकि डेलफ़ीन का ध्यान उसकी ओर न जाए।

"पति किसी पत्रिका के लिए काम करता था, तो वह वहाँ गई पर उन्होंने कहा कि अब वह वहाँ नहीं था मगर उन्होंने बता दिया कि वह कहाँ गया था। उसे मालूम न था कि उन्होंने उस बच्ची का क्या नाम रखा है मगर वह पता लगाने में कामयाब रही। हम नहीं जानते कि अगर हम कोशिश करें तो क्या-क्या पता लगा सकते हैं। तुम खिसकना चाहती हो?"

"मुझे जाना पड़ेगा। मेरे पेट में मरोड़ उठ रहे हैं। ज़ुकाम भी है।"

लॉरेन ने अपनी जैकेट झटके से उतारने की कोशिश की जिसे डेलफ़ीन ने दरवाज़े के पीछे ऊँची खूँटी पर टाँग दिया था। जब उतार नहीं सकी उसकी आँखों में आँसू आ गए।

"मैं इस जॉएस औरत को जानती भी नहीं।" उसने बेज़ारी से कहा।

डेलफ़ीन ने अपने पैर ज़मीन पर रखे, बिस्तर से धीरे-धीरे खड़ी हुई और अपना प्याला मेज़ पर रख दिया।

"अगर तुम्हारे पेट में मरोड़ उठ रहे हैं तो तुम्हें लेट जाना चाहिए। शायद तुमने चॉकलेट बहुत तेज़ी से पी लिया।"

"मुझे बस अपनी जैकेट चाहिए।"

डेलफ़ीन ने जैकेट तो उतार दी मगर उसको ऊँचा किए ही पकड़े रखा। जब लॉरैन ने उसको लेना चाहा उसने उसे छोड़ा नहीं।

"क्या बात है?" डेलफ़ीन ने कहा, "तुम रो तो नहीं रही न? तुम छोटी-छोटी बातों पर रोने वाली नहीं हो। ठीक है। ठीक है। ये लो। मैं तो सिर्फ़ तुम्हें छेड़ रही थी।"

लॉरैन ने आस्तीनों में हाथ डाले, उसे लगा कि वह ज़िप न बन्द कर पाएगी तो उसने जेबों में अपने हाथ ठूँस लिये।

"ठीक हो?" डेलफ़ीन ने कहा, "तुम ठीक हो अब? तुम अब भी मेरी दोस्त हो न?"

"गरम चॉकलेट के लिए शुक्रिया।"

"तुम अपने पेट को ठीक करना चाहती हो न, बहुत तेज़ मत चलना।"

डेलफ़ीन कुछ आगे झुकी। लॉरैन पीछे हट गई। उसे डर था कि सफ़ेद रेशमी बालों की झालर उसके मुँह में घुस जाएगी।

जब बुढ़ापे में किसी के बाल सफ़ेद हो जाएं, तो उन्हें इतना लम्बा नहीं रखना चाहिए।

"मुझे मालूम है तुम राज़ रख सकती हो, मैं जानती हूँ तुम हमारा मिलना और हमारी बातें और सब कुछ एक राज़ रखोगी। तुम्हें बाद में समझ आएगा। बहुत प्यारी बच्ची हो तुम।"

उसने लॉरैन के माथे को चूम लिया।

"तुम बेकार परेशान मत होना।" उसने कहा।

बर्फ़ के बड़े-बड़े फाहे सीधे नीचे गिर रहे थे, जिसकी वजह से फ़ुटपाथ पर बर्फ़ की नरम परत जम रही थी। लोगों के कदमों से बर्फ़ पिघल जाती थी और काले निशान बन जाते, जो कि कुछ ही देर में फिर भर जाते थे। कारें अपनी धुँधली-सी पीली बत्तियाँ जलाये हुए सावधानी से गुज़र रही थीं। लॉरैन ने चारों तरफ़ देखा और यह भी देखने की कोशिश की कि कोई उसका पीछा तो नहीं कर रहा। घनी बर्फ़बारी और धुँधलके के कारण वह ठीक से देख नहीं पाई, मगर उसे लगा नहीं कि कोई था।

उसे पेट में भारीपन और भूख दोनों अनुभव हो रहे थे। ऐसा लगा कि अगर वह सही क़िस्म का कुछ खा ले तो ठीक हो जाएगी, इसलिए घर पहुँचकर वह सीधे रसोई में गई और नाश्ते वाला सीरियल एक प्याले में भर लिया। मेपल की चाशनी

ख़त्म हो चुकी थी, लेकिन उसे थोड़ी मकई की चाशनी मिल गई। उसने सर्द रसोई में खड़े-खड़े, अपने जूते और बाहर के कपड़े उतारे बिना, और सफ़ेदी से भरते पीछे के सहन को देखते हुए खाना शुरू कर दिया। रसोई की बत्ती जली होने के बावजूद बर्फ़ पड़ जाने से बाहर का दृश्य साफ़ नज़र आने लगा था। उसकी परछाई बर्फ़ से ढके सहन, सफ़ेदी से ढके काले शिलाखंडों और सदाबहार की बर्फ़ के बोझ से झुकी जा रही टहनियों की पृष्ठभूमि में उसकी परछाई दिखाई दे रही थी।

वह आख़िरी चम्मच खा ही पाई थी कि गुसलख़ाने की तरफ़ भागी और सब कुछ उगल दिया—कॉर्नफ़्लेक्स जो अभी भी ज्यों-के-त्यों थे, चाशनी का लासा, चॉकलेटी लार के तार।

जब उसके माता-पिता घर आए तो वह सोफ़े पर जूते और जैकेट पहने, लेटी हुई टेलीविज़न देख रही थी। आईलीन ने उसके बाहर के कपड़े उतारे और उसको कम्बल लाकर ओढ़ाया और उसके शरीर का तापमान देखा—सामान्य था—फिर पेट को छूकर देखा कि कहीं सख़्त तो नहीं है, और उसके दाहिने घुटने को उसकी छाती तक मोड़कर देखा कि कहीं उसको दाईं ओर इससे दर्द तो नहीं होता है। आईलीन को हमेशा अपेन्डिसाइटिस का डर लगा रहता था क्योंकि उसने एक बार पार्टी में—ऐसी पार्टी जो कई दिन तक चलती रहती है—एक लड़की को अपेन्डिसाइटिस फटने से मरते देखा था। सब लोग गाँजे के नशे में इतने धुत्त थे कि कोई भाँप न पाया कि वह लड़की कितनी मुसीबत में थी। निश्चिन्त होकर कि लॉरेन को अपेन्डिसाइटिस नहीं था, वह खाना बनाने चली गई और हैरी लॉरेन के पास बैठ गया।

"मुझे लगता है तुम्हें 'स्कूल रोग' हो गया है।" उसने कहा, "मुझे भी हुआ करता था। जब मैं छोटा था तो इसका कोई इलाज नहीं था। तुम्हें मालूम है क्या इलाज है? सोफ़े पर लेटना और टीवी देखना।"

अगली सुबह लॉरेन ने कहा कि वह अब भी बीमार है, हालाँकि यह सच नहीं था। उसने नाश्ता करने से मना कर दिया, लेकिन जैसे ही हैरी और आईलीन घर से बाहर गए उसने दालचीनी की बड़ी-सी पावरोटी निकाली और टीवी देखते हुए उसे बिना गरम किए ही खा गई। उसने अपनी चिपचिपी उँगलियाँ ओढ़े हुए कम्बल में ही पोंछ लीं, और अपने भविष्य के बारे में सोचने की कोशिश करने लगी। वह अपनी ज़िन्दगी ठीक यहीं बिताना चाहती थी, घर के अन्दर, सोफ़े पर, लेकिन उसको समझ नहीं आ रहा था कि यह कैसे सम्भव था, जब तक कि वह कोई बड़ी बीमारी न पाल ले।

टीवी पर समाचार समाप्त हो चुके थे और कोई रोज़ आने वाला धारावाहिक आ रहा था। इसमें वर्णित संसार से वह पिछले साल से भली-भाँति परिचित थी जब

उसे ब्रोंकाइटिस हो गई थी। पर जिसको वह अब भूल चुकी थी। इस अन्तराल के बावजूद लग नहीं रहा था कि कुछ ख़ास बदला है। किरदार तो लगभग सारे वही थे—परिस्थितियाँ ज़रूर नई थीं—और उनका आचरण भी वही था (भद्र, निर्दयी, कामुक, दुखी) और वैसा ही अभिनय और दुर्घटनाओं या रहस्यात्मक बातों के लिए वही अधूरे वाक्य प्रयोग हो रहे थे। कुछ देर तक उन्हें देखने में मज़ा आया, लेकिन फिर उसके दिमाग़ में परेशानी की कोई बात आ गई। इन कहानियों में बच्चे और बड़े लोग भी प्राय: उन परिवारों के न होकर, जिनको वह हमेशा से अपना समझते थे, किसी और परिवार के सदस्य निकल आते थे। कुछ झक्की और ख़तरनाक क़िस्म के नए-नए पात्र न जाने कहाँ से नमूदार होकर रहस्योद्घाटन करते और उथल-पुथल मचाते और दूसरे पात्रों के जीवन में भूचाल आ जाते।

कभी वह चाह सकती थी कि उसके जीवन में भी ऐसी बातें हों, मगर अब नहीं।

हैरी और आईलीन कभी दरवाज़े तालाबन्द नहीं रखते थे। ज़रा सोचो, हैरी कहता था—हम ऐसी जगह रहते हैं जहाँ बस उठो और बाहर चले जाओ और कभी दरवाज़े पर ताला लगाने की ज़रूरत नहीं। लॉरेन उठी और पिछले और अगले दरवाज़े में ताला लगा दिया। फिर उसने सारी खिड़कियों के परदे बन्द कर दिए। आज बर्फ़ नहीं गिर रही थी, मगर पिघल भी नहीं रही थी। ताज़ी बर्फ़ की ऊपरी रंगत धूसर हो चली थी जैसे एक रात में ही पुरानी हो गई हो।

सामने के दरवाज़े की आँसू की बूँद के आकार की छोटी खिड़कियों को ढँक सकने का कोई तरीका नहीं था। एक तिरछी पंक्ति में वे तीन थीं। आईलीन को उनसे नफरत थी। उसने इस सस्ते घर के सारे वॉलपेपर उखाड़ दिए थे और दीवारों को निराले नीले, गुलाबी और पीले रंग से रँग डाला था—बदरसूरत कालीन हटाकर फर्श को घिसकर साफ़ कर दिया था। लेकिन इन छोटी खिड़कियों का वह कुछ उपाय न कर सकी।

हैरी का कहना था कि खिड़कियाँ इतनी बुरी नहीं है, हर एक के लिए एक, और बाहर देखने के लिए उनकी ऊँचाई भी हर एक के लिए बिलकुल ठीक थी। उसने खिड़कियों को नाम भी दे दिये थे—पापा भालू, मम्मी भालू, बेबी भालू।

जब धारावाहिक समाप्त हो गया और एक आदमी व औरत घर के अन्दर उगाने वाले पौधों की बात करने लगे, लॉरेन को हल्की-सी नींद आ गई। उसको पता चला कि वह सो गई थी जब एक सपने से उसकी आँख खुल गई। जिसमें उसने देखा कि कोई जानवर, कोई सर्दियों में दिखने वाला नेवला या दुबली लोमड़ी—उसे पक्का नहीं पता—दिन-दहाड़े ही पिछवाड़े खड़ा घर को ताक रहा है। सपने में ही किसी ने बताया था कि वह जानवर पागल था, क्योंकि वह मनुष्यों से नहीं डरता था और न ही उनके निवास स्थानों से।

फ़ोन की घंटी बज रही थी। उसने कम्बल को सिर के ऊपर तक खींच लिया ताकि वह आवाज़ न सुन सके। उसे विश्वास था कि यह डेलफ़ीन थी। डेलफ़ीन जानना चाह रही होगी कि वह कैसी थी, वह क्यों मुँह छिपा रही थी, उसने उस कहानी के बारे में क्या सोचा जो डेलफ़ीन ने उसे सुनाई थी, वह होटल कब आ रही थी?

असल में वह आईलीन थी जो जानना चाहती थी कि लॉरेन अब कैसी है और उसका अपेन्डिक्स अब कैसा है। आईलीन ने फ़ोन की घंटी को दस या पन्द्रह बार बजने दिया, फिर वह तुरन्त समाचार पत्र के कार्यालय से बिना कोट पहने कार से घर चल पड़ी। जब उसे दरवाज़ा तालाबन्द मिला, उसने उसे मुक्कों से पीटा और हैंडल को घुमाया। मम्मी ने भालू वाली खिड़की पर अपना चेहरा लगा लॉरेन का नाम पुकारा। उसे टेलीविज़न की आवाज़ सुनाई पड़ रही थी। वह भागकर पिछवाड़े के दरवाज़े पर पहुँची और उसको भी पीटना और चिल्लाना शुरू कर दिया।

लॉरेन, सिर कम्बल के अन्दर होने के बावजूद, सब सुन रही थी, मगर उसको यह समझने में कि यह आईलीन है डेलफ़ीन नहीं, कुछ समय लगा। जब उसे यह समझ आया, वह धीरे-धीरे चलती हुई रसोई में आई और उसके साथ कम्बल भी घिसटता चला आया। उसे अब भी पूरा यक़ीन नहीं था कि उसने कोई आवाज़ सुनी थी।

"हे भगवान, तुम्हें क्या हो गया है?" आईलीन ने उसे सीने से लगाते हुए कहा, "दरवाज़े क्यों तालाबन्द थे, तुमने फ़ोन क्यों नहीं उठाया, क्या तमाशा कर रही हो तुम?"

लॉरेन पन्द्रह मिनट तक चुप्पी साधे रही। आईलीन उसे बार-बार या सीने से लगा रही थी या डाँट रही थी। फिर वह अपने को रोक न पाई और सब कुछ बता दिया। यद्यपि वह काँप रही थी और रो रही थी और उसने राहत महसूस की मगर यह भी लगा कि उसने सुरक्षा और सांत्वना पाने के लिए अपनी कोई निजी और महत्त्वपूर्ण चीज़ खो दी थी। पूरा सच बता देना सम्भव नहीं था क्योंकि वह ख़ुद अभी तक पूरी तरह समझ नहीं पाई थी। वह यह भी नहीं बता सकती थी कि वह चाहती क्या थी, फिर एक पल ऐसा आया कि उसे लगा वह कुछ भी नहीं चाहती थी।

आईलीन ने हैरी को फ़ोन करके कहा कि उसे घर आना पड़ेगा। उसे पैदल आना पड़ेगा, वह उसे लेने नहीं आ सकती, वह लॉरेन को छोड़ नहीं सकती।

आईलीन सामने का दरवाज़ा खोलने के लिए गई और वहाँ उसे एक लिफ़ाफ़ा मिला। उस पर कोई टिकट नहीं था और किसी ने डाक डालने के झरोखे से डाल दिया था। 'लॉरेन' के सिवा कुछ और नहीं लिखा हुआ था।

"तुमने सुना था जब यह डाला गया था।" आईलीन ने कहा, "तुम्हें ड्योढ़ी पर किसी की आवाज़ सुनाई पड़ी थी? किसने डाला और क्यों?"

उसने लिफ़ाफ़े को फाड़कर खोला और उसमें से सोने की ज़ंजीर निकली जिस पर लॉरेन का नाम लिखा था।

"मैं आपको इसके बारे में तो बताना भूल ही गई।" लॉरेन ने कहा।

"एक रुक्का भी है।"

"मत पढ़ना उसको।" लॉरेन चिल्लाई, "मत पढ़ना। मैं सुनना नहीं चाहती।"

"बेवक़ूफ़ों-सी बात मत करो। यह तुम्हें काट नहीं लेगा। उसने सिर्फ़ यह लिखा है कि उसने स्कूल फ़ोन किया पर तुम वहाँ नहीं थीं तो वह परेशान हुई कि शायद तुम बीमार हो और तुम्हारा दिल बहलाने के लिए यह उपहार है। उसने लिखा है कि यह उसने तुम्हारे लिए ही ख़रीदा था, किसी का खोया नहीं था। इसका क्या मतलब? यह तुम्हारे जन्मदिन का उपहार होता जब मार्च में तुम ग्यारह की हो जाती, मगर वह चाहती है कि तुम इसे अभी ले लो। उसने कैसे सोच लिया कि तुम्हारा जन्मदिन मार्च में है? तुम्हारा जन्मदिन तो जून में है।"

"मुझे पता है।" लॉरेन ने फिर उसी बचकानी, रुखी, थकी-सी आवाज़ में कहा।

"देखा?" आईलीन ने कहा, "कैसी ऊटपटाँग बातें करती है। पागल है।"

"उसे आपका नाम पता था। यह भी मालूम था कि आप कहाँ रहती थीं। आपने मुझे गोद नहीं लिया तो वह यह सब कैसे जान सकती थी!"

"न जाने वह कैसे यह सब जानती है, मगर उसे सब ग़लत पता है। सुनो हम तुम्हारा जन्म का प्रमाणपत्र निकलवाएँगे। तुम टोरंटो के वेल्सले अस्पताल में पैदा हुई थी। तुम्हें वहाँ ले चलूँगी, तुम्हें वह कमरा तक दिखा सकती हूँ।" आईलीन ने रुक्के की तरफ़ दोबारा देखा और अपनी मुट्ठी में भींच लिया।

"कुतिया कहीं की। स्कूल फ़ोन किया।" उसने कहा, "हमारे घर तक आ गई। पगली कुतिया।"

"इसे छुपा दीजिए।" लॉरेन ने कहा। उसका मतलब ज़ंजीर से था, "छुपा दीजिए इसे। दूर कर दीजिए मेरी नज़रों से। अभी।"

हैरी को आईलीन की तरह ज़्यादा गुस्सा नहीं आया।

"मैंने जब भी उससे बात की मुझे तो वह ठीक-ठाक लगी।" उसने कहा, "उसने इस बारे में कोई बात मुझसे कभी नहीं कही।"

"वह क्यों कहेगी।" आईलीन ने कहा, "वह लॉरेन के पीछे पड़ी थी। तुम्हें जाना होगा और उससे बात करनी होगी। नहीं तो मैं जाऊँगी। सच कह रही हूँ। आज ही।"

हैरी ने कहा कि वह जाएगा।

"मैं उसे सीधा कर दूँगा।" उसने कहा, "अच्छी तरह। फिर कभी कोई परेशानी नहीं होगी। क्या फ़साद खड़ा कर दिया।"

आईलीन ने दिन का खाना आज जल्दी तैयार कर दिया। उसने मेयोनेज़ और राई लगाकर हैमबर्गर बनाए जैसे हैरी और लॉरेन को पसन्द थे। इसके पहले कि

लॉरेन को यह ख़याल आता कि इस हालात में इतनी भूख दिखाना शायद ग़लती होगी, वह अपना हिस्सा ख़तम कर चुकी थी।

"अब ठीक हो?" हैरी ने कहा, "दोपहर बाद स्कूल जाओगी?"

"मुझे अब भी जुकाम है।"

आईलीन ने कहा, "नहीं। वह स्कूल नहीं जाएगी। और मैं भी उसके साथ घर पर रुकूँगी।"

"मुझे बिलकुल नहीं लगता कि ऐसी कोई ज़रूरत है।" हैरी ने कहा।

"और उसको यह दे देना।" आईलीन ने हैरी की जेब में लिफ़ाफ़ा ठूँसते हुए कहा, "खोलकर देखने की कोई ज़रूरत नहीं है। यह उसका बेकार का उपहार है। और उससे कह देना कि फिर कभी इस तरह की कोई हरकत न करे वरना मुसीबत में पड़ जाएगी। कभी नहीं। हरगिज़ नहीं।"

लॉरेन को फिर कभी स्कूल नहीं जाना पड़ा, उस शहर में तो नहीं।

दोपहर बाद आईलीन ने हैरी की बहिन को फ़ोन किया। हैरी की अपनी बहिन से बातचीत बन्द थी क्योंकि बहिन के पति ने हैरी की जीवन शैली की आलोचना की थी। आईलीन की हैरी की बहिन से टोरंटो में लड़कियों के उस प्राइवेट स्कूल के बारे में बातें हुईं जहाँ बहिन पढ़ी थी। कुछ और फ़ोन किए गए और एक मुलाकात का समय निश्चित हो गया।

"पैसे का सवाल नहीं है।" आईलीन ने कहा, "हैरी के पास काफ़ी पैसा है। या वह इन्तज़ाम कर सकता है।"

"सिर्फ़ हादसे की बात नहीं।" उसने लॉरेन से कहा, "तुम्हें इस घटिया शहर में रहकर बड़े होने की कोई ज़रूरत नहीं। कोई ज़रूरत नहीं कि एक दिन तुम एक गँवार की तरह बातें करो। मैं बहुत पहले से इस बारे में सोच रही थी। बस मैं तुम्हारे थोड़ा बड़े होने का इन्तज़ार कर रही थी।"

हैरी ने, जब वह घर आया, कहा कि सब कुछ लॉरेन की इच्छा पर निर्भर करता है।

"तुम घर से दूर पढ़ने जाना चाहती हो, लॉरेन? मेरा सवाल था तुम्हें यहाँ रहना अच्छा लगता है। मुझे लगता है यहाँ तुम्हारे दोस्त हैं।"

"दोस्त?" आईलीन बोली, "वह औरत है, न दोस्त। डेल-फ़ीन। तुमने उससे साफ़-साफ़ बात की थी? वह समझी कि नहीं?"

"की थी मैंने।" हैरी ने कहा, "वह समझ गई।"

"तुमने उसकी रिश्वत वापस कर दी?"

"अगर तुम उस चीज़ को इसी नाम से पुकारना चाहती हो, तो हाँ।"

"और कि फिर बखेड़ा नहीं होगा? दोबारा नहीं, समझ गई वह?"

हैरी ने रेडियो चालू कर दिया और खाना खाते समय वे समाचार सुनने लगे। आईलीन ने वाइन की एक बोतल खोली।

"ये क्या?" हैरी ने थोड़ी शंकित आवाज़ में कहा, "किस बात का जश्न?"

लॉरेन ऐसे लक्षणों को समझना सीख चुकी थी और उसने अनुमान किया कि अब क्या होने वाला है। आसानी से छुटकारा पाने के लिए उसे क्या क़ीमत चुकानी पड़ेगी—कभी स्कूल वापस या होटल के नज़दीक भी न जा सकना, शायद कभी अब इन सड़कों पर टहल न सकना, या क्रिसमस की छुट्टियों तक जो दो सप्ताह बचे थे उनमें घर से बाहर न जा सकना।

वाइन पीना उनमें से एक लक्षण हो सकता था। कभी हाँ, कभी नहीं। लेकिन जब हैरी ने जिन की बोतल निकाल ली और आधा गिलास भर लिया और उसमें बर्फ़ के अलावा और कुछ न मिलाया—और फिर वह बर्फ़ भी नहीं मिलाता था—तो सारी बात साफ़ हो गई। घर में अब भी ख़ुशमिज़ाज़ी का माहौल था पर उस ख़ुशमिज़ाज़ी में एक धार थी। हैरी, लॉरेन से बात करता, और आईलीन, लॉरेन से बात करती उससे ज़्यादा जितनी कि पहले किया करते थे। एक-दूसरे से भी अक्सर बिलकुल सामान्य तरह से बात करते। घर में एक अजीब-सी बेचैनी छाई रहती जो अभी बोलचाल में झलकनी नहीं शुरू हुई थी। लॉरेन मनाती या आशा करती। यह कहना ज़्यादा सही होगा कि आशा करने की कोशिश करती—कि किसी तरह वे झगड़ा शुरू होने से रोक लेंगे। और उसका हमेशा विश्वास था—अब भी है—कि यह आशा वह अकेले नहीं करती थी। वे भी करते थे। आंशिक रूप से। किन्तु वे यह देखने को भी उत्सुक रहते थे कि तब क्या होगा। और वे अपनी इस उत्सुकता को कभी दबाते नहीं थे। ऐसा एक बार भी नहीं हुआ कि उनके बीच की यह भावना घर के माहौल में व्याप्त हो सभी सामान, बर्तनों तथा फ़र्नीचर तथा किसी भी प्रकार की चीज़ों पर न छा गई हो तथा एक बार भी इसका अन्त बुरा न हुआ हो।

लॉरेन अपने कमरे में बैठी न रह पाती थी, उसका उनके पास होना ज़रूरी हो जाता और वह उनके बीच बैठ चिल्लाती और रोती, जब तक कि उनमें से एक या दूसरा उसको गोद में उठाकर उसके बिस्तर तक न ले आए और कहे, "ठीक है, ठीक है, हमें परेशान करना छोड़ो। यह हमारा ढब है, हम आपस में बात तो कर सकते हैं। 'बात' का मतलब था सिर्फ़ एक-दूसरे को कही कड़वी बातें दोहराते हुए घर में इधर-उधर घूमना, चीख़-चीख़कर बहस करना, जब तक कि वे एक-दूसरे पर राखदानी, बोतलें, बर्तन न फेंकना शुरू कर दें। एक बार तो आइलीन घर से बाहर निकल लॉन में लोटने लगी, मिट्टी और घास उखेड़ते हुए जबकि हैरी दरवाज़े पर खड़ा फुफकार रहा था, "वाह, क्या ख़ूब तरीका है, सबको दिखाओ तमाशा।" एक बार हैरी ने अपने आपको गुसलख़ाने में बन्द

कर लिया था और वहाँ से चिल्लाया, "इन सारी यातनाओं से बचने का सिर्फ़ एक तरीका है।" दोनों ही नींद की गोलियाँ खा लेने और ब्लेड से नसें काटने की धमकियाँ दिया करते थे।

"हे भगवान, ये सब बन्द करो अब!" एक बार आईलीन ने कहा था, "मैं हाथ जोड़ती हूँ, बन्द करो यह सब।"

और हैरी ने बहुत ही कमीनी तरह से उसकी नक़ल करते हुए ऊँची रोने वाली आवाज़ में कहा था, "तुम कर रही हो यह सब—तुम बन्द करो।"

लॉरेन यह सोचते-सोचते थक चुकी थी कि आख़िर झगड़े होते किस बात पर थे। हर बार एक नई बात निकल आती थी (जैसे कि आज रात वह अँधेरे में लेटी सोच रही थी कि आज का झगड़ा शायद यह उसके दूसरे शहर में जाने के बारे में था, आईलीन के ख़ुद यह निर्णय कर लेने के बारे में।) और हर बार वही बात उठती—यह उन दोनों के लिये, व्यसन समान था, जिसे वह कभी छोड़ नहीं सकते थे।

उसने यह सोचना भी छोड़ दिया था कि संभवत: उनका कोई मर्मस्थल था—हैरी हर समय मज़ाक़ करता था क्योंकि वास्तव में उसका दिल दुखा था, और आईलीन का तेज़-तर्रार व्यवहार असल में हैरी की किसी बात की प्रतिक्रिया में था और अगर वह—लॉरेन—एक की बात दूसरे को समझा सकती तो हालात बेहतर हो सकते थे।

अगले दिन वे बिलकुल ख़ामोश होते थे, टूटे हुए, शर्मिंदा और अजीब तरह से उल्लसित।

"कुछ लोगों को ऐसा करना पड़ता है, अपनी भावनाओं को दबाना अच्छी बात नहीं है।" आईलीन ने एक बार लॉरेन को बताया था, "एक धारणा यह भी है कि क्रोध को अधिक दबाने से कैंसर हो सकता है।"

हैरी इन झगड़ों को कहा-सुनी का नाम देता था।

"कहा-सुनी होने के लिए माफ करना।" वह कहता। "आईलीन का पारा बहुत जल्दी चढ़ जाता है। मैं यही कह सकता हूँ, बिटिया—हे मेरे भगवान, मैं सिर्फ़ यही कह सकता हूँ—कि ऐसी बातें होती रहती हैं।"

उस रात को इसके पहले कि उनकी कटुता चरम सीमा तक पहुँचती, लॉरेन सो चुकी थी। जब वह सोने के लिए गई थी तो जिन की बोतल अभी नमूदार नहीं हुई थी।

हैरी ने उसको जगाया।

"माफ करना।" हैरी बोला, "माफ करना बिटिया। तुम उठकर नीचे आओगी?"

"सुबह हो गई?"

"अभी नहीं। अभी आधी रात है, आईलीन और मैं तुमसे कुछ बात करना चाहते हैं। तुमसे बात करना ज़रूरी है जिसके बारे में तुम पहले से जानती हो। अब आ जाओ। तुम्हारी चप्पलें कहाँ हैं?"

"चप्पलों से नफरत है मुझे।" लॉरेन ने उसे याद दिलाया। वह उसके आगे सीढ़ियों से उतर चली। हैरी ने अब भी दिन वाले कपड़े ही पहने हुए थे और आईलीन ड्योढ़ी में उसका इन्तज़ार कर रही थी, उसने भी कपड़े नहीं बदले थे। वह लॉरेन से बोली, "यहाँ और कोई है जिसे तुम जानती हो।"

वह डेलफ़ीन थी। डेलफ़ीन सोफ़े पर बैठी हुई थी। उसने अपनी हमेशा की काली पतलून और स्वेटर के ऊपर स्की जैकेट पहन रखी थी। लॉरेन ने उसे कभी बाहर पहने जाने वाले कपड़ों में नहीं देखा था। उसका चेहरा लटका हुआ था, त्वचा बूढ़ी और वह बुरी तरह पस्त लग रही थी।

"क्या हम रसोई में बैठ सकते हैं?" लॉरेन ने कहा। पता नहीं क्यों रोज़मर्रा की जगह रसोईघर उसे ज़्यादा सुरक्षित लगा। वहाँ वे अगर एक मेज़ के चारों ओर बैठते तो वह सहारे के लिए उसे पकड़ सकती थी।

"लॉरेन रसोई में बैठना चाहती है, रसोई में चलकर बैठते हैं।" हैरी ने कहा।

जब वे वहाँ बैठ चुके तो हैरी ने कहना शुरू किया, "लॉरेन, हम यह बात कर चुके हैं कि मैं तुम्हें बच्चे के बारे में बता चुका हूँ। उस बच्चे के बारे में जो तुमसे पहले हुआ था, और उसका क्या हुआ।"

वह लॉरेन के "हाँ" कहने तक इन्तज़ार करता रहा।

"क्या मैं अब कुछ कह सकती हूँ?" आईलीन ने कहा, "मैं लॉरेन से कुछ कह सकती हूँ?"

हैरी ने कहा, "हाँ बिलकुल।"

"हैरी दूसरा बच्चा होने की बात से बहुत तनाव में था।" आईलीन ने मेज़ के नीचे अपनी गोद में रखे अपने हाथों को देखते हुए कहा, "घर में बच्चे के आने से होनेवाला शोर-शराबे का ख़याल ही उससे बर्दाश्त नहीं हो पा रहा था। उसे अपना लिखने का काम करना था। वह कुछ करके दिखाना चाहता था, इसलिए कोई अव्यवस्था उसे स्वीकार नहीं थी। वह चाहता था मैं गर्भपात करवा लूँ और मैंने कहा ठीक है, फिर मैंने कहा कि नहीं, मैं नहीं कराऊँगी और फिर कहा ठीक है, करवा लूँगी। लेकिन मैं ऐसा नहीं कर सकी और हममें झगड़ा हुआ और मैंने बच्चे को लिया और कार में बैठ गई, मैं अपनी किसी दोस्त के घर जा रही थी। मैं बहुत तेज़ नहीं चला रही थी और निश्चय ही मैंने पी रखी थी। सिर्फ़ सड़क पर रोशनी बहुत कम थी और मौसम बहुत ख़राब था।"

"पालना भी ठीक से बँधा हुआ नहीं था।" हैरी ने कहा।

"लेकिन वह बात छोड़ो।" उसने कहा, " मैं गर्भपात कराने की ज़िद नहीं कर रहा था। हो सकता है कि मैंने ऐसा कहा हो। लेकिन मैं तुम्हें हरगिज़ मजबूर न करता। मैंने लॉरेन को यह सब नहीं बताया था क्योंकि उसे यह सब सुनकर तकलीफ़ होती। तकलीफ़ की बात ही है।"

"हाँ, लेकिन यह सच है।" आईलीन ने कहा, "लॉरेन इसको समझ सकती है, वह जानती है कि बच्चा वह नहीं थी जिसे हम नहीं चाहते थे।"

लॉरेन बोल पड़ी, जिस पर उसे ख़ुद ही आश्चर्य हुआ।

"वह मैं थी।" उसने कहा, "अगर मैं नहीं थी तो कौन था?"

"हाँ, लेकिन मैं वह नहीं करना चाहती थी।" आईलीन ने कहा।

"तुम असल में कुछ करना नहीं चाहती थी।" हैरी ने कहा।

लॉरेन चीख़ पड़ी, "बस करो।"

"हमने वायदा किया था कि हम झगड़ा नहीं करेंगे।" हैरी ने कहा, "क्या यही हमारा वायदा नहीं था? और हमें डेलफ़ीन से माफी माँगनी चाहिए।"

इन सारी बातों के बीच डेलफ़ीन ने एक बार भी सिर उठाकर किसी की तरफ़ नहीं देखा था। उसने अपनी कुर्सी मेज़ तक खींची भी नहीं थी। जब हैरी ने उसका नाम लिया तो लगा नहीं कि उसने सुना भी। इस ख़ामोशी के पीछे केवल पराजय की स्वीकृति नहीं थी। यह एक दुराग्रह और वितृष्णा की भावना भी थी, जिसे हैरी और आईलीन देख नहीं सके।

"मैंने आज दोपहर डेलफ़ीन से बात की थी, लॉरेन। मैंने उसको बच्चे के बारे में बताया। वह उसका बच्चा था। मैंने तुमसे कभी नहीं बताया कि वह बच्चा गोद लिया हुआ था कि बात कहीं और न उलझ जाए। कि पहले हमने एक बच्चे को गोद लिया उसके बाद कैसे सब कुछ गड़बड़ कर दिया। पाँच साल की कोशिशों के बाद लग नहीं रहा था कि आईलीन गर्भवती हो सकती है इसलिए हमने बच्चा गोद ले लिया। डेलफ़ीन ही उसकी माँ थी। हमने उसका नाम लॉरेन रखा था और फिर हम तुम्हें भी लॉरेन कहने लगे—क्योंकि शायद हमें यह नाम पसन्द था और इसलिए भी कि इससे हमें एक नई ज़िन्दगी शुरू करने का एहसास हुआ। और डेलफ़ीन अपने बच्चे के बारे में मालूम करना चाहती थी और उसने पता कर लिया कि किसे हमने गोद लिया था और उसने ग़लती से यह समझ लिया कि वह तुम थीं। वह यहाँ तुम्हें ढूँढ़ने आई थी। बहुत दुःख भरी बातें हैं। जब मैंने उसे सारी सच्चाई बताई तो ज़ाहिर-सी बात है वह इसका सबूत चाहती थी, तो मैंने उससे आज रात यहाँ आने को कहा और उसको सारे काग़ज़ात दिखाए। वह कभी तुम्हें हमसे अलग करना या ऐसी कोई बात नहीं करना चाहती थी। वह सिर्फ़ तुम्हारी दोस्त बनना चाहती थी। वह अकेली थी और समझ न पा रही थी कि क्या करे।"

डेलफ़ीन ने झटके से अपने जैकेट की ज़िप को खोल दिया जैसे कि उसे घुटन लग रही हो।

"मैंने उसे बताया कि वह अब भी हमारे पास है—कि हमें कभी समझ नहीं आया कि उसका हम क्या करें, कब करें।" हैरी ने गत्ते के डिब्बे की तरफ़ इशारा किया जो आलमारी के ऊपर रखा हुआ था, "मैंने उसको यह भी दिखा दिया।"

"तो आज रात एक परिवार की तरह।" हैरी ने कहा, "आज रात जब हर बात साफ़ हो चुकी है, हम साथ बाहर जाकर इस काम को करेंगे। और अपनी पुरानी ग़लतियों और क्लेशों से छुटकारा पा लेंगे। डेलफ़ीन और आईलीन और मैं, हम चाहते हैं कि तुम भी हमारे साथ चलो—ठीक है? तुम ठीक हो?"

लॉरेन ने कहा, "मैं सो रही थी। मुझे ज़ुकाम भी है।"

"हैरी जैसा कह रहा है वैसा करो।" आईलीन ने कहा।

डेलफ़ीन ने अब तक नज़र नहीं उठाई थी। हैरी ने आलमारी पर से डिब्बा उठाकर उसको दे दिया। "मेरे ख़याल से इसे तुमको उठाना चाहिए।" उसने कहा, "तुम ठीक तो हो?"

"सब ठीक हैं।" आईलीन बोली, "चलो चलें।"

डेलफ़ीन डिब्बे को पकड़े हुए बर्फ़ में खड़ी रही, तो आईलीन ने कहा, "लाओ मैं कर दूँ?" और बहुत श्रद्धा के साथ उससे डिब्बा ले लिया। उसने उसे खोला और हैरी को देने जा रही थी, तभी उसने इरादा बदला और डेलफ़ीन की तरफ़ बढ़ा दिया। डेलफ़ीन ने थोड़ी-सी भस्म मुट्ठी में ले ली, लेकिन आगे बढ़ाने के लिए डिब्बा नहीं लिया। आईलीन ने भी एक मुट्ठी भस्म ले ली और डिब्बा हैरी को दे दिया। जब वह कुछ भस्म लेकर डिब्बा लॉरेन को देने जा रहा था, आईलीन ने मना कर दिया, "नहीं, उसे यह करने की कोई ज़रूरत नहीं।"

लॉरेन ने पहले ही अपने हाथ अपनी जेबों में डाल लिए थे।

हवा बिलकुल शान्त थी, इसलिए भस्म बर्फ़ पर वहीं गिर गई जहाँ हैरी और आईलीन और डेलफ़ीन ने उसे गिराया।

आईलीन बोली तो लगा जैसे उसके गले में खराश थी, "हमारे पिता जो स्वर्ग में हैं—"

हैरी ने साफ़ शब्दों में कहा, "यह लॉरेन है, जो हमारी बच्ची थी और जिसे हम सब प्यार करते थे—आओ हम सब साथ कहें।" उसने डेलफ़ीन, फिर आईलीन की तरफ़ देखा और वे एक साथ बोलने लगे, "यह लॉरेन है।" डेलफ़ीन की आवाज़ बहुत शान्त, बुदबुदाती-सी, आईलीन की आवाज़ में भावपूर्ण लगने का यत्न था और हैरी की आवाज़ भारी, अध्यक्षीय, बहुत गम्भीर थी।

"और हम उसे अलविदा कहते हैं और बर्फ़ में दफ़नाते हैं—"

अन्त में आईलीन ने जल्दी-जल्दी कहा, "हमारे पापों के लिए हमें क्षमा कर दीजिये, भगवन। हमारे गुनाह। हमारे गुनाहों के लिए हमें क्षमा कर दीजिये।"

शहर वापस जाने के लिए डेलफ़ीन, लॉरेन के साथ पिछली सीट पर बैठ गई। हैरी ने उसको अपने साथ आगे की सीट पर बैठाने के लिए दरवाज़ा खोला था, लेकिन वह उसकी बगल से निकलकर पीछे की सीट की तरफ़ आ गई। चूँकि डिब्बा उसके हाथ में नहीं था, उसने अधिक महत्त्व की जगह छोड़ दी थी। उसने काग़ज़ का रुमाल निकालने के लिए अपनी जैकेट की जेबों में हाथ डाला और ऐसा करने में कुछ और भी निकलकर कार के फर्श पर गिर गया। उसे नीचे खोजने की कोशिश में उसके मुँह से आह निकल गई, मगर लॉरेन ने उससे पहले लपककर एक झुमका उठा लिया जिसे उसने अक्सर डेलफ़ीन को पहने देखा था—कन्धे तक लम्बा इन्द्रधनुषी रंगों वाले मोतियों की लड़ी वाला झुमका जो उसके बालों में लगा चमकता रहता था। यह झुमका वह शाम को पहने रही होगी, लेकिन सोचा होगा कि ऐसी चीज़ उतारकर जेब में रख लेना ही ठीक होगा। और केवल उस झुमके के स्पर्श से, अपनी अँगुलियों से फिसलते जाते उन ठंडे चमकते मोतियों के स्पर्श से अचानक लॉरेन का दिल किया कि काश बहुत-सी चीज़ें बदल जाएँ, कि डेलफ़ीन फिर से वही पुरानी डेलफ़ीन बन जाए जिसको उसने पहले-पहल देखा था, होटल में डेस्क के पीछे बैठी हुई, गर्मजोश और प्रफुल्लित।

डेलफ़ीन ने एक शब्द भी नहीं कहा। उसने अपना झुमका इस तरह लिया कि उनकी अँगुलियाँ भी न छूने पाएँ। लेकिन उस रात पहली बार उसने और लॉरेन ने एक-दूसरे की आँखों में देखा। डेलफ़ीन की आँखें फैलीं और कुछ क्षणों के लिए उनमें वही पुरानी उपहास और रहस्यमयी बातों की छाया नज़र आई। उसने अपने कन्धे उचकाए और झुमके को जेब में रख लिया। बस इतना ही—फिर इसके बाद वह हैरी के सिर के पीछे ही देखती रही।

जब हैरी ने होटल पर उसको उतारने के लिए कार की गति धीमी की, उसने कहा, "अच्छा होगा कि अगर तुम कभी आओ और हमारे साथ खाना खाओ, किसी भी रात जब तुम काम पर न हो।"

"मैं अधिकतर काम पर ही होती हूँ।" डेलफ़ीन ने कहा। वह कार से बाहर उतर गई और कहा, "नमस्कार।" विशेष रूप से उनमें से किसी को भी नहीं, और गीली बर्फ़ भरे फ़ुटपाथ पर पैर पटकती-सी होटल में चली गई।

घर के रास्ते में आईलीन ने कहा, "मैं जानती हूँ वह नहीं आएगी।"

हैरी ने कहा, "ठीक है। शायद उसे अच्छा लगा कि हमने बुलाया।"

"उसे हमारी कोई परवाह नहीं। उसे सिर्फ़ लॉरेन की पड़ी थी, जब तक उसे लगता था लॉरेन उसकी है। अब उसे उसकी भी कोई परवाह नहीं है।"

“ठीक है, हमें तो है।” हैरी ने थोड़ी ऊँची आवाज़ में कहा, “वह हमारी है।”

“हम तुम्हें प्यार करते हैं, लॉरेन।” उसने कहा, “तुम्हें एक और बार यह बताना चाहता हूँ।”

उसकी। हमारी।

लॉरेन के टखने पर कोई चीज़ गड़ रही थी। उसने हाथ लगाकर देखा तो गोल काँटों का पूरा-का-पूरा गुच्छा था, जो उसके पजामे में फँसा हुआ था।

“मेरे पाँव में काँटे चिपक गए हैं। सैकड़ों काँटे चिपक गए हैं।”

“घर पहुँचकर निकाल दूँगी।” आईलीन ने कहा, “अभी कुछ नहीं कर सकती।”

लॉरेन गुस्से में अपने पजामे से काँटे खींच रही थी। और जैसे ही उसने उनको छुड़ाया वे उसकी उँगलियों पर चिपक गए। उसने दूसरे हाथ से उन्हें निकालने की कोशिश की तो वे उसकी सारी उँगलियों में चिपक गए। वह इन काँटों से इतना तंग आ चुकी थी कि अपने हाथों को पीट-पीटकर ज़ोर-ज़ोर से चीख़ना चाहती थी, लेकिन वह जानती थी कि वह केवल एक काम कर सकती थी कि बैठी रहे और इन्तज़ार करती रहे।

भ्रम

I

"मैं मर जाऊँगी।" रॉबिन ने कहा, कई साल पहले एक शाम को, "अगर उन्होंने वह ड्रेस तैयार नहीं की, मैं मर जाऊँगी।"

वे आईज़ैक सड़क पर गहरे हरे रंग के तख़्तों से बने घर के जाली से ढके बरामदे में बैठे हुए थे। विलर्ड ग्रीग, जो पड़ोस में रहता था, रॉबिन की बहिन जोएन के साथ ताश की मेज़ पर बैठा रमी खेल रहा था। रॉबिन सोफ़े पर बैठी, भौंहें सिकोड़े एक पत्रिका के पन्ने पलट रही थी। निकोशिआना के पौधे की गन्ध सड़क पार के किसी रसोईघर में पक रही टमाटर की चटनी की गन्ध पर हावी होने की कोशिश कर रही थी।

विलर्ड ने जोएन की हलकी-सी मुस्कान देखी इसके पहले कि वह भावशून्य आवाज़ में पूछती, "क्या कहा?"

"मैंने कहा, मैं मर जाऊँगी।" रॉबिन ने उसके लहजे की नकल करते हुए कहा, "मैं मर जाऊँगी अगर उन्होंने कल तक वह ड्रेस तैयार नहीं की। ड्राइक्लीनिंग वालों ने।"

"मैं भी समझी कि तुमने यही कहा है। तुम मर जाओगी?"

आप ऐसी टिप्पणी करने के पीछे जोएन की मंशा कभी पकड़ नहीं सकते। उसका लहजा नरम रहता था, उसका उपहास बेहद अप्रत्यक्ष था, उसकी मुस्कान—जो अब ग़ायब हो चुकी थी—मुख के किनारे का हलका-सा उभार मात्र थी।

"हाँ, मर जाऊँगी।" रॉबिन ने उपेक्षा कर कहा, "मुझे उसकी ज़रूरत है।"

"उसे ज़रूरत है, वह मर जाएगी, वह नाटक देखने जा रही है।" जोएन ने विलर्ड से दबे स्वर में कहा।

विलर्ड ने कहा, "बस जोएन।" उसके माता-पिता और वह स्वयं भी इन लड़कियों के माता-पिता के दोस्त थे—वह अब भी इन दोनों को बच्चियाँ ही समझता था। और अब जब सब के माता पिता मर चुके थे, तो उसे लगता था कि यह उसका कर्तव्य था कि इन दोनों लड़कियों को एक-दूसरे से झगड़ते रहने से रोके।

जोएन अब तीस साल की और रॉबिन छब्बीस की हो चुकी थी। जोएन का शरीर बच्चों-सा था, वक्षस्थल सपाट, लम्बा बेजान-सा चेहरा, और भूरे महीन और सीधे बाल। वह कभी नहीं छुपाती थी कि दुर्भाग्यवश न वह बच्ची रही थी और न पूरी औरत बन पाई थी, कि बचपन से ही दमे के भयंकर प्रकोप ने उसे लगभग पंगु बना दिया था। आप कभी सोच ही नहीं सकते कि उस जैसा कोई, जो ठंड में बाहर नहीं निकल सकता या रात में अकेला नहीं छोड़ा जा सकता, अधिक भाग्यशाली दूसरों की मूर्खतापूर्ण बातों को पकड़ने के ऐसे ज़बरदस्त तरीके जान सकता था। या किसी का ऐसे तिरस्कार कर सकता था। विलर्ड को लगता था कि वह उन बहनों के बचपन से ही रॉबिन की नाराज़गी के आँसू भरी आँखें देखता और जोएन को यह कहते सुनता रहा था, "अब क्या परेशानी है तुमको?"

आज संध्या रॉबिन को जोएन की बात ज़्यादा बुरी नहीं लगी। कल उसके स्ट्रैटफ़र्ड जाने का दिन था, और वह अभी से अपने आपको जोएन के तंज़ की पहुँच से बाहर महसूस कर रही थी।

"कौन-सा नाटक है, रॉबिन?" विलर्ड ने तनाव को कम करने की कोशिश में पूछा, "शेक्सपियर का है क्या?"

"हाँ, ऐज़ यू लाइक इट।"

"शेक्सपियर तुम्हारी समझ में ठीक से आ जाता है?"

रॉबिन ने कहा कि समझ में आ जाता है।

"तुम भी एक चीज़ हो।"

***

पाँच साल से रॉबिन यही कर रही थी। ग्रीष्मकाल में एक नाटक देखना। यह शुरू हुआ जब वह नर्स के प्रशिक्षण के लिए स्ट्रैटफ़र्ड में रह रही थी। वह अपनी किसी साथी छात्रा के साथ नाटक देखने गई थी जिसको अपनी चाची से, जो थियेटर के पोशाक विभाग में काम करती थीं, दो निःशुल्क प्रवेश-पत्र मिले थे। नाटक किंग लिअर था। जो लड़की प्रवेश पत्र लाई थी, बुरी तरह ऊब गई थी, इसलिये रॉबिन, इस बारे में कि नाटक उसको कैसा लगा, ख़ामोश रही थी। वह बता भी नहीं पाती—वह सिर्फ़ चाहती थी नाटकघर से अकेली ही बाहर निकल जाना और कम-से-कम अगले चौबीस घंटे किसी से भी बात नहीं करना। उसने दुबारा अकेले वापिस आने का निश्चय कर लिया था।

ऐसा करना मुश्किल नहीं था। वह शहर जहाँ वह बड़ी हुई थी और जहाँ बाद में जोएन की वजह से उसे नौकरी ढूँढ़नी पड़ी थी, केवल तीस मील दूर था। वहाँ लोगों को पता था कि शेक्सपियर के नाटक स्ट्रैटफ़र्ड में खेले जाते हैं, लेकिन रॉबिन

ने कभी नहीं सुना था कि कोई उन्हें देखने गया हो। विलर्ड जैसे लोग घबराते थे कि वहाँ दूसरे दर्शकों के बीच उनकी हेठी होगी, उन्हें भाषा न समझ पाने की समस्या का सामना कर पड़ सकता है। और जोएन जैसे लोगों को यक़ीन था कि किसी को भी, कभी, शेक्सपियर पसन्द आ ही नहीं सकता और इसलिए, अगर कभी कोई यहाँ से नाटक देखने जाता भी था, तो इस कारण से कि वह ऊँचे तबके के लोगों के साथ उठना-बैठना चाहता था, जिन्हें स्वयं कोई रस नहीं आता मगर वे केवल दर्शाते थे कि उन्हें रस आ रहा था। शहर के नाटक देखने के शौकीन कुछ एक लोग टोरंटो जाना पसन्द करते थे, रॉयल ऐलेक्स थियेटर में, जब ब्रॉडवे की नाटक कम्पनी आती थी।

रॉबिन को अगली पंक्तियों में बैठना पसन्द था, इसलिए वह केवल शनिवार अपराह्न के शो का ही टिकट ले पाती थी। वह ऐसा नाटक चुनती जो उसकी अस्पताल की सप्ताहान्त की छुट्टी के समय खेला जा रहा हो। वह कभी भी नाटक पहले से पढ़कर नहीं जाती, उसे परवाह नहीं थी कि वह नाटक दुखान्त होगा या सुखान्त। उसको अभी तक वहाँ कोई ऐसा व्यक्ति नहीं मिला था जिसे वह पहले से जानती हो, न थियेटर के अन्दर और न नगर की सड़कों पर, और यह बात उसे बहुत पसन्द थी। उसकी सहकर्मी नर्सों में से एक ने उससे कहा था, "मेरी कभी हिम्मत नहीं होगी कि मैं अकेले ऐसा कर सकूँ।" और इससे रॉबिन को समझ आ गया था कि वह दूसरों से कितनी भिन्न थीं। उसे अजनबियों के बीच जितना सुकून मिलता था, उतना और कहीं नहीं। नाटक के बाद वह शहर में ही नदी के साथ-साथ टहलती रहती, और खाने के लिए कोई सस्ती जगह ढूँढ़ लेती—जो अधिकतर सैंडविच होता था, जिसे वह वहीं दुकान में स्टूल पर बैठकर खा लिया करती। और फिर वह सात बजकर चालीस मिनट पर घर की ट्रेन पकड़ लिया करती। बस इतना ही। फिर भी वह कुछ घंटे उसे इस विश्वास से भर देते थे कि उसका वर्तमान जीवन, जो कितना भी अव्यवस्थित और असन्तोषजनक क्यों न लगता हो, केवल एक दौर था जिसे सहा जा सकता था। उस अभिव्यक्ति के पीछे, हर चीज़ के पीछे, एक आशा की आभा थी, जो रेलगाड़ी की खिड़कियों से दीखते बाहर छाये सूरज के प्रकाश में भी प्रतिबिम्बित थी। सूरज का प्रकाश और ग्रीष्मकालीन फसलों पर ढलती हुई लम्बी परछाइयाँ, उसके मस्तिष्क में घूम रहे नाटक के दृश्यों की तरह बिखरी होती थीं।

पिछले साल उसने एंटनी एंड क्लियोपेट्रा देखा था। इसके ख़त्म होने के बाद वह नदी के किनारे टहल रही थी, और उसने जीवन में पहली बार एक काला हंस देखा—एक सूक्ष्म असंगति-सा लगता अन्य सफ़ेद हंसों से थोड़ी दूर तैरता और मछलियाँ पकड़ता। शायद यह उन सफ़ेद हंसों के पंखों की चमक थी जिससे उसको इस बार मामूली ढाबे में न जाकर एक अच्छे रेस्तराँ में खाने का ख़याल आया। सफ़ेद मेज़पोश, कुछ ताज़े फूल, वाइन का गिलास और कोई ख़ास क़िस्म

की खाने की चीज़, जैसे मसेल्स या कोर्निश हेन। उसने अपना पर्स उठाने के लिए हाथ बढ़ाया, यह देखने के लिए कि उसके पास कितने पैसे थे।

और उसका पर्स वहाँ नहीं था। कभी-कभार प्रयोग होने वाला छोटा-सा बेलबूटेदार कपड़े का थैला अपनी रूपहली ज़ंजीर से उसके कन्धे पर लटका हुआ नहीं था। वह थियेटर से नगर तक के लगभग सारे रास्ते अकेली टहलती हुई आई थी और उसको आभास ही नहीं हुआ कि पर्स नहीं था। और उसके कपड़ों में कोई जेब तो थी नहीं। उसके पास न वापसी का टिकट था, न लिपस्टिक, न कंघा, और न पैसे। एक पैसा भी नहीं।

उसे याद आया कि पूरे नाटक के दौरान पर्स उसकी गोद में, कार्यक्रम पुस्तिका के नीचे था। उसके पास अब वह पुस्तिका भी नहीं थी। शायद दोनों ही फर्श पर गिर पड़े थे। लेकिन नहीं—उसे याद आया कि पर्स लेकर वह महिलाओं के प्रसाधन गृह में गई थी। उसके प्रकोष्ठ में पीछे की खूँटी पर उसको ज़ंजीर से टाँग दिया था। लेकिन उसको वहाँ छोड़ा नहीं था। उसने वॉश बेसिन के ऊपर लगे हुए दर्पण में अपने को देखा, अपने बालों को ठीक करने के लिए कंघा निकाला था। उसके बाल महीन काले रंग के थे, और यद्यपि वह रात में उनमें रोलर लगा लिया करती थी ताकि जैकी कैनेडी की तरह भरे-भरे से दिखाई दें, वे फिर बिलकुल सीधे हो जाते थे। दर्पण में अपना प्रतिबिम्ब उसे अच्छा लगा। उसकी आँखों का रंग हरापन लिए धूसर और भवें काली थीं और त्वचा ख़ुद-ब-ख़ुद धूप से तपी हुई लगती थी। वह चुस्त कमर वाली ख़ूब घेरेदार एवोकाडो जैसे हरे रंग की पॉलिश्ड कॉटन की पोशाक में, जिसमें कूल्हे के चारों ओर चुन्नटें थीं, सुन्दर लग रही थी।

तो वहाँ पर उसने छोड़ा था पर्स। वॉश बेसिन के काउंटर पर। मुड़कर अपने कन्धों के ऊपर से झाँककर अपनी पोशाक के पिछले भाग में कटे तिकोने हिस्से से झलकती अपनी पीठ की ख़ुद तारीफ़ की थी—उसे यक़ीन था कि उसकी पीठ सलोनी थी—साथ ही यह भी देख लिया था कि कहीं उसकी चोली का फीता तो नहीं झलक रहा था।

और उस मतिहीन आत्मश्लाघा के उफान में वह अपना पर्स महिला प्रसाधन गृह में छोड़कर बाहर आ गई थी।

वह सड़क के फ़ुटपाथ पर चढ़ी और बिलकुल सीधे रास्ते थियेटर की ओर लौट चली। जितना तेज़ वह चल सकती थी, चल रही थी। अपराह्न की गर्मी में सड़क पर कहीं कोई छाया नहीं थी, और यातायात भी अधिक था। वह लगभग दौड़ रही थी। इस कारण से उसकी पोशाक की बगलों में लगे अस्तर पसीने से तर हो गए। बैंक की पार्किंग—जो कि अब ख़ाली थी—पार कर ढाल पर चढ़ गई। कोई छाया की जगह नहीं थी, और न ही कोई थियेटर की इमारत के आस-पास दिखाई पड़ रहा था।

लेकिन वह बन्द नहीं था। ख़ाली लॉबी में वह एक क्षण के लिए अपनी धूप से चौंधियाई दृष्टि सामान्य करने के लिए रुकी। उसे अपने दिल की धकधक और ऊपर के होंठ पर पसीने की बूँदें महसूस हो रही थीं। टिकट की खिड़कियाँ बन्द थीं, और जलपान की दुकानें भी। थियेटर के अन्दर के दरवाज़ों पर ताला पड़ा था। उसने प्रसाधन गृह के लिए सीढ़ियों से उतरना शुरू किया, संगमरमरी पायदानों पर उसकी जूतियों की खटखटाहट गूँज रही थी।

काश वह खुला हो, काश वह खुला हो, काश वह अब भी वहाँ पर हो।

नहीं। न साफ़ चिकने पटल पर कुछ था, न कूड़े की टोकरी में, और न ही प्रकोष्ठ में पीछे की खूँटी पर।

जब वह वापस ऊपर आई तो एक आदमी बरामदे के फर्श को साफ़ कर रहा था। उसने बताया कि उसका पर्स शायद 'खोया-पाया' विभाग में दे दिया गया हो, मगर वह विभाग बन्द था। थोड़ी अनिच्छा के साथ उसने सफ़ाई का काम छोड़ा और उसको एक दूसरी सीढ़ियों द्वारा नीचे की छोटी-सी कोठरी में ले गया जहाँ पर बहुत सारे छाते थे, पार्सल थे, और कुछ जैकेट और टोपियाँ भी थीं, और एक बहुत ही भद्दा भूरे रंग का लोमड़ी की खाल का मफलर था। मगर कोई बेलबूटेदार कपड़े का कन्धे पर लटकाने वाला पर्स नहीं था।

"दुर्भाग्य की बात।" उसने कहा।

"हो सकता है मेरी सीट के नीचे हो?" उसने ख़ुशामद की, यद्यपि वह जानती थी कि वहाँ नहीं हो सकता।

"मैं पहले ही वहाँ झाड़ू लगा चुका हूँ।"

अब कोई चारा नहीं था। सिवाय इसके कि वह सीढ़ियों से ऊपर जाकर, लॉबी से निकलकर बाहर सड़क पर चली जाए।

वह छाया की तलाश में पार्किंग पार कर दूसरी दिशा में चलने लगी। उसने सोचा कि जोएन कहेगी कि सफ़ाई वाले ने वह पर्स अपनी पत्नी या बेटी के लिए घर ले जाने के लिए पहले ही छिपा दिया होगा, कि उन जगहों के सफ़ाई करने वाले ऐसे ही होते हैं। उसने कोई बेंच या नीची दीवार तलाशने की कोशिश की कि बैठकर कुछ सोच सके पर उसे कहीं भी कोई ऐसी चीज़ नज़र नहीं आई।

एक बड़ा-सा कुत्ता उसके पीछे की तरफ़ से आया और उससे टकराता हुआ निकल गया। उसका रंग भूरा था, टाँगें लम्बी और हठी-सा लग रहा था।

"जूनो। जूनो।" किसी आदमी ने पुकारा, "देख के चलो।"

"यह अभी बच्ची है।" उसने रॉबिन से कहा, "समझती है कि सारा फ़ुटपाथ उसी का है। काटती-वाटती नहीं। आप डर तो नहीं गई थीं?"

रॉबिन ने कहा, "न।" पर्स के खोने के कारण वह पहले से ही उलझन में थी और कुत्ते के काटने की बात उसके ध्यान में ही न आई थी।

"लोग जब डोबरमैन देखते हैं अक्सर वे डर जाते हैं। डोबरमैन अपनी हिंस्रता के लिए जाना जाता है, और चौकीदारी करते समय उसको हिंस्र होना सिखाया भी जाता है, मगर तब नहीं जब वह टहलाई जा रही हो।"

रॉबिन मुश्किल से कुत्तों की नस्लों में फ़र्क़ जानती थी। जोएन के दमे के कारण उन्होंने कभी कुत्ता या बिल्ली नहीं पाला।

"कोई बात नहीं।" उसने कहा।

जहाँ उसकी कुतिया जूनो खड़ी थी, वहाँ जाने के बजाय उसके मालिक ने उसको वापस बुला लिया और हाथ में पकड़ी चेन से बाँध दिया।

"मैं उसे घास पर खुला छोड़ देता हूँ। थियेटर के आसपास। उसे यह भाता है। लेकिन यहाँ पर तो उसे बँधे ही रहना चाहिए। मैं थोड़ी काहिली कर गया। आप ठीक तो हैं न?"

रॉबिन को बातचीत की दिशा में परिवर्तन से कोई विस्मय नहीं हुआ। उसने कहा, "मेरा पर्स खो गया है। मेरी ही ग़लती थी। मैंने उसे थियेटर के महिला प्रसाधन में वॉश बेसिन के पास छोड़ दिया था और वापस उसे ढूँढ़ने भी गई मगर वह वहाँ से ग़ायब हो चुका था। मैं देखे-भाले बिना बाहर निकल आई थी और उसे वहीं छोड़ दिया था।"

"आज कौन सा नाटक था?"

"एंटनी एंड क्लियोपेट्रा।" उसने बताया, "मेरे पैसे भी उसी में थे और घर की ट्रेन का टिकट भी।"

"आप ट्रेन से आई थीं? एंटनी एंड क्लियोपेट्रा देखने?"

"हाँ।"

रॉबिन को अपनी माँ की जोएन को और उसको ट्रेन के सफर के बारे में, या किसी भी सफर के बारे में दी हुई नसीहत याद आ गई। हमेशा कुछ रुपए मोड़कर अपने जाँघिये में पिन से लगा लो। और किसी भी अजनबी से बात मत करो।

"आप मुस्करा किस बात पे रही हैं?"

"पता नहीं।"

"ठीक है, आपकी मर्ज़ी, आप मुस्कराएँ।" उसने कहा, "क्योंकि मैं ख़ुशी से आपको ट्रेन के लिए पैसे उधार दे दूँगा। ट्रेन कब छूटती है?"

रॉबिन ने बता दिया। उस आदमी ने कहा, "ठीक है। लेकिन उनसे पहले आपको कुछ खा लेना चाहिए। वर्ना आप भूखी रहेंगी और रेल के सफर का आनन्द नहीं उठा सकेंगी। मेरी जेब में तो कुछ नहीं है, क्योंकि जब मैं जूनो को टहलाने के लिए लाता हूँ, पैसे लेकर नहीं आता। लेकिन मेरी दुकान बहुत दूर नहीं है। मेरे साथ आइये और मैं आपको गोलक से निकालकर दे दूँगा।"

अब तक वह अपनी परेशानी में इतनी ज़्यादा उलझी हुई थी कि उसने उस आदमी के लहजे की तरफ़ ध्यान ही नहीं दिया था। कौन था वह? फ्रांसीसी तो नहीं था या न ही डच। अपने ख़याल में वह दो लहजे पहचान सकती थी, फ्रांसीसी अपने स्कूल में सीखी भाषा से और डच उन लोगों से जो प्राय: अस्पताल में अपना इलाज कराने आते थे। और जिस दूसरी बात पर उसका ध्यान गया कि उस आदमी ने उसके रेलगाड़ी की यात्रा का आनन्द लेने के बारे में कहा था। किसी वयस्क के ऐसे करने की बात कौन कहेगा। लेकिन उस आदमी ने ऐसे कहा था मानो यह बहुत सामान्य और स्वाभाविक बात थी।

डाउनी सड़क के मोड़ पर उसने कहा, "हमें इस तरफ़ मुड़ना है, मेरा घर इधर पास में ही है।"

उसने घर कहा, जबकि पहले उसने दुकान कहा था। लेकिन हो सकता है कि दुकान उसके घर में ही हो।

उसे आशंका नहीं हुई थी। बाद में उसने इस बारे में कई बार सोचा कि कैसे बिना किसी हिचकिचाहट के उसने विपदा से उबारने के लिये उस आदमी का मदद का प्रस्ताव स्वीकार कर लिया था। उस समय यह बात स्वाभाविक लगी थी कि उसके पास कुत्ते को टहलाते वक़्त कोई पैसा नहीं था लेकिन वह अपनी दुकान की गोलक से निकालकर दे देगा।

इसका कारण उसका लहजा भी हो सकता था। कुछ नर्सें डच किसानों और उनकी पत्नियों के अंग्रेज़ी उच्चारण का मज़ाक़ उड़ाती थीं—भले ही उनकी पीठ पीछे। रॉबिन को ऐसे लोगों का लिहाज़ करने की आदत पड़ गई थी, मानों उन्हें वाक्-विकार हो या वे मंदबुद्धि हों। हालाँकि उसे एहसास था कि इसे बेवक़ूफ़ी समझा जा सकता था। इसलिये किसी का भिन्न लहजे में बात करना रॉबिन में एक सहानुभूति तथा विनम्रता की भावना जगा देता था।

उसने उस आदमी का चेहरा ठीक से देखा तक नहीं था। पहले वह परेशानी और उलझन में थी और अब देखना आसान नहीं था, क्योंकि वे अगल-बगल चल रहे थे। उसका कद ऊँचा था और वह लम्बे डग भर रहा था। उसके बालों पर चमक रही धूप पर उसका ध्यान गया था। बाल छोटे कटे हुए थे, और उसको लगा कि उजले पक्के रंग के थे। यानी कि धूसर। उसका चौड़ा और ऊँचा माथा भी धूप में चमक रहा था, और उसको न जाने कहाँ से यह विचार आया कि वह उससे पहली पीढ़ी का था—शालीन, लेकिन थोड़ा अधीर, स्कूल मास्टर-सा, सख़्त मिज़ाज, जो अन्तरंगता नहीं आदर की अपेक्षा करता था। बाद में घर के अन्दर उसने देखा था कि खिचड़ी बालों में लाल-भूरे बाल भी मिले हुए थे। उसके चेहरे का रंग कुछ गँदुमी था जो एक लाल बाल वाले के लिए असामान्य-सी बात थी। घर के अन्दर उसका व्यवहार अटपटा-सा हो गया था, जैसे कि उसे अपने

रहने के स्थान में किसी अन्य की उपस्थिति की आदत न हो। वह शायद उससे कम-से-कम दस साल बड़ा था।

जिस किसी भी कारण से रॉबिन ने उस पर भरोसा किया था, ऐसा करके उसने कोई ग़लती नहीं की थी।

दुकान वास्तव में घर के अन्दर ही थी। पुराने दिनों का ईंटों से बना सँकरा-सा घर, जो ऐसी सड़क पर था जहाँ अधिकतर भवन दुकानों के लिये ही बनाए गए थे। किसी सामान्य घर जैसा मुख्य द्वार और सीढ़ियाँ और खिड़की और खिड़की में एक बड़ी-सी घड़ी नज़र आ रही थी। उसने दरवाज़े का ताला खोला, लेकिन उस बोर्ड को पलटा नहीं जिस पर 'दुकान बन्द है' लिखा हुआ था। जूनो बीच में घुसती हुई उन दोनों से आगे निकल गई, और उस आदमी ने फिर से जूनो के लिए माफी माँगी।

"वह समझती है कि यह उसका काम है कि अन्दर जाकर देखे वहाँ कोई ऐसा तो नहीं जिसे वहाँ नहीं होना चाहिए, और उसके बाहर जाने के बाद से कोई परिवर्तन तो नहीं आ गया है।"

वह जगह घड़ियों से भरी हुई थी। लकड़ी के गहरे और हल्के रंग के फ्रेम वाली, ऐसी जिन पर चित्र बने थे और सुनहरी छतरियों वाली। वे आलमारियों पर, फर्श पर और यहाँ तक कि कारोबार के लिये बने काउंटर पर भी लदी हुई थीं। इसके अलावा कुछ बेंचों पर भी रखी थीं जिनका अंजर-पंजर खुला पड़ा था। जूनो बहुत सफ़ाई से उनके बीच से निकल गई, और उसके सीढ़ियों से ऊपर जाने की आवाज़ सुनी जा सकती थी।

"घड़ियाँ पसन्द हैं आपको?"

रॉबिन ने कहा, "नहीं।" इससे पहले कि वह कोई कूटनीतिक उत्तर दे पाती।

"ठीक, तब मुझे इनकी कहानी सुनाने की कोई ज़रूरत नहीं है।" उस आदमी ने कहा। वह उसके आगे-आगे उधर चला जिधर जूनो गई थी। दरवाज़े के आगे शायद एक टॉयलेट था, फिर ऊपर जाती सीढ़ियाँ। वे रसोई घर में पहुँच गए जहाँ सब कुछ बहुत साफ़-सुथरा और करीने से सजा हुआ था, और जूनो फर्श पर रखी लाल प्लेट के पास पूँछ हिलाती उनकी प्रतीक्षा कर रही थी।

"तुम ज़रा रुको।" उसने जूनो से कहा, "हाँ। थोड़ा रुको। देखती नहीं कि मेहमान आया हुआ है।"

वह ज़रा किनारे हटकर खड़ा हो गया ताकि रॉबिन सामने के बड़े कमरे में आ सके, जिसके रोगन किए लकड़ी के फर्श पर कुछ नहीं बिछा था और खिड़कियों पर परदे नहीं सिर्फ़ शेड थे। एक दीवार से लगे हुए रेडियो-रिकार्ड प्लेयर आदि काफ़ी जगह घेरे थे, और उसके सामने की दीवार से लगा हुआ एक सोफ़ा पड़ा था, इस तरह का जिसको खोलकर पलंग बनाया जा सके। कैनवस की दो कुर्सियाँ,

और एक किताबों की अलमारी जिसके एक खाने में किताबें तथा दूसरे में पत्रिकाएँ करीने से रखी थीं। कोई तसवीर या मसनद या सजावटी सामान दिखाई नहीं पड़ रहा था। एक अविवाहित आदमी का कमरा, हर चीज़ काम की, ज़रूरत की पर व्यर्थ तड़क-भड़क वाली नहीं। रॉबिन ने केवल एक दूसरे अविवाहित व्यक्ति विलर्ड ग्रीग का घर अन्दर से देखा था और यह उससे बहुत भिन्न था। विलर्ड का घर कुछ उसके दिवंगत माता-पिता के साजो-सामान के बीच जमा दिए गए पड़ाव की तरह लगता था।

"कहाँ बैठना चाहेंगी आप?" उसने कहा, "सोफ़े पर? यह कुर्सियों से ज़्यादा आरामदेह है। मैं आपके लिए कॉफ़ी बनाकर लाता हूँ और आप यहाँ बैठकर पीजिए और तब तक मैं कुछ खाने के लिए भी बना लूँ। आप ख़ाली समय क्या करतीं, मतलब नाटक समाप्त होने से लेकर घर की ट्रेन के छूटने के बीच।"

विदेशियों के बात करने का तरीका थोड़ा अलग होता है, वे शब्दों के आगे-पीछे थोड़ा अन्तराल छोड़ देते हैं, जैसाकि अभिनेता करते हैं।

"यूँ ही टहलती।" रॉबिन ने कहा, "और कुछ खा लेती।"

"तब तो आज भी वही हुआ। अकेले खाने से आपको बोरियत नहीं होती?"

"नहीं। मैं नाटक के बारे में सोचती रहती।"

कॉफ़ी बहुत तेज़ थी, लेकिन उसने पी ली। उसने रसोई में उस आदमी की मदद करने की बात नहीं की, जैसाकि किसी औरत के साथ करती। वह उठी और धीरे से चलकर एक पत्रिका उठा लाई। जैसे ही उसने उसको उठाया उसको पता चल गया कि वह उसे पढ़ न पाएगी—सभी पत्रिकाएँ सस्ते खाकी काग़ज़ पर किसी ऐसी भाषा में थीं जो उसे नहीं आती थी।

वास्तव में जब उसने पत्रिका को अपनी गोद में रखकर खोला, उसको पता लगा कि वह उन अक्षरों को भी पहचान नहीं सकती।

वह और कॉफ़ी लेकर आ गया।

"ओह!" वह बोला, "तो आप मेरी भाषा पढ़ लेती हैं?"

उसने सीधे रॉबिन की तरफ़ देखा नहीं लेकिन ऐसा लगा जैसे उसे अपने ही घर में किसी चीज़ से झेंप आ रही है।

"मुझे तो यह भी नहीं पता कि यह भाषा है कौन सी?" रॉबिन ने जवाब दिया।

"यह सर्बियन भाषा है। लोग इसे सर्बो-क्रोएशियाई भी कहते हैं।"

"आप भी वहीं से हैं?"

"मैं मोंटेनेग्रो से हूँ।"

अब तो वह बिलकुल चकरा गई। उसको मालूम ही न था कि मोंटेनेग्रो कहाँ था। यूनान के पास? नहीं—वह तो मैसेडोनिया था।

"मोंटेनेग्रो यूगोस्लाविया में है।" उसने बताया, "या जैसाकि कहा जाता है। लेकिन हम नहीं मानते।"

"मेरा ख़याल था कि इन देशों से कोई बाहर नहीं निकल सकता।" रॉबिन ने कहा, "साम्यवादी देशों से। मेरा ख़याल था कि कोई आम इनसान वहाँ से निकलकर पश्चिम में आकर नहीं बस सकता है।"

"अरे, सब निकल सकते हैं।" उसने कहा जैसे कि उसे इन बातों में कोई दिलचस्पी नहीं थी, या फिर जैसे कि वह सब कुछ भूल चुका था, "अगर आप सचमुच चाहें तो निकल सकते हैं। मैं पाँच साल पहले आया था। और अब तो और भी आसान है। बहुत जल्दी वहाँ वापस जाने वाला हूँ पर मुझे लगता है मुझे वह जगह एक बार फिर छोड़नी पड़ेगी। अब मुझे खाना बनाना चाहिए। अन्यथा आपको भूखे ही जाना पड़ेगा।"

"एक बा र और।" रॉबिन ने कहा, "मैं इन अक्षरों को पढ़ क्यों नहीं पा रही? मेरा मतलब, क्या हैं ये? क्या यह वहाँ की वर्णमाला है जहाँ से आप आए हैं?"

"यह सिरिलिक वर्णमाला है। ग्रीक की तरह। अब मैं खाना बना रहा हूँ।"

वह अजीबोग़रीब छपाई वाले पन्नों को अपनी गोद में लिये बैठी रही और उसको लगा कि वह किसी विदेशी संसार में पहुँच गई है। स्ट्रैटफ़र्ड की डाउनी सड़क पर एक छोटा-सा विदेशी संसार। मोंटेनेग्रो। सिरिलिक वर्णमाला। उसे लगा उससे लगातार बातें पूछना असभ्यता होगी। उसे लग सकता है कि रॉबिन उसे सिर्फ़ एक नमूना समझ रही है। यद्यपि अब भी वह सवालों की झड़ी लगा सकती थी, उसे अपने आप पर काबू पाना होगा।

नीचे सभी घड़ियों में—या उनमें से अधिकतर में—घंटे की टंकोर सुनाई देनी शुरू हो गई। सात बज चुके थे।

"क्या कोई बाद की भी ट्रेन है?" उसने रसोई से पूछा।

"हाँ। दस बजकर पाँच मिनट पर।"

"क्या वह ठीक रहेगी? कोई आपके इन्तज़ार में परेशान तो नहीं होगा?"

रॉबिन ने कहा, नहीं। जोएन नाराज़ ज़रूर होगी, मगर आप उसे परेशान होना नहीं कह सकते।

खाने में स्टू या गाढ़ा शोरबा था, जो एक बड़े प्याले में डबल रोटी और लाल वाइन के साथ परोसा गया था।

"स्ट्रोगानौफ़ है।" उसने कहा, "आशा है आपको पसन्द आएगा।"

"स्वादिष्ट है।" रॉबिन की बात में सच्चाई थी। वाइन के बारे में वह ठीक से नहीं बता सकती थी—थोड़ी और मीठी होती तो अच्छा था, "आप लोग मोंटेनेग्रो में यही खाते हैं?"

"ज़रूरी नहीं। मोंटेनेग्रो का खाना बहुत अच्छा नहीं है। हम अपने खाने के लिए नहीं जाने जाते।"

तो शायद यह पूछना ठीक था, "तो किस चीज़ के लिए जाने जाते हैं?"

"आप क्या हैं?"

"कनेडियन।"

"नहीं। आपके यहाँ की क्या चीज़ें प्रसिद्ध हैं?"

रॉबिन को खीझ लगी कि क्या बेवकूफ़ी की बात पूछी थी। फिर भी वह हँस पड़ी। "मुझे नहीं मालूम। शायद कुछ नहीं।"

"मोंटेनेग्रो के लोग प्रसिद्ध हैं चीख़ने और चिल्लाने और झगड़ने के लिए। वहाँ सब जूनो की तरह हैं। उन्हें अनुशासन की ज़रूरत है।"

वह कुछ संगीत लगाने के लिए उठ खड़ा हुआ। उसने पूछा नहीं कि वह क्या सुनना चाहती थी, और यह बहुत राहत की बात थी। वह नहीं चाहती थी कि उससे पूछा जाता कि कौन सा संगीतकार उसे पसन्द है क्योंकि वह केवल दो नाम सोच सकती थी, और वह थे मोज़ार्ट और बीथोवन और उसे यह भी नहीं पता था कि उनके संगीत में क्या अन्तर था। उसे लोकसंगीत पसन्द था, लेकिन उसे लगा कि यह कहने का अर्थ वह लगा सकता है कि मोंटेनेग्रो के बारे में उसकी राय बहुत अच्छी नहीं थी।

उसने जाज़ संगीत लगा दिया।

रॉबिन का कभी कोई प्रेमी या कोई बॉयफ्रेंड नहीं रहा था। ऐसा कैसे हुआ, या कैसे नहीं हुआ? वह नहीं जानती थी। जोएन तो थी ही, मगर और भी लड़कियाँ थीं जिन पर ऐसी ही ज़िम्मेदारियाँ थीं, पर जिन्होंने किसी-न-किसी को ढूँढ़ लिया था। एक कारण यह हो सकता था कि उसने कभी इस बात पर, समय रहते, अधिक ध्यान ही नहीं दिया था। जिस कस्बे में वह रहती थी, अधिकतर लड़कियाँ हाईस्कूल ख़तम करते-करते किसी-न-किसी के साथ जुड़ जाती थीं, और कुछ ने हाईस्कूल करने से पहले शादी करने के लिए पढ़ाई छोड़ दी थी। ऊँचे तबके की लड़कियों से अवश्य ही—वे लड़कियाँ जिनके अभिभावक उनके कॉलेज भेजने का ख़र्चा उठा सकते थे—उम्मीद की जाती थी कि वे अपने हाईस्कूल के प्रेमियों को छोड़कर उनसे बेहतर पति तलाश कर लेंगी। इन खारिज किए हुए लड़कों को दूसरी लड़कियाँ जल्दी ही फँसा लेती थीं, और जो लड़कियाँ तेज़ी नहीं दिखाती थीं उनके लिए बस बचे-खुचे ही बचते थे। एक ख़ास उम्र के बाद का कोई भी मर्द शहर में दिखाई देता तो वह शादीशुदा होता था।

लेकिन रॉबिन को अवसर मिले थे। वह नर्स बनने का प्रशिक्षण लेने घर से निकली थी, और एक नया जीवन शुरू कर सकती थी। जो लड़कियाँ नर्स बनने का प्रशिक्षण लेती हैं उन्हें डॉक्टरों को पटाने का पूरा अवसर मिलता है। वहाँ भी

वह असफल रही थी। उस समय उसे इस बात का एहसास नहीं हुआ था। उसका स्वभाव ज़रूरत से ज़्यादा गम्भीर था, शायद यही समस्या थी। किंग लियर पढ़ने जैसी चीज़ों में ज़रूरत से ज़्यादा रुचि और नृत्य और टेनिस के द्वारा पुरुषों से मिलने वाले अवसरों में ज़रा भी नहीं। किसी युवती में ऐसी गम्भीरता उसके रूप के आकर्षण को कम कर सकती है। कहना मुश्किल था कि उसे किसी लड़की से ईर्ष्या हुई हो जिसे कोई मर्द मिल गया हो। वास्तव में कोई ऐसा था ही नहीं जिससे उसने चाहा होता कि उसकी शादी हो जाती।

ऐसा नहीं है कि वह शादी के बिलकुल ख़िलाफ़ थी। उसे तो बस प्रतीक्षा थी, मानो वह अभी पन्द्रह साल की लड़की ही थी। बीच-बीच में ऐसी बातें हो जाती थीं कि उसे असलियत का सामना करना पड़ता था। जिन औरतों के साथ वह काम करती थी, कभी-कभी उनमें से कोई किसी मर्द से उसकी भेंट करा देती थी, और तब उसको अचरज होता था कि कैसे मर्द उसके लिए उपयुक्त समझ लिए जाते थे। और हाल ही में विलर्ड के एक मज़ाक़ पर वह उद्विग्न हो गई थी कि उसे उनके घर में उन दोनों के साथ रहना चाहिए और जोएन की देखभाल में उसकी मदद करनी चाहिए।

कुछ लोग रॉबिन को उसके हाल पर छोड़ चुके थे, या यह मानकर उसकी तारीफ़ भी करने लगे थे कि उसने शुरू में ही यह फैसला कर लिया था कि वह अपना जीवन जोएन को समर्पित कर देगी।

जब वे खाना ख़त्म कर चुके तो उसने पूछा कि क्या वह ट्रेन पकड़ने से पहले नदी के किनारे-किनारे टहलना चाहेगी। वह राजी हो गई। उसने कहा कि वे ऐसा कैसे कर सकते हैं जब तक कि वह रॉबिन का नाम न जानता हो।

"मुझे किसी को आपका परिचय देना पड़ सकता है।" उसने कहा।

रॉबिन ने अपना नाम बता दिया।

"रॉबिन जैसे कि चिड़िया?"

"जैसे कि रॉबिन रेडब्रेस्ट।" रॉबिन ने बिना कुछ सोचे-समझे कहा। वह ऐसा जवाब पहले भी दे चुकी थी। अब उसे इतना संकोच हुआ कि वह यही कर सकती थी कि लगातार बोलती रहे।

"अब आपकी बारी है, अपना नाम बताइए।"

उसका नाम डैनियल था, "डैनिलो। मगर यहाँ पर डैनियल।"

"यहाँ तो यहाँ है न।" रॉबिन ने कहा, रेडब्रेस्ट कहने पर संकोच के कारण एक अदा से, "लेकिन वहाँ कहाँ? मोंटेनेग्रो में—आप किसी शहर में रहते हैं या गाँव में?"

"मैं पहाड़ों में रहता था।"

जब वे दुकान के ऊपर के कमरे में बैठे हुए थे, उनके बीच एक फासला था। उस समय रॉबिन को कोई आशंका नहीं हुई न उसने चाहा था कि वह दूरी उस आदमी की किसी बेअदबी या बदतमीज़ी या शातिर हरकत से कुछ कम हो। कुछ अवसरों पर जब दूसरे मर्दों के साथ ऐसा हुआ भी था, उसे उनके ऊपर दया ही आई थी। अब उसे और इस आदमी को एक-दूसरे के पास-पास चलना पड़ रहा था और अगर सामने से कोई आ जाता तो उनकी बाँहें छू सकती थीं। या उस आदमी को रास्ते से हटने के लिए उससे थोड़ा पीछे होना पड़ता और उसकी बाँह या छाती एक क्षण के लिए उसकी पीठ से छू सकते थे। ये सम्भावनाएँ और इस ख़याल ने कि रास्ते में जो लोग उन्हें मिलेंगे वे उनको दम्पति ही समझेंगे, उसके अन्दर एक झनझनाहट या तनाव-सा पैदा कर दिया जो उसके कन्धों से होता हुआ उसकी एक बाँह में उतर गया।

उसने रॉबिन से एंटनी एंड क्लियोपेट्रा के बारे में पूछा कि उसे पसन्द आया (हाँ) और कौन-सा भाग उसे सबसे अच्छा लगा। कई उद्दीपक व सजीव प्रेमालिंगन के दृश्य उसके दिमाग़ में आए, मगर वह उन्हें बता नहीं सकी।

"अन्तिम भाग।" उसने कहा, "जहाँ क्लियोपेट्रा अपने शरीर पर साँप रखने वाली होती है"—वह स्तन कहने ही जा रही थी, लेकिन नहीं कह पाई, पर शरीर कहने से वह बात नहीं पैदा हुई—"और जब बुड्ढा साँप वाला अंजीर का टोकरा लेकर अन्दर आता है और वे इधर-उधर की बातें करते हैं। मुझे लगता है कि मुझे इसलिए पसन्द आया कि उस समय कहना मुश्किल था कि आगे क्या होगा। मेरा मतलब है, मुझे और बातें भी अच्छी लगीं, मुझे पूरा अच्छा लगा, लेकिन वह भाग कुछ अलग ही था।"

"हाँ।" उसने कहा, "मुझे भी वह अच्छा लगा।"

"आपने देखा है?"

"नहीं। मैं आज कल पैसे बचा रहा हूँ। लेकिन एक जमाने में मैंने शेक्सपियर को काफ़ी पढ़ा था, अंग्रेज़ी सीख रहे छात्रों को पढ़ना पड़ता था। दिन के समय मैं घड़ियों के बारे में सीखता था, और रात के समय मैं अंग्रेज़ी सीखता था। आपने किसी प्रकार का प्रशिक्षण लिया था?"

"कुछ ख़ास नहीं।" रॉबिन ने कहा, "स्कूल में तो कुछ भी नहीं। उसके बाद मैंने वह सीखा जो मुझे करना था, नर्स का काम।"

"नर्स का काम सीखना तो बड़ी बात है। मैं यही समझता हूँ।"

उसके बाद वे लोग संध्या समय हो गई ठंडक के बारे में बातें करने लगे, कि वह कितनी सुहानी लगती है, और कैसे यह बिलकुल साफ़ मालूम होने लगा था कि रातें लम्बी हो गई थीं, हालाँकि अभी पूरा अगस्त का महीना गुज़रना शेष था। और जूनो के बारे में, कि कितनी तत्पर थी वह इन लोगों के साथ आने के लिए,

मगर जब उसने जूनो को कहा कि उसको रुकना चाहिए और दुकान की रक्षा करनी चाहिए वह फ़ौरन ही मान गई। ये बातें किसी चीज़ को अनदेखा करने का सम्मिलित यत्न प्रतीत हो रही थीं, जो समय के साथ उनके बीच अधिक अनिवार्य, अधिक अपरिहार्य बनता जा रहा था।

लेकिन रेलवे स्टेशन के प्रकाश में, जो कुछ भी होने की आशा या सम्भावना थी, तुरन्त समाप्त हो गई। लोग टिकटघर की खिड़की पर कतार में लगे हुए थे। वह भी अपनी बारी के इन्तज़ार में उनके पीछे खड़ा हो गया और उसके लिए टिकट ख़रीद लिया। वे प्लेटफ़ॉर्म पर आ गए जहाँ अन्य यात्री प्रतीक्षा कर रहे थे।

"अगर आप अपना पूरा नाम और पता एक काग़ज़ पर लिखकर दे देंगे।" उसने कहा, "तो मैं आपको फ़ौरन पैसे भेज दूँगी।"

अब होगा, उसने सोचा। और कुछ नहीं हुआ। अब कुछ नहीं होगा। अलविदा। धन्यवाद। मैं पैसे भेज दूँगी। कोई जल्दी नहीं है। धन्यवाद। मुझे बहुत अच्छा लगा। आपका भी धन्यवाद। अलविदा।

"आइए इधर चलते हैं।" डैनियल ने कहा, और वे प्लेटफ़ॉर्म पर टहलते हुए रोशनी से ज़रा दूर आ गए।

"पैसे की चिन्ता मत करिए। बहुत थोड़े से ही तो हैं और हो सकता है पहुँच ही न पाएँ क्योंकि मैं बहुत जल्दी यहाँ से जाने वाला हूँ। कभी-कभी डाक बहुत देर से पहुँचती है।"

"ओह, लेकिन मुझे आपको वापस तो करने ही हैं।"

"तब मैं आपको बताता हूँ कि किस तरह कर सकती हैं। सुन रही हैं न?"

"हाँ।"

"मैं अगली गर्मियों में फिर इसी जगह रहूँगा। उसी दुकान पर। मैं जून तक तो हर हाल में आ ही जाऊँगा। अगले साल। तो आप नाटक का चुनाव करेंगी और ट्रेन पर यहाँ आएँगी और दुकान पर आ जाएँगी।"

"मैं तब आपके पैसे वापस करूँगी?"

"हाँ और क्या। और मैं खाना बनाऊँगा और हम लोग वाइन पिएँगे और मैं आपको बताऊँगा कि साल भर में क्या-क्या हुआ और आप भी मुझे बताएँगी। और मुझे एक चीज़ और चाहिए।"

"क्या?"

"आप यही कपड़े पहनकर आएँगी। यही हरी ड्रेस। और बाल भी ऐसे ही बनाइएगा।"

वह हँस पड़ी, "ताकि आप मुझे पहचान लें।"

"हाँ।"

वे प्लेटफ़ॉर्म के अन्त तक पहुँच चुके थे, डैनियल ने कहा, "सँभालकर।" फिर, "ठीक हैं आप?" जब वे बजरी पर उतरे।

"मैं ठीक हूँ।" कहते हुए रॉबिन की आवाज़ लड़खड़ा गई, या तो इस कारण कि उसके पैर ऊबड़-खाबड़ बजरी पर थे या इस कारण कि डैनियल ने उसके कन्धे पकड़ लिए थे, और अपने हाथ नीचे उसकी नग्न बाँहों तक ले आया था।

"मुझे लगता है हमारा मिलन ख़ास बात है, क्या तुम्हें भी लगता है?"

रॉबिन ने कहा, "हाँ।"

"हाँ। हाँ।"

उसने रॉबिन को और पास लाने के लिए अपने हाथ सरकाकर उसकी बाँहों के अन्दर से उसकी कमर के इर्द-गिर्द डाल दिए और उन्होंने एक-दूसरे को चूमना शुरू कर दिया।

चुम्बनों की अबोध और निर्भीक भाषा आपको आत्मविस्तृत करने और कुछ दूसरा बना देने वाली। जब वे रुके, दोनों काँप रहे थे, और डैनियल को अपने को सँभालना पड़ा ताकि वह सहजता से बोल सके।

"हम कोई पत्र व्यवहार नहीं करेंगे, पत्र ठीक नहीं रहेंगे। हम केवल एक-दूसरे को याद रखेंगे और अगली गर्मियों में हम फिर मिलेंगे। मुझे कोई सूचना देने की ज़रूरत नहीं, बस आ जाना। अगर तुम्हारी भावनायें तब भी ऐसी ही रहीं, तुम बस आ जाओगी।"

उन्होंने गाड़ी के आने की आवाज़ सुनी। उसने उसे प्लेटफ़ॉर्म पर चढ़ने में सहायता की, उसके बाद एक बार भी स्पर्श नहीं किया, बल्कि अपनी जेबों में कुछ ढूँढ़ते हुए तेज़ी से उसके साथ चलता रहा।

जाने से पहले उसने रॉबिन के हाथ में तह किया हुआ काग़ज़ का टुकड़ा दे दिया। "दुकान से निकलने के पहले ही मैंने यह लिख लिया था।" उसने कहा।

ट्रेन में रॉबिन ने उसका नाम पढ़ा। डैनिलो अज़ीच। और लिखा था—बेय्लोड्वीची मेरा गाँव।

घने दरख़्तों के अँधेरे सायों से गुज़रती वह स्टेशन से घर पहुँची। जोएन अभी तक सोई नहीं थी। वह अकेली ताश खेल रही थी।

"माफ करना मेरी पहली ट्रेन छूट गई थी।" रॉबिन ने कहा, "मैंने खाना खा लिया है। स्ट्रोगानौफ़ खाया मैंने।"

"उसकी बू मुझे आ रही है।"

"और मैंने वाइन भी पी थी।"

"उसे भी सूँघ सकती हूँ।"

"मेरे विचार में यह बेहतर होगा।"

आनन्द के बादलों के साये के नीचे हूँ मैं, रॉबिन ने ऊपर जाते हुए सोचा। भगवान हमारा, घर का रक्षक है।

कितनी नादानी की और ख़ुराफ़ाती बात थी ये—अगर आप इसे ख़ुराफ़ात मानें। रेलवे प्लेटफ़ॉर्म पर चुम्बन लिया जाना और फिर मिलने के लिए एक साल का समय। अगर जोएन को पता चले, तो वह क्या कहेगी? एक विदेशी के साथ। विदेशी उन्हीं लड़कियों से दोस्ती की हिम्मत करते हैं जिन्हें कोई और नहीं चाहता।

दो सप्ताह तक दोनों बहनों में शायद ही कोई बात हुई हो। तब, यह देखते हुए कि न किसी का फ़ोन आया और न कोई पत्र, और यह कि रॉबिन सिर्फ़ शाम को पुस्तकालय जाने के लिए बाहर निकलती थी, जोएन की चिन्ता ख़त्म हो गई। उसे लगा कि कुछ तो बदला है, लेकिन उसने यह नहीं सोचा कि कोई गम्भीर मामला था। वह विलर्ड से इन बातों को लेकर चुहल करने लगी।

रॉबिन की उपस्थिति में वह कहती, "पता है हमारी बिटिया स्ट्रैटफ़र्ड में गुपचुप मज़े उड़ाती है। अरे हाँ। मैं बताती हूँ। शराब और नए-नए पकवानों की गन्ध से भरी घर आती है। पता है कैसी गन्ध होती है? ऐसी कि उलटी हो जाए।"

संभवत: उसका अनुमान था कि रॉबिन किसी फ़र्क़ क़िस्म के रेस्तराँ में खाने चली गई थी, जहाँ की भोजन-सूची में कुछ यूरोपीय व्यंजन भी थे, और उसने खाने के साथ, नफासत का दिखावा करने के लिए वाइन भी पी ली थी।

रॉबिन मोंटेनेग्रो के बारे में जानने के लिए पुस्तकालय जाया करती थी।

"दो शताब्दियों से अधिक समय।" उसने पढ़ा, "मोंटेनेग्रो के निवासियों ने तुर्कियों और अल्बानियाइयों से संघर्ष किया था, जो उनके लिए कर्तव्य-स्वरूप था। यह धारणा बन गई थी कि मोंटेनेग्रो के निवासी आत्मसम्मानी पर लड़ाकू और कामचोर होते हैं। अन्तिम बात यूगोस्लाविया में मज़ाक़ की तरह ली जाती है।"

वह यह नहीं जान पाई ये दो कौन सी शताब्दियाँ थीं। उसने राजाओं, धर्माध्यक्षों, युद्धों, राजनैतिक हत्याओं के बारे में पढ़ा, और सबसे महान सर्बियाई कविता 'पर्वतीय माला' पढ़ी जो मोंटेनेग्रो के एक राजा द्वारा लिखी गई थी। जो कुछ भी पढ़ा उसका शायद ही कोई शब्द उसको याद रहा हो। एक नाम के सिवा, मोंटेनेग्रो का असली नाम, जिसका उच्चारण वह नहीं जानती थी। क्रेना गोरा।

उसने नक्शे देखे जिनमें उस देश को ही ढूँढ़ पाना मुश्किल था, लेकिन अन्तत: आतशी शीशे की मदद से, विभिन्न नगरों के नामों को देख पाना सम्भव हो सका (जिनमें कोई भी बेय्लोड्वीची नहीं था) और मोराका तथा टैरा नदियाँ और दूर तक फैली पर्वत श्रृंखलाएँ जो ज़ेटा घाटी को छोड़कर लगभग हर जगह नज़र आ रही थीं।

यह सब करने की आवश्यकता को समझ पाना मुश्किल था, और उसने समझने की कोशिश भी नहीं की (यद्यपि पुस्तकालय में उसकी उपस्थिति, और उसकी तन्मयता पर लोगों का ध्यान गया था)। डैनिलो को किसी वास्तविक स्थान तथा वास्तविक काल से जोड़ सकने का उसका यत्न कुछ सफल हुआ कि उसके द्वारा पहली बार सुने इन नामों से वह भी परिचित होगा, यह इतिहास वही है जिसे उसने अपने स्कूल में पढ़ा होगा, इनमें से कुछ जगहों पर वह बचपन में या फिर बड़े होकर गया होगा। और शायद वह इस समय वहीं कहीं हो। जब उसने अपनी उँगली से एक छपे हुए नाम को छुआ था, शायद वह वही जगह छू रही हो जहाँ वह था।

उसने किताबों की, चित्रों की मदद से, घड़ियाँ बनाने की कला सीखने की भी कोशिश की, लेकिन उसे सफलता न मिली।

वह उसके ख़यालों में रहा। सुबह आँख खुलने पर और काम के बीच की ख़ामोशियों में भी। क्रिसमस समारोह के दिनों में उसे परम्परावादी ईसाई चर्च के अनुष्ठानों की याद आई, सुनहरे वस्त्रों में, मोमबत्तियाँ और धूप लिए हुए अजनबी भाषाओं में गहन शोकाकुल मंत्रोच्चारण करते दाढ़ी वाले पादरी, जिनके बारे में वह पढ़ चुकी थी। सर्द मौसम और बाहर झील पर जमी हुई बर्फ़ से उसे पहाड़ों की शीत ऋतु का ख़याल आया। उसे महसूस हुआ कि जैसे उसका अस्तित्व और नियति संसार के उस अनजाने हिस्से से जुड़ गई है। उसके ख़यालों में यह शब्द आते थे—मुकद्दर। प्रेमी। पुरुष मित्र नहीं। प्रेमी। कभी-कभी वह सोचती थी कि उसने उस देश में जाने और वापस आने की बात कितनी बेपरवाह और मामूली ढंग से की थी। वह यह सोचकर डरती थी कि कहीं वह किसी षड्यंत्र, किसी फ़िल्मी क़िस्म की घटना या ख़तरे में न फँस जाए। शायद एक तरह से अच्छा था कि डैनियल से पत्राचार न करने का फैसला किया था। रॉबिन का सारा समय पत्र लिखने और उनकी प्रतीक्षा करने में निकल जाता। लिखो और प्रतीक्षा करो, प्रतीक्षा करो और लिखो। और अगर पत्र नहीं आया तो और परेशानी।

अब उसके पास कुछ था जो हर समय उसके साथ रहता था। उसे लगता था कि उसके शरीर में, उसकी आवाज़ में और उसके व्यवहार में एक बदलाव आ गया था। उसकी चाल बदल गई थी, अब वह बिना कारण मुस्कुराती थी और मरीज़ों से अत्यधिक मृदुता से पेश आने लगी थी। वह किसी एक बात को सोचकर मगन रहती थी—चाहे जब वह अपने काम पर हो, चाहे जोएन के खाथ खाना खा रही हो। डैनिलो के कमरे की ख़ाली दीवारें और परदे की पट्टियों से छनकर बन रहे प्रकाश के आयताकार बिम्ब। पत्रिकाओं का खुरदुरा काग़ज़ और उन पर तस्वीरों के स्थान पर बने पुराने ढंग के रेखाचित्र। पीली पट्टी वाला चीनी का भारी प्याला जिसमें उसने स्ट्रोगानौफ़ डालकर दिया था। जूनो की गहरी भूरी थूथनी, और उसकी पतली मजबूत टाँगें। और फिर सड़कों पर हवा की ठंडक, और सड़क किनारे बिछी

फूलों की क्यारियों से आती हुई भीनी ख़ुशबू और नदी के किनारे लगे हुए बिजली के खम्बों की रौशन कतारें, जिनके इर्द-गिर्द नन्हें पतंगों की पूरी फ़ौज चक्कर लगाती।

स्टेशन पर जब वह उसका टिकट लेकर वापस आया था। वह भावनाओं के भँवर में प्रतीक्षारत खड़ी थी। उसके बाद की चहलकदमी, प्लेटफ़ॉर्म पर से बजरी पर उतरना। अपनी जूतियों के पतले तलों के कारण उसे नुकीले पत्थरों के गड़ने से दर्द महसूस हुआ था।

उसे कुछ भी नहीं भूला चाहे कितनी बार भी ये यादें दुहराई गई हों। उसकी अपनी यादें और बाद की सजाई-सँवारी यादें, उसके ज़हन में और गहरी पैठती जातीं।

हमारा मिलन कुछ ख़ास बात है।

हाँ। हाँ है।

फिर भी जब जून का महीना आया वह टालमटोल करती रही। उसने निश्चय नहीं किया कि कौन सा नाटक देखना था, या किस दिन के लिए टिकट मँगवाना था। अन्तत: उसने सोचा कि उस दिन की जयन्ती का दिन सबसे अच्छा रहेगा, जब एक साल पहले वे मिले थे। उस दिन का नाटक ऐज़ यू लाइक इट था। उसके दिल में आया कि वह नाटक की परवाह न कर सीधे डाउनी सड़क चली जाए, क्योंकि अपनी बेचैनी और उत्सुकता में वह नाटक की तरफ़ अधिक ध्यान नहीं दे पाएगी। पर किसी अन्धविश्वास के कारण वह उस दिन के क्रम में परिवर्तन नहीं चाहती थी। उसने टिकट ख़रीद लिया और अपनी हरी ड्रेस ड्राईक्लीनिंग के लिये दे दी। उसे उस दिन के बाद से पहना ही नहीं था, लेकिन फिर भी चाहती थी कि पोशाक बिलकुल नई जैसी लगे।

ड्राईक्लीनिंग की दुकान में इस्त्री करने वाली औरत उस सप्ताह कुछ दिन काम पर नहीं आई थी। उसका बच्चा बीमार था। लेकिन आश्वासन दिया गया था कि वह काम पर भी आ जाएगी और ड्रेस शनिवार की सुबह तैयार मिलेगी।

"मैं मर जाऊँगी।" रॉबिन ने कहा, "अगर उन्होंने वह ड्रेस कल तक तैयार नहीं की, मैं मर जाऊँगी।"

उसने मेज़ पर रमी खेल रहे जोएन और विलर्ड की तरफ़ देखा। वह उन्हें अक्सर इसी तरह बैठे देखती थी, और अब सम्भव था, वह उनको फिर कभी नहीं देखेगी। उसे घेरे संकट, तनाव और चुनौती से वे कितने दूर थे।

ड्रेस तैयार नहीं थी। बच्चा अब भी बीमार था। रॉबिन ने सोचा कि वह उसे घर वापस ले आए और ख़ुद ही इस्त्री कर ले, फिर लगा कि अपनी इतनी बेचैनी में

वह ठीक से काम नहीं कर पाएगी। विशेषकर जब जोएन ताक रही हो। वह फ़ौरन नगर के बड़े बाज़ार गई जहाँ वैसे कपड़ों की एक ही दुकान थी। सौभाग्य से उसे दूसरी हरी पोशाक मिल गई, जो बिना घेर की और बिना आस्तीन के थी पर उसे ठीक आ गई। रंग पहले जैसा तो नहीं पर हरा था। दुकान की कर्मचारी औरत ने कहा कि इस साल यही रंग चल रहा था, और पूरी घेर की और कमर पर कसी पहले जैसी पोशाकें अब फ़ैशन में नहीं थीं।

गाड़ी की खिड़की से उसने वर्षा शुरू होते देखी। उसके पास छाता तक नहीं था। और उसके सामने की सीट पर जो यात्री थी उसे वह जानती थी, एक महिला जिसने अस्पताल में केवल कुछ महीने पहले पित्ताशय का ऑपरेशन करवाया था। उस औरत की स्ट्रैटफ़र्ड में एक शादीशुदा बेटी थी। वह उस तरह की थी जिनके ख़याल में एक-दूसरे से परिचित एक ही स्थान को जा रहे दो लोग ट्रेन पर मिल जाएँ तो उन्हें बातचीत करते रहना चाहिए।

"मेरी बेटी मुझे लेने आने वाली है।" उसने कहा, "हम आपको छोड़ देंगे जहाँ आपको जाना है। विशेष रूप से जब बारिश हो रही हो।"

जब वे स्ट्रैटफ़र्ड पहुँचे तो वर्षा नहीं हो रही थी, सूरज निकल आया था और गर्मी हो गई थी। फिर भी रॉबिन ने उनके साथ जाना स्वीकार कर लिया। वह पिछली सीट पर दो बच्चों के साथ बैठ गई जो आइसक्रीम खा रहे थे। यह चमत्कार ही था कि उसके कपड़ों पर नारंगी या स्ट्रॉबेरी रस की बूँदें न टपकीं।

वह नाटक के समाप्त होने तक इन्तज़ार नहीं कर सकी। वह थियेटर के वातानुकूलित कक्ष में काँप रही थी, क्योंकि उसकी पोशाक का कपड़ा महीन था और उसमें आस्तीनें भी नहीं थीं। या शायद उसकी घबराहट की वजह से हो रहा था। वह सीटों पर बैठे लोगों से क्षमा माँगती हुई कतार के किनारे तक आ गई, और कतारों के बीच की ऊँची-नीची सीढ़ियों पर चढ़ बाहर की लॉबी में दिन की रोशनी में आ गई। वर्षा फिर हो रही थी, और तेज़। सूने महिला प्रसाधन गृह में, उसी जगह जहाँ उसने अपना पर्स खोया था, उसने अपने बाल ठीक किए। हवा की नमी ने उसके बालों का स्टाइल बिगाड़ दिया था। यत्न से सीधे कर सँवारे बाल अब महीन घुमावदार काली लटें बनकर उसके चेहरे पर झूल रहे थे। उसे अपने साथ हेअर स्प्रे लाना चाहिए था। उलटी कँघी कर बालों को पहले जैसा सँवारने की यथासंभव कोशिश उसने की।

जब वह बाहर आई तो वर्षा रुक चुकी थी, सूरज निकल आया था, और भीगे फ़ुटपाथ पर उसका प्रतिबिम्ब चमक रहा था। वह अपने गंतव्य की ओर चल पड़ी। उसके पैरों में बिलकुल जान नहीं थी, वैसे ही जब स्कूल में, गणित का सवाल

हल करने के लिए ब्लैकबोर्ड तक जाना पड़ता था या कक्षा के सामने खड़े होकर कोई याद किया हुआ सबक सुनाना पड़ता था। पता ही नहीं चला और वह डाउनी सड़क के मोड़ पर थी। अब से कुछ ही मिनटों में उसका जीवन बदल जाने वाला था। वह अभी तैयार नहीं थी मगर और देर नहीं सहन कर सकती थी।

थोड़ी दूर पर वह सड़क पर दुकानों के लिये बनाई साधारण इमारतों के बीच उस अटपटे छोटे से घर को देख सकती थी।

वह पास पहुँची, और पास। उस सड़क की अधिकांश दुकानों की तरह इस दुकान के द्वार भी खुले हुए थे। वातानुकूलन कम दुकानों में था। यहाँ केवल मक्खियों को बाहर रखने के लिए जाली का एक दरवाज़ा था।

दो सीढ़ियाँ ऊपर चढ़ी, फिर दरवाज़े पर खड़ी हुई। लेकिन कुछ देर तक उसने उसको खोला नहीं, ताकि उसकी आँखें अन्दर के अँधेरे की आदी हो जाएँ, और जब अन्दर जाए तो ठोकर न लग जाए।

वह वहाँ था, काउंटर के पीछे बने कार्यस्थल में अकेले बल्ब के नीचे। उसका शरीर—पार्श्व रूप में दिखता—आगे झुका हुआ था और वह किसी घड़ी की मरम्मत करने में व्यस्त था। रॉबिन को आशंका थी कि कहीं उसमें कोई बदलाव न आ गया हो। उसे डैनियल की शक्ल-सूरत ठीक से याद नहीं थी। या मोंटेनेग्रो जाकर वह कुछ बदल चुका होगा—बाल कटा लिये होंगे, या दाढ़ी बढ़ा ली होगी। लेकिन नहीं—वह वैसा ही था। माथे पर पड़ रही बिजली की रोशनी में वही छोटे बाल दिखाई दे रहे थे। पहले की ही तरह चमकते हुए, लाल-भूरा रंग लिए हुए खिचड़ी बाल। थोड़ा झुका बलिष्ठ कन्धा, मुड़ी हुई आस्तीन से दिखती हुई बाँहों की मांसपेशियाँ। उसके चेहरे पर एकाग्रता और तल्लीनता का भाव, जो भी कलपुर्जों का काम वह कर रहा था उसमें पूरा डूबा हुआ। उसकी यही शक्ल रॉबिन के मस्तिष्क में थी, यद्यपि उसने पहले कभी उसे घड़ियों पर काम करते नहीं देखा था। उसकी कल्पना में अपने ऊपर झुका हुआ, उसका यही रूप आता था।

नहीं। वह ख़ुद अन्दर नहीं जाना चाहती थी। वह चाहती थी कि वह उठे, उसकी तरफ़ आए, दरवाज़ा खोले। इसलिए उसने उसे आवाज़ दी। डैनियल। अन्तिम समय पर वह उसे डैनिलो पुकारने से रह गई, इस डर से कि कहीं विदेशी शब्दों के उच्चारण में उससे गड़बड़ न हो जाए।

उसने सुना ही नहीं—या शायद, क्योंकि वह काम में डूबा था, उसने ऊपर देखने में देर की। उसने ऊपर देखा, लेकिन उसकी तरफ़ नहीं—ऐसा लगा कि वह कोई ज़रूरत की चीज़ ढूँढ़ रहा था। लेकिन नज़रें ऊपर उठाने से रॉबिन की झलक मिल गई। उसने सावधानी से किसी चीज़ को अलग हटाया, अपनी काम की मेज़ से पीछे हटा, खड़ा हुआ, अनिच्छा से उसकी तरफ़ आया।

उसने रॉबिन को देखकर हल्के से सिर हिलाया।

रॉबिन का हाथ दरवाज़े पर खोलने के लिए था, मगर उसने ऐसा नहीं किया। उसने उसके बोलने की प्रतीक्षा की, लेकिन वह बोला नहीं। उसने फिर अपना सिर हिलाया। वह थोड़ा व्याकुल दिख रहा था। वह खड़ा रहा। उसने रॉबिन से नज़रें हटा लीं। दुकान में इधर-उधर देखा—चारों तरफ़ बिखरी घड़ियों की तरफ़, जैसे कि उनसे कोई सूचना, कोई सहायता मिल जाएगी। जब उसने दोबारा रॉबिन के चेहरे की तरफ़ देखा, वह कुछ सिहरा और अनायास ही—पर शायद नहीं—सामने के दाँत उघाड़ दिए। जैसे कि रॉबिन को देखकर उसे किसी भय, किसी संकट की आशंका होने लगी थी।

और वह वहाँ खड़ी रही, स्तम्भित जैसे कि अब भी इस बात की सम्भावना थी कि यह कोई मज़ाक़ था, कोई खेल था।

फिर वह दोबारा उसकी तरफ़ आया, जैसे कि उसने सोच लिया हो कि उसे क्या करना है। उसकी तरफ़ न देखते हुए, मगर जैसे एक संकल्प—या रॉबिन को ऐसा लगा—जुगुप्सा के साथ, उसने अन्दर के लकड़ी के दरवाज़े पर अपना हाथ रखा, और उसको तेज़ी से बन्द कर दिया।

यह उपाय सरल था। रॉबिन को कुछ दहशत के साथ समझ आया कि वह ऐसा क्यों कर रहा था। सारा नाटक इसलिए कर रहा था क्योंकि बजाय इसके कि पूरी सफ़ाई दी जाती, स्त्रियोचित रोना-धोना झेला जाता, रॉबिन को लगे धक्के और उसकी आहत भावनाओं को समझा जाता और शायद वह बेहोश हो जाती या आँसू बहाती, यह एक सरल उपाय था उससे छुटकारा पाने का।

***

उसने शर्म अनुभव की, गहरी शर्म।

थोड़ी और आत्मविश्वासी, थोड़ी और अनुभवी औरत को निश्चय ही क्रोध आया होता और वह आवेश में उबलती वापस चली जाती। भाड़ में जाए। रॉबिन ने काम पर एक महिला को उस मर्द के लिए यह कहते सुना था जिसने उसे छोड़ दिया था—पैंट पहनने वाली किसी चीज़ का भरोसा नहीं किया जा सकता। उस महिला ने ऐसा प्रकट किया था जैसे उसे कोई आश्चर्य न हुआ हो। और अपने दिल की गहराई में, रॉबिन को भी कोई आश्चर्य नहीं हुआ था, लेकिन उसे शिकायत अपने आप से थी। उसे पिछली गर्मियों में सुनी उन बातों की असलियत समझ लेनी चाहिए थी। स्टेशन पर दिया गया वचन और विदाई, एक अकेली महिला को जिसने अपना पर्स खो दिया था और जो अकेले नाटक देखने आई थी ज़रूरत से ज़्यादा दयालुता दिखाना यह सब उसने कितनी बेवक़ूफ़ी समझी होगी। वह घर पहुँचने से पहले ही पछताने लगा होगा और मनाया होगा कि वह महिला उसकी बातों को गम्भीरता से न ले।

बहुत सम्भव था कि मोंटेनेग्रो से वह अपने साथ एक पत्नी भी लाया हो, पत्नी जो ऊपर रही होगी—इससे उसकी व्याकुलता, उसकी बेचैनी की सिहरन का अर्थ समझ आ जाता है। रॉबिन का ख़याल आने पर वह यह सोचकर भयभीत ही हुआ होगा कि कहीं वह ऐसा न करे जैसा कि वह वास्तव में कर रही थी—किसी अविवाहित कुमारी जैसे हवाई किले बनाना, बचकानी योजनायें बनाना। अब से पहले भी शायद औरतें उस पर फिदा हुई होंगी, और उसने उनसे छुटकारा पाने का उपाय ढूँढ़ लिया होगा। यह भी छुटकारा पाने का रास्ता था। सहृदय नहीं, निर्दयी होना। कोई माफी नहीं माँगनी, कोई सफ़ाई नहीं देनी, कोई उम्मीद नहीं जगानी। ऐसा दिखाओ कि उसे पहचाना ही नहीं, और अगर इससे काम न चले तो दरवाज़ा उसके मुँह पर मार दो। जितनी जल्दी उसमें अपने लिए घृणा पैदा कर सको, उतना अच्छा।

हालाँकि कुछ लोगों के लिए ऐसा करना बहुत मुश्किल था।

यही हुआ। यहाँ वह खड़ी थी, रोती हुई। सड़क पर लौटते समय तो उसने किसी तरह अपने को रोका, मगर नदी तक पहुँचते-पहुँचते वह रो रही थी। वही काला हंस अकेला तैर रहा था, बतखों के बच्चे और उनके कैं-कैं करते माता-पिता, सूरज पानी पर झिलमिलाता हुआ। अच्छा था अगर आप अपने पर इस आघात से बचने को कोशिश न करें, उसकी उपेक्षा न करें। अगर आपने एक क्षण के लिए भी ऐसा किया, ये आपको बार-बार, सीने पर पड़ रहे अपाहिज बना देने वाले प्रहार की तरह, चोट पहुँचाता रहेगा।

***

"इस साल समय से आ गई।" जोएन ने कहा, "कैसा था नाटक?"

"मैं पूरा देख ही नहीं सकी। जब मैं नाटकघर के अन्दर जा रही थी कोई भुनगा मेरी आँख में घुस गया। मैंने बहुत बार आँख झपकाई लेकिन वह निकला नहीं, और मुझे उठना पड़ा और प्रसाधन गृह में जाकर आँख पानी से धोकर निकालने की कोशिश करनी पड़ी। तौलिये पर वह कहीं लगा रह गया था और आँख पोंछते समय वह दूसरी आँख में भी चला गया।"

"तुम्हें देखकर तो लगा कि जैसे रो-रोकर तुमने अपनी आँखें सुजा ली हैं। जब तुम आई तो मैंने समझा कि वह कोई ज़बरदस्त दुखान्त नाटक रहा होगा। तुम्हें अपना चेहरा नमक के पानी से धो लेना चाहिए।"

"मैं धोने ही जा रही थी।"

और भी चीज़ें थीं जो वह करने जा रही थी, या नहीं करने जा रही थी। कभी स्ट्रैटफ़र्ड नहीं जाना, कभी उन सड़कों पर दोबारा नहीं टहलना, कभी कोई दूसरा

नाटक नहीं देखने जाना। कभी हरी ड्रेस नहीं पहननी, न ही नीम्बू जैसी हरी, न ही एवोकाडो के रंग जैसी हरी। मोंटेनेग्रो के बारे में कोई भी बात न करना, जोकि बहुत मुश्किल नहीं होना चाहिए था।

II

शिशिर अब पूरी तरह से आ चुका है और बाँध तक की लगभग सारी झील जम चुकी है। बर्फ़ ऊँची-नीची है, कुछ जगह तो ऐसा दिख रहा है कि जैसे ऊँची लहरें जमकर बर्फ़ हो गई हों। मज़दूर क्रिसमस के समय लगाई गई बिजली की बत्तियाँ उतार रहे हैं। फ़्लू के संक्रमण की भी सूचना है। तेज़ हवा में चलने के कारण लोगों की आँखों से पानी बहने लगता है। अधिकतर महिलाएँ स्वेट पैंट और स्की जैकेट पहने दिखाई देती हैं मानो वह उनकी शीतकालीन वर्दी हो।

लेकिन रॉबिन नहीं। जब वह अस्पताल की तीसरी और सबसे ऊपर की मंज़िल पर लिफ़्ट से बाहर आती है, उसने एक लम्बा काला कोट, धूसर ऊनी स्कर्ट और गहरा भूरा नीलंगू सिल्क का ब्लाउज़ पहना है। उसके घने, सीधे, धूसर-सलेटी बाल कन्धे तक कटे हुए हैं, और उसके कानों में हीरे के छोटे बुंदे हैं। (लोग अब भी कहते हैं, पहले की तरह, कि शहर की सबसे आकर्षक, सबसे सुरुचिपूर्ण कपड़े पहनने वाली कुछ औरतें वे होती हैं जिन्होंने कभी शादी नहीं की।) उसे अब नर्स की तरह कपड़े नहीं पहनने पड़ते, क्योंकि वह अब केवल अंशकालिक रूप से और केवल इस मंज़िल पर काम करती है।

तीसरी मंज़िल पर जाने के लिए आप लिफ़्ट का प्रयोग सामान्य रूप से कर सकते हैं, मगर ऊपर से नीचे आने में ये ज़रा मुश्किल है। ड्यूटी पर बैठी नर्स को एक छुपे हुए बटन को दबाकर लिफ़्ट चलानी पड़ती है। यह मानसिक रोग विभाग है, यद्यपि इसका यह नाम कभी ही लिया जाता हो। यहाँ से पश्चिम में झील नज़र आती है, जैसे कि रॉबिन के अपार्टमेंट से भी, और इसीलिए अक्सर इसे सनसेट (सूर्यास्त) होटल भी पुकारा जाता है। और कुछ वृद्ध लोग इसे रॉयल यार्क होटल भी कहते हैं। मरीज़ यहाँ कुछ समय के लिए ही आते हैं, यद्यपि कुछ लोगों का 'कुछ समय' बार-बार आता रहता है। वे मरीज़ जिनका मतिभ्रम या मानसिक प्रत्याहरण या विकार स्थायी बन जाते हैं उन्हें शहर के बाहर अलग स्थान पर रखा जाता है, जिसे यथार्थतः लॉन्ग टर्म केयर फ़ैसिलिटी (दीर्घकालीन सेवा गृह) कहा जाता है।

चालीस साल में नगर ज़्यादा नहीं बढ़ा, लेकिन बदल ज़रूर गया है। अब यहाँ पर दो शॉपिंग मॉल हैं, हालाँकि बाज़ार के चौक की दुकानें जैसे-तैसे चल ही रही हैं। पहाड़ियों के ऊपर नए घर बन गए हैं, और दो पुराने बड़े घरों को,

जहाँ से झील का दृश्य दिखता था, तोड़कर अपार्टमेंट बना दिए गए हैं। रॉबिन की क़िस्मत थी कि उसको उनमें से एक मिल गया था। आईज़ैक सड़क पर बने उसके घर को, जिसमें वह और जोएन रहा करते थे, वाइनल लगाकर आधुनिक बनाकर भूमि-भवन बिक्री व्यापार का कार्यालय बना दिया गया है। विलर्ड का घर, थोड़ा या बहुत, अब भी वैसा ही है। कुछ साल पहले उसे दिल का दौरा पड़ा था लेकिन वह काफ़ी हद तक ठीक हो गया था, यद्यपि अब उसे दो बेंतों के सहारे चलना पड़ता है। जब वह अस्पताल में था, रॉबिन ने उसकी काफ़ी देखभाल की। वह याद किया करता था कि रॉबिन और जोएन कितने अच्छे पड़ोसी थे, और साथ ताश खेलने में कितना मज़ा आता था।

जोएन का निधन हुए अठारह साल हो चुके हैं, और घर बेचने के बाद रॉबिन ने अपने को सारे पुराने सम्बन्धों से मुक्त कर लिया है। वह अब चर्च भी नहीं जाती, और सिवाय उनके जो अस्पताल में रोगी बनकर आते हैं, वह शायद ही उन लोगों में से किसी से मिलती है जिनको वह अपने पुराने दिनों में जानती थी, या जिनके साथ वह स्कूल में पढ़ती थी।

उसकी इस आयु में शादी की सम्भावनाएँ, सीमित तौर पर, दोबारा पैदा हो गई हैं। कुछ तो विधुर हैं, और कुछ अकेले रहते मर्द हैं। सामान्यत: वे ऐसी महिलायें चाहते हैं जिनकी एक बार शादी हो चुकी हो—यद्यपि किसी के पास अच्छी नौकरी हो तो बुरा नहीं। लेकिन रॉबिन ने साफ़ कर दिया था कि उसे शादी में कोई दिलचस्पी नहीं है। जिनको वह बचपन से जानती थी, वे लोग कहते हैं कि उसे कभी कोई दिलचस्पी नहीं थी, वह सदा ऐसी ही थी। उसके कुछ परिचितों का कहना है कि वह लेस्बियन है, लेकिन चूँकि वह इतने रूढ़िवादी और संकुचित वातावरण में पली-बढ़ी थी, वह इस बात को स्वीकार नहीं कर सकती।

शहर में अब तरह-तरह के लोग आ गए हैं, और इन्हीं लोगों से उसने जान-पहचान बढ़ा ली है। उनमें से कुछ तो बिना शादी किए ही साथ रहते हैं। कुछ लोग भारत और मिस्त्र और फ़िलीपींस और कोरिया में पैदा हुए थे। ज़िन्दगी का पुराना ढंग, पुराने रीति-रिवाज़, कुछ हद तक बचे तो हैं, लेकिन बहुत से लोग, बिना इन बातों के बारे में सोचे-समझे, अपने ही ढंग से जीवन बिताना चाहते हैं। आप जिस भी तरह का खाना चाहें, ख़रीद सकते हैं, और किसी रविवार की सुहानी सुबह में सड़क के किनारे रखी मेज़ों पर बैठकर नफ़ीस क़िस्म की कॉफ़ी पी सकते हैं तथा गिरजाघर जाकर प्रार्थना करने की ज़हमत किए बिना वहाँ बज रहे घंटे का आनन्द ले सकते हैं। झील का किनारा अब रेलवे के साएबानों और माल गोदामों से भरा हुआ नहीं है और आप झील के साथ-साथ बने चौड़े रास्ते पर एक मील तक टहल सकते हैं। एक भजन संघ (कोरल सोसाइटी) और एक अभिनेता संघ (प्लेयर्स सोसाइटी) हैं। रॉबिन अभिनेता संघ में अब भी काफ़ी सक्रिय है, हालाँकि

अब वह मंच पर उतनी नहीं दिखती जितनी वह कभी दिखा करती थी। बहुत साल पहले उसने 'हेडा गेबलर' नाटक में अभिनय किया था। सामान्य प्रतिक्रिया यही थी कि कथानक अप्रिय होने के बावजूद हेडा का किरदार उसने ख़ूब निभाया था। बहुत बढ़िया अभिनय क्योंकि हेडा का किरदार—जैसा सबने कहा—उसके वास्तविक जीवन से बिलकुल भिन्न था।

बहुत से लोग आजकल यहाँ से स्ट्रैटफ़र्ड जाते हैं। वह उसके बजाय नाटक देखने निआगरा-ऑन-द-लेक नामक नगर जाती है।

रॉबिन ने देखा कि दीवार से सटाकर तीन पलंग लगा दिए गए थे।

"क्या बात है?" उसने कोरल, वह नर्स जो डेस्क पर थी, से पूछा।

"अस्थायी।" कोरल ने अनिश्चय से जवाब दिया, "स्थान का पुर्नवितरण हो रहा है।"

रॉबिन ने अपना कोट टाँग दिया और बैग डेस्क के पीछे की आलमारी में रख दिया। कोरल ने उसे बताया कि ये मरीज़ पर्थ कस्बे के हैं जहाँ अधिक भीड़ हो जाने के कारण कुछ को यहाँ भेज दिया गया है। केवल किसी ने सन्देश को समझने में ग़लती कर दी और उनके लिए कमरे अभी तैयार नहीं हैं, तो कुछ समय के लिए उन्हें यहाँ रखने का फैसला लिया गया है।

"क्या मुझे उनका हाल पूछना चाहिए?"

"आप पर है। पिछली बार जब मैंने देखा था तो कोई भी बात करने की स्थिति में नहीं था।"

तीनों पलंगों के किनारे उठे हुए हैं, मरीज़ सीधे लेटे हुए हैं। कोरल ठीक कह रही थी, लग रहा था कि वे सभी सो रहे हैं। दो बूढ़ी औरतें और एक बूढ़ा आदमी। रॉबिन मुड़ी, और फिर दोबारा उनकी तरफ़ मुड़ गई। वह रुककर बूढ़े आदमी की तरफ़ फिर देखती है। उसका मुँह खुला है और उसके नक़ली दाँत, अगर थे, निकाले जा चुके हैं। उसके सिर पर अब भी बाल हैं, सफ़ेद और छोटे कटे। मांस झूल रहा है, गाल में गड्ढे हैं, लेकिन कनपटी पर चेहरा अब भी चौड़ा है, जिस पर कुछ रोबीला और—जैसा कि उसने पिछली बार देखा था—बेचैनी की वही झलक है। मुरझाई, पीली, और सफ़ेद पड़ चुकी त्वचा को जगह-जगह से, सम्भवत: जहाँ कैंसर हो गया होगा, काट दिया गया है। आयु से जीर्ण शरीर, टाँगें ओढ़ी हुई चादर के अन्दर खो-सी गई हैं, लेकिन कन्धे और छाती अभी भी चौड़े हैं, बहुत कुछ वैसे ही जैसे उसको याद है।

उसने बिस्तर के पैतियाने बँधे हुए कार्ड को पढ़ा।

अलेक्जेंडर अज़ीच।

डैनिलो। डैनियल।

शायद यह उसका बीच का नाम है। अलेक्जेंडर। या फिर उसने झूठ बोला था, शुरू से लेकर और लगभग अन्त तक, सावधानी बरतते हुए उसने झूठ या आधा झूठ बोला था।

वह डेस्क पर वापस जाती है और कोरल से पूछती है।

"उस आदमी के बारे में कुछ पता है?"

"क्यों? आप जानती हैं उसको?"

"मुझे लगता है शायद।"

"मैं पता लगाती हूँ यदि उसके बारे में सूचना है। कम्प्यूटर में ढूँढ़ सकती हूँ।"

"कोई जल्दी नहीं है।" रॉबिन कहती है, "जब भी तुम्हें समय मिले। ऐसे ही जिज्ञासावश पूछा था। मुझे अब जाकर अपने मरीज़ों को देखना चाहिए।"

रॉबिन का काम था सप्ताह में दो बार मरीज़ों से बात करना, उनके विवरण लिखना, कि क्या उनकी उदासी या निराशा में कुछ कमी हो रही है, क्या दवाओं का फ़ायदा हो रहा है, और उनके सम्बन्धियों या जीवनसंगियों के मिलने आने पर उनकी मनोदशा में क्या कुछ अन्तर आता है। वह इस विभाग में कई वर्षों से काम कर रही है, जब सत्तर के दशक में मानसिक रोगियों को उनके घरों के पास रखने का चलन दोबारा शुरू हुआ था, और वह बहुत से लोगों से परिचित थी जो वापिस आते रहते हैं। उसने मानसिक रोगियों की चिकित्सा में सक्षम होने के लिए विशेष प्रशिक्षण लिया था लेकिन ऐसे काम के लिए उसका पहले से ही रुझान था। जब वह स्ट्रैटफ़र्ड से, ऐज़ यू लाइक इट देखे बिना वापस लौट आई थी। उसके कुछ ही समय बाद से उसकी इस काम में रुचि पैदा हो गई थी। किसी बात ने—यद्यपि वह नहीं जिसकी उसे आशा थी—उसका जीवन बदल दिया था।

वह रे साहब से अन्त में मिलती है, क्योंकि वे सामान्यत: औरों से अधिक समय चाहते हैं। कोई ज़रूरी नहीं है कि हर बार जितना समय वह चाहें उनको दे ही सके—यह दूसरों की समस्याओं पर निर्भर करता है। आज दूसरे सभी दवाओं के असर से अच्छी हालत में हैं, और उन सभी ने अपनी समस्याओं से उसे परेशान करने के लिए क्षमा माँगी। लेकिन रे साहब, जिनका यह मानना है कि उन्हें कभी डी.एन.ए. सम्बन्धी अनुसन्धान में उनके योगदान के लिए कोई पुरस्कार या मान्यता नहीं मिली है, जेम्स वॉटसन को लिखे पत्र को लेकर बहुत नाराज हैं। वह वाटसन को 'जिम' कहते हैं।

"मैंने जिम को पत्र भेजा था।" वह कहते हैं, "मुझे इतनी अकल है कि ऐसा पत्र, बिना उसकी एक प्रति रखे, भेजना ही नहीं चाहिए। लेकिन कल ही मैं अपनी फ़ाइलों को देख रहा था और मालूम है क्या? तुम बताओ क्या?"

"बेहतर होगा आप ही बता दें।" रॉबिन कहती है।

"है ही नहीं। वह वहाँ है ही नहीं। चोरी हो गया।"

"हो सकता है कहीं और रख दिया हो। मैं भी खोजने की कोशिश करती हूँ।"

"मुझे कोई आश्चर्य नहीं। मुझे बहुत पहले ही यह सब करना छोड़ देना चाहिए था। मैं बहुत बड़े प्रभावशाली लोगों से लड़ रहा हूँ और ऐसे लोगों से भिड़ो तो कौन जीतता है? मुझे सच्चाई बताओ। तुम बताओ। मुझे कोशिश करनी छोड़ देनी चाहिए?"

"आपको ही फैसला करना पड़ेगा। केवल आप ही कर सकते हैं।"

उन्होंने अपने दुर्भाग्य की कहानी, एक बार फिर से, रॉबिन को सुनानी शुरू कर दी। वह कोई वैज्ञानिक नहीं थे, वह एक सर्वेक्षक के तौर पर काम करते थे, लेकिन उन्होंने अपने जीवन भर वैज्ञानिक अनुसन्धान में प्रगति का अनुगमन अवश्य ही किया होगा। जो भी सूचनाएँ उन्होंने उसको दी हैं, और यहाँ तक कि जो धुँधले से रेखाचित्र उन्होंने पेंसिल से बनाए हैं, निःसन्देह सही हैं। केवल उनकी धोखा दिए जाने की कहानी ऊलजुलूल है, और सिनेमा या टेलीविज़न से ली गई लगती है।

मगर रॉबिन को हमेशा कहानी का वह हिस्सा बहुत पसन्द आता है जहाँ वह समझाते हैं कि किस तरह डी.एन.ए. की कुंडली खुल जाती है और उसके दो तन्तु झूलते अलग हो जाते हैं। उनके हाथ बहुत नफासत से हवा में आकृतियाँ बनाकर दिखाते हैं। प्रत्येक तन्तु अपने में अन्तर्निहित संकेतों के अनुसार अपने को दुगना करने की पूर्व-निर्धारित यात्रा पर निकल पड़ता है।

उन्हें भी यह बहुत पसन्द है, इस चमत्कार की बात करते उनकी आँखों में आँसू आ जाते हैं। वह हमेशा व्याख्या के लिए उनको धन्यवाद देती है। वह चाहती तो है कि उनका व्याख्यान वहीं समाप्त हो जाए लेकिन वह रुक नहीं पाते।

फिर भी रॉबिन को यक़ीन है कि वह ठीक हो रहे हैं। जब भी वह अपने साथ हुए अन्याय की पेचीदियों के बारे में बात करते हैं, दूसरी बातों जैसे कि चुराये गए पत्र पर उनका ध्यान केन्द्रित होने लगता है, इसका मतलब होता है, वह कुछ ठीक हो रहे हैं।

थोड़ा उसके प्रोत्साहन से और थोड़ा ध्यान बँटने पर रे साहब उससे प्रेम करने लग सकते हैं। इससे पहले दो-तीन मरीज़ों के साथ ऐसा हो भी चुका। दोनों ही शादीशुदा थे। लेकिन इस बात ने, उनकी अस्पताल से छुट्टी हो जाने के बाद, उसे उनके साथ सोने से नहीं रोका। तथापि उस समय तक सबकी सोच बदल चुकी थी। उन पुरुषों ने इसे आभार समझा। रॉबिन को लगा उसने कुछ भला किया, और सबने बीत गई एक घटना समझकर याद रखा।

ऐसा नहीं है कि उसे इन बातों पर कोई पछतावा हुआ हो। अब शायद ही कुछ ऐसा है जिस पर उसे पछतावा होता है। मर्दों के साथ सोने की बात

पर तो कतई नहीं जिसे उसने छुपाया ज़रूर था पर जिसकी याद उसे अब भी आनन्द देती है।

यह देखते हुए कि लोग उसके बारे में क्या सोचते थे, इसको छुपाए रखने की शायद ही कोई ज़रूरत थी। दोनों तरह के लोगों के दिमाग़ों में, पहले परिचित या अब के परिचित, एक जैसी ग़लफ़हमियाँ थीं।

***

कोरल ने उसके हाथ में कम्प्यूटर से छपे कुछ काग़ज़ दे दिए।

"कुछ ख़ास नहीं मिला।" वह कहती है।

रॉबिन उसे धन्यवाद देती है और काग़ज़ों को मोड़कर आलमारी तक आती है ताकि उन्हें अपने पर्स में रख ले। उन काग़ज़ों को पढ़ते समय वह अकेली होना चाहती है। लेकिन वह घर पहुँचने तक का इन्तज़ार नहीं कर सकती। वह उन्हें लेकर नीचे 'शान्त कक्ष' में आती है, जो कभी प्रार्थना घर हुआ करता था। वहाँ इस समय कोई शान्त रहने का इच्छुक न था।

अज़ीच, अलेक्ज़ेंडर। जन्म : 3 जुलाई, 1924, बेय्लोड्वीची, यूगोस्लाविया। कनाडा प्रवास, 29 मई, 1962, द्वारा भाई डैनिलो अज़ीच, जन्म : बेय्लोड्वीची, 3 जुलाई, 1924, नागरिकता कनाडा।

अलेक्ज़ेंडर अज़ीच अपने भाई डैनिलो अज़ीच के साथ 7 सितम्बर, 1995 को उसकी मृत्यु तक रहा। 25 सितम्बर, 1995 को उसे पर्थ काउंटी लॉन्ग टर्म केयर फ़ैसिलिटी में दाख़िल किया गया, और उस तिथि से ही वह वहाँ का मरीज़ है।

अलेक्ज़ेंडर अज़ीच प्रकटत: जन्म से या उसके ठीक बाद की किसी बीमारी के कारण मूक-बधिर है। बचपन में उपचारात्मक पढ़ाई की सुविधा नहीं। बौद्धिक स्तर अनिर्धारित किन्तु घड़ी की मरम्मत के लिए प्रशिक्षित। सांकेतिक भाषा का कोई प्रशिक्षण नहीं। भाई पर आश्रित और अन्य के लिए भावनात्मक रूप से अगम्य। अनुरागहीनता, भोजन के प्रति अनिच्छा, आकस्मिक क्रोध प्रदर्शन, दाख़िले से अब तक क्रमश: परावर्तन।

अविश्वसनीय।
भाई।
जुड़वाँ।

रॉबिन इस काग़ज़ को, किसी विशेषज्ञ जैसे को दिखाना चाहती है।

क्या बकवास है। मैं इसे स्वीकार नहीं करती।

तिस पर भी।

शेक्सपियर को उसे इसके लिए तैयार कर देना चाहिए था। शेक्सपियर के नाटकों में जुड़वाँ बच्चे अक्सर ग़लतफ़हमी और मुसीबत का कारण बनते हैं। ऐसे भ्रम नाटकीयता पैदा करने के गुर होते हैं। और अन्त में सारे रहस्य खुल जाते हैं, शरारतें माफ कर दी जाती हैं, सच्चा प्रेम या इसी तरह का कुछ फिर से जाग उठता है, और जो मूर्ख बन गए थे वे शिकायत न करने की शिष्टता दिखाते हैं।

वह किसी काम के लिए बाहर गया होगा। किसी छोटे से काम के लिए। वह अपने भाई को दुकान पर बहुत देर तक अकेला नहीं छोड़ सकता था। शायद जाली का दरवाज़ा बन्द था—रॉबिन ने उसे खोलने की कोशिश ही नहीं की थी। शायद डैनिलो ने अपने भाई से कहा होगा कि इसे बन्द रखना और मत खोलना जब वह बाहर जूनो को टहलाता होगा। रॉबिन को आश्चर्य हुआ था कि क्यों जूनो वहाँ नहीं थी।

यदि वह थोड़ी देर बाद आई होती। थोड़ा पहले आई होती। यदि वह नाटक के ख़त्म होने तक रुक गई होती या नाटक देखने गई ही नहीं होती। यदि उसने अपने बाल ठीक करने की कोशिश न की होती।

और तब? उन लोगों ने कैसे निभाया होता, डैनिलो के साथ अलेक्ज़ेंडर और उसके साथ जोएन? अलेक्ज़ेंडर का जैसा व्यवहार उस दिन था, ऐसा नहीं लगता था कि वह किसी दूसरे को सहन करता या कोई परिवर्तन होने देता। और जोएन को ज़रूर तकलीफ़ हुई होती। घर में गूँगे-बहरे अलेक्ज़ेंडर के होने की अपेक्षा रॉबिन के एक विदेशी से शादी करने से।

क्या होता इस बारे में कुछ कहना मुश्किल था।

सब कुछ एक दिन में ही ख़त्म हो गया था, मिनटों में, एक बार में, न झगड़े न आशा-निराशा की बातें। बात बिगड़ने की कोई लम्बी कहानी नहीं जैसी कि प्राय: अन्त में होती है। और अगर यह सच है कि ऐसी बातें ज़्यादातर बिगड़ जाती हैं, तो क्या उनका अन्त ऐसे होना ज़्यादा सहनीय नहीं?

लेकिन आप इस बात को ऐसे नहीं देख पाते हैं, अपने आप तो नहीं। रॉबिन नहीं कर पाती। अब भी वह अपनी क़िस्मत आज़माने को तैयार है। भाग्य ने उसके साथ जो छल खेला है उसके लिए वह एक क्षण के लिए भी कृतज्ञ नहीं हो सकती। लेकिन अन्तत: वह इसकी जानकारी होने के लिए ज़रूर कृतज्ञ होगी। आख़िरकार यह जानकारी भाग्य द्वारा उस तुच्छ से हस्तक्षेप करने के क्षण तक कहानी के सभी टुकड़ों को पूरा कर देती है। आप क्रोधित हो सकते हैं, किन्तु उसकी स्मृति सुखद और लज्जारहित होती है।

वह निश्चय ही एक दूसरा संसार था। किसी रंगमंच पर रचा हुआ कोई मनगढ़ंत संसार। उनके मिलन की वैसी परिकल्पना, उनका चुम्बनों का आदान-प्रदान, हवाई महल बनाना कि सब कुछ उनके सोचे अनुसार ही होगा। ऐसी हालत में एक इंच भी इधर या उधर हुए, तो बंटाधार।

रॉबिन के कुछ मरीज़ ऐसे भी थे जो विश्वास करते थे कि कन्धे और दाँत साफ़ करने के ब्रुश हमेशा एक विशेष क्रम में रखे जाने चाहिए, जूते का मुँह हमेशा एक निश्चित दिशा में होना चाहिए, अपने क़दम ज़रूर गिनने चाहिए, अन्यथा कोई-न-कोई आपदा ज़रूर आएगी।

अगर वह कहीं विफल हुई, तो हरी ड्रेस के मामले में। ड्राईक्लीनिंग की कर्मचारी औरत, उसके बीमार बच्चे के कारण, उसने ग़लत हरी ड्रेस पहनी थी।

काश, वह किसी को बता पाती। उसको।

क्षमता

दांते को आराम दो

13 मार्च, 1927। जाड़ा अब पड़ा है जब कि अब तक बसन्त के आसार दिखने शुरू हो जाने चाहिए थे। बर्फ़ के अंधड़ों ने सड़कें अवरुद्ध कर दीं, स्कूल बन्द हो गए। लोग कह रहे थे कि रेल लाइन के पार टहलने गया वह बुढ़ऊ तो ठंड से जमकर ख़त्म हो गया होगा। आज मैं अपने बर्फ़ पर चलने वाले जूते पहनकर सड़क के बीचोबीच चल रही थी तो मेरे पदचिह्नों के अतिरिक्त कोई दूसरे निशान नहीं थे। और वे निशान मेरे दुकान से वापिस लौटने तक पूरी तरह भर चुके थे। ऐसा यूँ कि झील हमेशा जैसे पूरी जमी नहीं और पछुआ हवाएँ उसकी सारी नमी समेटकर हम पर बर्फ़ बरसा रही हैं। मैं कॉफ़ी पाउडर और एकाध ज़रूरत की चीज़ें लेने गई थी। मालूम है कौन मिला दुकान पर मुझे, टेसा नेटरबी, जिसे शायद मैंने एक साल से नहीं देखा था। मुझे बुरा लगता था कि मैं कभी उससे मिलनें नहीं जा पाई, क्योंकि जबसे उसने स्कूल छोड़ा था मैं उससे थोड़ी मित्रता बनाए रखने का यत्न करती रही थी। मेरा ख़याल है कि सिर्फ़ मैं ही थी जो ऐसा कर रही थी। एक बड़ा-सा शॉल लपेटे हुए वह ऐसी लग रही थी जैसे कहानियों की किताब से कोई पात्र निकलकर आ गया हो। वह असल में पाँच फुट से ज़्यादा नहीं थी पर घने कालों बालों से घिरा बड़ा चेहरा और कन्धे चौड़े होने के कारण उसका ऊपरी शरीर भारी-भरकम लगता था। वह बस मुस्करा दी, वही पुरानी टेसा। और मैंने पूछा कैसी हो—असल में जब वह चौदह साल की रही होगी, तब अर्से से चली आ रही किसी समस्या के कारण उसके स्कूल छोड़ देने के बाद से आप उससे सबसे पहले यही पूछते हैं। और पूछने को है भी क्या क्योंकि हम लोगों से अलग वह अपनी ही दुनिया में रहती है। वह किसी क्लब की सदस्य नहीं है, न ही किसी खेल-कूद में भाग ले सकती है और न ही किसी से मिलती-जुलती है। उसके अपने परिचित हैं और इसमें कुछ ग़लत भी नहीं है पर मुझे पता नहीं कि उन सबके बारे में क्या बात की जाए और सम्भवत: उसे भी नहीं।

मैकविलियम्स साहब दुकान में थे और अपनी श्रीमती जी की सहायता कर रहे थे क्योंकि कर्मचारी अभी तक काम पर नहीं पहुँच पाए थे। उन्हें छेड़खानी करने की पुरानी आदत है। उन्होंने टेसा को छेड़ने के लिए उससे पूछा कि क्या उसको अंधड़ आने का पता पहले से नहीं चल गया था और उसने दूसरे लोगों को उसके बारे में क्यों नहीं बताया, इत्यादि और उनकी श्रीमती जी ने उनसे कहा कि अब बस करो। टेसा ने दिखाया कि उसने सुना नहीं और सार्डीन मछलियों का एक डिब्बा माँगा। मुझे यह सोचकर ज़रा बुरा लगा कि वह शाम को केवल सार्डीन मछलियाँ खाएगी। कह नहीं सकती कि क्या कारण है कि वह दूसरों की तरह अपने लिए खाना क्यों नहीं पकाती।

वहीं दुकान पर मैंने दिन की बड़ी ख़बर सुनी कि नाइट्स ऑफ़ पाईथियस सभागार की छत बैठ गई है अर्थात हमारे नाटक 'द गान्दलियर्स' का मंचन भी गया जिसके मार्च के अन्त में होने की आशा थी। टाउन हॉल का मंच हमारे लायक बड़ा नहीं है और पुराना ऑपेरा हाउस अब रे साहब की फ़र्नीचर की दुकान के ताबूत रखने का गोदाम बन गया है। तो आज संध्या हमें रिहर्सल करना है लेकिन कुछ पता नहीं कौन पहुँच पाएगा और वहाँ क्या होगा।

16 मार्च। 'द गान्दलियर्स' इस साल न खेले जाने का निर्णय लिया गया। हम में से केवल छः रिहर्सल के लिए संडे स्कूल हॉल आ पाए तो हम रिहर्सल का विचार छोड़ विल्फ़ के घर कॉफ़ी पीने चले गए। वहाँ विल्फ़ ने बताया कि उसका डॉक्टर का कामकाज बढ़ जाने के कारण यह उसका अन्तिम अभिनय होता, और हमें उसके जैसा मध्यम सुर में गाने वाला कोई दूसरा खोजना पड़ेगा। बड़ी मुसीबत होगी क्योंकि उस जैसा कोई दूसरा गायक नहीं है।

हालाँकि वह तीस के आस-पास ही होगा पर किसी डॉक्टर को उसके पहले नाम से पुकारना मुझे अब तक अटपटा लगता है। उसका घर पहले डॉक्टर कॉगन का था और अब तक भी बहुत से लोग घर को पुराने नाम से पुकारते हैं। यह घर विशेषकर एक डॉक्टर के लिए ही बनाया गया था जिसका एक भाग ऑफ़िस के लिए था। लेकिन विल्फ़ ने अन्दर की कुछ दीवारें तुड़वाकर पूरा घर फिर से बनवाया था। जिससे घर खुला और रोशन हो गया था और सिड रालस्टन ने मज़ाक़ किया था कि वह यह सब अपनी भावी पत्नी के लिए बनवा रहा है। जिनी के सामने यह कहना ज़रा नाज़ुक बात थी लेकिन शायद सिड को इसका आभास नहीं था। तीन लोग जिनी से विवाह की बात कर चुके हैं। पहला विल्फ़ रबस्टोन, दूसरा टॉमी शटल्स, और फिर युअन मैके—एक डॉक्टर, एक चश्मे वाला डॉक्टर और एक पादरी। वह मुझसे आठ महीने बड़ी है। लेकिन मैं नहीं सोचती कि मेरे लिए कभी

इतने रिश्ते आएँगे। मेरा विचार है कि वह पहले मर्दों को बढ़ावा देती है फिर विवाह की बात सुनते ही अनजान बन ऐसा दिखाती है कि मानो उस पर खुले आसमान से बिजली गिर पड़ी है। इससे पहले कोई विवाह की बात चलाने की मूर्खता कर पाए, उसकी बात को मज़ाक़ में लेकर यह ज़ाहिर करने के बहुत से तरीके हैं कि असल में आपका विवाह का कोई इरादा नहीं है।

अगर मैं कभी गम्भीर रूप से बीमार हो जाऊँ तो मुझे आशा है कि डायरी को नष्ट कर देने या इसमें से ऐसी ओछी बातें काट देने का अवसर मिल सकेगा—क्योंकि क्या मालूम मैं मर ही जाऊँ।

हम सभी थोड़ी गम्भीर बातें करने लगे, पता नहीं क्यों, और बात उन विषयों पर होने लगी जो हमने कभी स्कूल में सीखी थीं और जिन्हें हम अब तक कितना भूल भी गए थे। किसी ने वाद-विवाद क्लब का जिक्र किया जो कभी शहर में था और युद्ध आरम्भ होने के बाद वह कैसे सब चीज़ें बन्द हो गईं जब हर किसी के पास घुमाई करने के लिए गाड़ियाँ होने लगीं और लोग सिनेमा जाने लगे और गोल्फ़ खेलने लगे। क्लब में कैसे गम्भीर विषयों पर चर्चा होती—'मानवीय गुणों के विकास के लिए विज्ञान अधिक महत्त्वपूर्ण है या साहित्य?' क्या आज कोई सोच भी सकता है कि लोग ऐसी बातें सुनने के लिए जमा होंगे? अनियोजित ढंग से बैठकर ऐसी बातें करना हमको स्वयं ही मूर्खतापूर्ण लगता था। तब जिनी ने कहा कि हमें कम-से-कम पुस्तकें पढ़ने वालों का एक क्लब बना लेना चहिए और उसकी बात हमें उन साहित्यिक पुस्तकों पर ले आई जिन्हें हम सदा पढ़ना तो चाहते थे मगर कभी पढ़ न पाए थे। 'हार्वर्ड क्लासिक्स' जो सालों-साल बैठक की शीशे की आलमारियों में सजे रहते हैं। 'वार एंड पीस' क्यों न पढ़ी जाए, मैंने कहा लेकिन जिनी का कहना था कि वह उसे पहले ही पढ़ चुकी थी। तो 'पैराडाइज़ लॉस्ट' और 'डिवाइन कॉमेडी' में से किसी एक को चुनने पर बात आ गई और 'डिवाइन कॉमेडी' चुन ली गई। हम सभी इसके बारे में केवल यह जानते थे कि यह कॉमेडी नहीं है और इतालवी भाषा में लिखी गई थी पर हम इसे अंग्रेज़ी में ही पढ़ते। सिड का विचार था कि यह लैटिन में लिखी गई थी और उसने कहा कि यह भाषा वह मिस हर्ट की कक्षा में इतनी पढ़ चुका था कि उसके जीवन भर के लिए काफ़ी थी और जब हम सबने उसकी बात पर ठहाके लगाए तो उसने दिखाया कि वह शुरू से ही जानता था कि हमें असलियत मालूम थी। वैसे भी अब जबकि 'द गान्दलियर्स' नहीं खेला जाएगा, हमें समय मिल सकेगा कि सप्ताह-दो सप्ताह बाद मिलकर एक-दूसरे की पीठ थपथपाते रहें।

विल्फ़ ने हमें पूरा घर दिखाया। भोजन-कक्ष ड्योढ़ी की एक ओर है तथा बैठक दूसरी ओर तथा रसोईघर में सजी आलमारियाँ और दो खानों की हौदी और आधुनिक बिजली का चूल्हा है। गलियारे में पीछे की तरफ़ एक नया शौचालय है

और एक नई क़िस्म का स्नानगृह जिसकी आलमारियाँ इतनी बड़ी हैं कि आप उनके अन्दर जा सकते हैं और उनके पूरे दरवाज़ों पर दर्पण लगे हुए हैं। पूरा फर्श सुनहरे बलूत का है। जब मैं अपने घर लौटी तो मुझे यह जगह बहुत तंग और कमरों की दीवारों पर कमर तक किया गया लकड़ी का काम बहुत भद्दा और पुराने ढंग का लगा। नाश्ते के समय मैं पापा के पीछे पड़ गई कि किस तरह हम भोजन-कक्ष से मिला हुआ एक सूर्य-कक्ष बनवा सकते हैं ताकि कम-से-कम हमारा एक कमरा तो प्रकाशवान और आधुनिक हो। (मैं बताना भूल ही गई कि विल्फ़ ने अपने घर में ऑफ़िस से दूसरी तरफ़ एक सूर्य-कक्ष बनवाया है जिससे घर सन्तुलित लगता है।) पापा ने कहा कि हमें उसकी क्या आवश्यकता है जब हमारे घर में सुबह और शाम की धूप सेंकने के लिए दो बरामदे पहले से ही हैं। तो मुझे नहीं लगता कि मेरी घर ठीक करवाने की योजना का कोई फल निकलेगा।

***

1 अप्रैल। प्रात: जागने पर सबसे पहला काम मैंने किया कि पापा को उल्लू बनाया। मैं चीख़ती-चिल्लाती दौड़ती गलियारे में आई कि एक चमगादड़ चिमनी के रास्ते मेरे कमरे में घुस आया है। वे स्नानघर से हड़बड़ाते हुए आए, पतलून के गैलस नीचे लटकते हुए और चेहरे पर हजामत का साबुन लगा हुआ और बोले कि चिल्लाना बन्द करो और पागलपन मत करो और जाकर झाड़ू लाओ। मैं झाड़ू ले आई और यह दिखाने को मैं बहुत डर गई हूँ, सीढ़ियों के पीछे छिप गई जबकि वे धम-धम करते बिना चश्मा लगाए चमगादड़ को ढूँढ़ने का यत्न करते रहे। अन्तत: मुझे उन पर दया आ गई और मैं ज़ोर से चिल्लाई, "एप्रिल फ़ूल।"

तो अगली बात यह हुई कि जिनी ने फ़ोन किया और कहा, "नैन्सी, मैं क्या करूँ? मेरे बाल झड़-झड़कर पूरे तकिये पर फैल गए हैं। तकिया मेरे इतने सुन्दर बालों के गुच्छों से भर गया है और मैं आधी गंजी हो गई हूँ तो कभी घर के बाहर कैसे जाऊँगी। सुनो तुम क्या फ़ौरन मेरे यहाँ आकर बता सकती हो कि क्या इनसे कोई जूड़ा या टोपी-सी बन सकती है?"

मैंने बेपरवाही दिखाते हुए कहा, "थोड़ा आटा और पानी घोलकर लेई बना लो और बालों को सिर पर वापिस चिपका लो। और क्या यह मज़े की बात नहीं कि ऐसा एप्रिल-फूल के दिन हुआ।"

अब वह प्रसंग जिसे दर्ज करने को मैं इतनी उत्साही नहीं हूँ।

मैं बिना नाश्ता किए विल्फ़ के घर चली गई क्योंकि मुझे मालूम था वह अस्पताल जल्दी चला जाता है। उसने कमीज और वास्केट पहने घर का दरवाजा ख़ुद खोला। यह सोचकर कि ऑफ़िस अभी बन्द होगा मैं उधर से नहीं गई थी। घर

के काम के लिए जो बुढ़िया उसने रखी है—उसका नाम मुझे पता नहीं—रसोई में कुछ उठा-पटक कर रही थी। मैं समझती हूँ कि दरवाज़ा उसे खोलना चाहिए था लेकिन विल्फ़ बाहर जाने को तैयार था और उसी ने खोला।

"क्या हुआ नैन्सी?" उसने कहा।

मैंने कुछ नहीं कहा, बस एक चेहरा दयनीय बना अपने गले को दोनों हाथों से पकड़ लिया।

"तुम्हें क्या हुआ, नैन्सी?"

गले को और जकड़ते हुए और दर्द भरी घिघिआहट निकालते हुए मैंने सिर हिलाया यह जताने को कि मैं बोल नहीं सकती थी।

"इधर आओ।" विल्फ़ ने कहा और मुझे किनारे वाले गलियारे और कमरे से होकर ऑफ़िस में ले आया। मैंने बुढ़िया को झाँकते देखा लेकिन मालूम नहीं चलने दिया कि मैंने उसे देखा है, बस अपना नाटक करती रही।

"अब बताओ।" मरीज़ों की कुर्सी पर मुझे बिठाते हुए और बत्तियाँ जलाते हुए वह कहता है। अभी भी खिड़कियों के पर्दे गिरे हुए थे और कमरा एंटीसेप्टिक या किसी चीज़ की बू से भरा हुआ था। उसने एक जीभ दबाने वाली कमची निकाली और वे औज़ार जो गले के अन्दर रोशनी डालकर गहराई तक देखने के लिए थे। "अब मुँह जितना ज़्यादा खोल सकती हो, खोलो।"

तो मैं खोल देती हूँ लेकिन जैसे ही वह कमची से मेरी जीभ को दबाने लगा तो मैं चिल्लाई, "एप्रिल फ़ूल।"

उसके चेहरे पर मुस्कराहट की एक झलक तक नहीं आई। उसने कमची बाहर खींच ली और औज़ार की बत्ती बन्द करने और ऑफ़िस का बाहर का दरवाज़ा झटके से खोलने तक एक शब्द भी नहीं कहा। तब कुछ गुस्से से बोला, "मुझे कई बीमार देखने हैं। नैन्सी, तुम अपनी उम्र के मुताबिक व्यवहार करना क्यों नहीं सीखती!"

मैं बस दुम दबाकर तेज़ी से वहाँ से भाग आई। इतनी भी हिम्मत न पड़ी कि पूछती कि वह ज़रा-सा मज़ाक़ क्यों नहीं झेल सकता। कोई सन्देह नहीं कि उसकी रसोईवाली झाँकू औरत पूरे शहर में यह बात फैला देगी कि वह कितना क्रोधित हो गया था और मुझे किस तरह अपमानित हो टरकना पड़ा। मुझे दिन भर बुरा लगता रहा और सबसे अजीब यह संयोग कि मेरी तबीयत बिगड़ गई और बुख़ार-सा लगने लगा और साथ ही गला भी ख़राब हो गया तो मैं बस बैठक में पैरों पर कम्बल डाल दाँते बाबा की किताब पढ़ती रही। कल संध्या पुस्तक क्लब की बैठक है और मुझे यह पुस्तक पढ़ने में दूसरों से आगे होना चाहिए। मुश्किल यह है कि जो भी मैंने पढ़ा मेरे दिमाग़ में नहीं घुसा, क्योंकि मैं पूरे समय सोच रही थी कि मैंने कैसी बेवक़ूफ़ी की बात की थी और उसकी वह चुभती आवाज़ कि मैं अपनी उम्र के मुताबिक व्यवहार करूँ, लगातार मेरे दिमाग़ में गूँज रही थी। फिर मैं ख़यालों में

ही उससे झगड़ती हुई कहती कि जीवन में थोड़ा हँसी-मज़ाक़ कोई बुरी बात नहीं है। मान लिया विल्फ़ के पिता पादरी थे, पर इसका उसके व्यवहार से क्या लेना? पादरियों के परिवारों को इतने भिन्न-भिन्न स्थानों पर रहना पड़ता है कि उसे एक स्थान पर समय ही नहीं मिल पाया होगा कि अपनी आयु के यार-दोस्तों के साथ आपस में मज़ाक़ और एक-दूसरे की खिंचाई करते बड़ा होता।

मैं उसे कलफ लगी कमीज और वास्केट पहने दरवाज़ा खोलते अभी भी देख सकती हूँ। उसका चाकू के फल की तरह लम्बा और दुबला शरीर। उसके माँग निकाल के काढ़े बाल और तीखी मूँछें। क्या ख़ूब शक्ल-सूरत।

क्या उसे अपनी सफ़ाई में कुछ पंक्तियाँ लिखूँ कि मेरे विचार में मज़ाक़ करना कोई बहुत बड़ा अपराध नहीं है? या केवल शालीन भाषा में लिखी क्षमा याचना?

मैं जिनी से भी नहीं पूछ सकती क्योंकि विल्फ़ ने उससे शादी का प्रस्ताव किया था। जिसका अर्थ है कि वह उसे मुझसे कहीं अधिक सुपात्र समझता है। और इस समय मेरा मूड ऐसा है कि मुझे लगता है कि शायद जिनी इस वजह से अपने को मुझसे बेहतर मारती है। (भले ही उसने विल्फ़ का प्रस्ताव अस्वीकार कर दिया हो।)

4 अप्रैल। विल्फ़ पुस्तक क्लब नहीं आया क्योंकि किसी बूढ़े मरीज़ को दिल का दौरा पड़ गया था। तो मैंने उसे छोटा-सा पत्र लिख दिया। क्षमा की याचना की परन्तु बहुत गिड़गिड़ाकर नहीं। उस बात का मुझे अभी भी खेद है। पत्र लिखने का नहीं, जो मैंने किया था उसका।

12 अप्रैल। आज दोपहर को दस्तक होने पर दरवाज़ा खोला तो मेरे इस छोटे से बेचारे जीवन की सबसे अप्रत्याशित घटना घटी। पापा घर लौटकर भोजन करने बैठ चुके थे और दरवाज़े पर विल्फ़ आ पहुँचा था। उसने कभी मेरे पत्र का जवाब नहीं दिया था और मैं अपने आपको समझा चुकी थी कि वह सदा के लिए मुझसे चिढ़ा रहेगा और इसके सिवा कोई चारा नहीं था कि मैं भी उसे देखते ही नाक चढ़ा लूँ।

उसने पूछा कि उसके आने से मेरे भोजन में बाधा तो नहीं पड़ी।

कैसे पड़ती क्योंकि मेरा फैसला है कि जब तक पाँच पाउंड वजन न घटा लूँ मैं दोपहर का भोजन नहीं करूँगी। जब पापा और श्रीमती बॉक्स भोजन के लिए बैठते तो मैं ऊपर का कमरा बन्द करके दाँते को पढ़ने लगती।

मैंने कहा, नहीं।

अच्छा तो, उसने कहा, क्या मेरे साथ गाड़ी में घूमने चलोगी? हम नदी में बहती बर्फ़ का नज़ारा देख सकते हैं। उसके बाद उसने बताया कि वह लगभग

पूरी रात जागता रहा है और उसे अपना ऑफ़िस रात एक बजे तक खोलना पड़ा था, जिस कारण उसे झपकी लेने का समय भी नहीं मिल पाया और ताज़ी हवा में निकलने से वह अच्छा महसूस करेगा। उसने यह नहीं बताया कि वह क्यों रात में जागता रहा था पर मैंने अनुमान किया कि किसी को बच्चा होने का मामला रहा होगा और वह सोच रहा है कि मुझे बताएगा तो मैं झेंप जाऊँगी। मुझे संकोच होगा।

मैंने कहा, मैं आज अपनी पुस्तक पढ़ना शुरू करने ही वाली थी।

"दांते को कुछ समय के लिए आराम करने दो।" उसने कहा।

तो मैंने अपना कोट उठाया और पापा को बताया और हम बाहर आकर उसकी गाड़ी में बैठ गए। हम उत्तर की ओर बने पुल की ओर गए जहाँ बहुत से लोग, जिनमें मर्द और लड़के अधिक थे, खाने की छुट्टी के समय पुल से बर्फ़ का नज़ारा देखने के लिए जमा हो गए थे। शीत ऋतु देर से आरम्भ होने के कारण इस वर्ष बर्फ़ के खंड बहुत बड़े नहीं थे। जो थे वे पुल के खम्भों से टकरा रहे थे। एक कोलाहल था, जैसा कि सदा होता है जब धारा में बहते खंड एक-दूसरे से रगड़ते और टकराते हैं। वहाँ कुछ करने को नहीं होता, बस मंत्रमुग्ध से खड़े रहो और यह सब देखते रहो। मेरे पाँवों में ठंड लगने लगी। नदी में जमी हुई बर्फ़ अवश्य टूट रही है लेकिन शीत ने अभी हार नहीं मानी है और बसन्त फिलहाल काफ़ी दूर लग रहा है। मैं हैरान थी कि कैसे लोगों को वहाँ खड़े रहने और घंटों इसे निहारने में कोई आनन्द मिल सकता है।

विल्फ़ को भी ऊबते बहुत देर नहीं लगी। हम आकर गाड़ी में बैठ गए पर समझ नहीं आ रहा था कि क्या बात करें। तब मैंने ऊहापोह छोड़कर सीधे उससे पूछा, क्या उसे मेरा पत्र मिला था?

उसने कहा, हाँ, मिला था।

मैंने कहा, मैंने सचमुच बहुत बेवक़ूफ़ी की बात की थी। (यह सच था लेकिन शायद मैं इतना ज़्यादा पछतावा नहीं दिखाना चाहती थी।)

उसने कहा, "अरे, उस बात को भूल जाओ।"

उसने गाड़ी मोड़ी और हम नगर की ओर वापिस जा रहे थे तब उसने कहा, "मैं तुमसे विवाह करने की बात करना चाहता था। पर इस तरह से नहीं। हमारे बीच बात कुछ और बढ़ जाने पर किसी उपयुक्त अवसर पर पूछना चाहता था।"

मैंने कहा, "तुम्हारा मतलब है कि तुम बात करना चाहते थे किन्तु अब नहीं चाहते? या कह रहे हो कि अभी भी चाहते हो।"

मैं कसम खाती हूँ कि मैं उसे पूछने को उकसा नहीं रही थी। मैं सिर्फ़ बात साफ़ कर लेना चाहती थी।

"मेरा मतलब है, मैं अभी चाहता हूँ।" उसने कहा।

इसके पहले कि मैं अपने को सँभाल पाऊँ, मेरे मुँह से 'हाँ' निकल गया। बता नहीं सकती कैसे। फिर भी मैंने शालीनता से हाँ कहा था, बेसब्री से नहीं। जैसे कि कहा जाए, हाँ, मैं चाय पी लूँगी। मैंने कोई विस्मय भी नहीं दिखाया। लगता है कि मैं जल्द-से-जल्द इस बात को निपटा देना चाहती थी ताकि हम सहज और सामान्य हो बातें कर सकें जबकि तथ्य यह है कि मैं कभी विल्फ़ के साथ पूरी तरह से सहज और सामान्य हो ही नहीं पाती थी। एक तरफ़ तो वह मुझे कुछ रहस्यमय लगता था पर साथ ही उसका व्यवहार सख़्त और हास्यास्पद दोनों। आशा है इसका अर्थ यह नहीं कि केवल संकोच अनुभव करने से बचने के लिए मैंने हाँ कर दी थी। मुझे यह सोचना याद है कि मुझे अपनी हाँ वापिस ले लेनी चाहिए और कहना चाहिए कि मुझे इस बारे में सोचने के लिए समय चाहिए। लेकिन दोनों को आपसी संकोच के उस गहरे कूप में पुनः धकेले बिना मैं शायद ही ऐसा कर सकती थी। इस बारे में और क्या सोचना था, यह भी पता नहीं।

मेरी विल्फ़ से मंगनी हो गई है। विश्वास ही नहीं होता। क्या सबके साथ यह ऐसे ही होता है?

14 अप्रैल। विल्फ़ आया और पापा से बातें कीं और मैं जिनी के यहाँ उसे बताने के लिए गई। मैंने पहले ही कह दिया कि उसे बताने में मुझे एक झिझक थी, तब कहा कि मुझे आशा है कि मेरे विवाह में उसे मेरी वधूसखी बनने में कोई झिझक नहीं होगी। उसने कहा बिलकुल नहीं होगी और हम दोनों ने कुछ भावुक हो सिसकियाँ लेते हुए एक-दूसरे को बाँहों में भर लिया।

"सहेलियों के आगे ये मर्द क्या हैं?" उसने कहा।

और मैंने फिर उसे छेड़ने के लिए कहा कि यह सब उसके कारण हुआ है। मैंने कहा कि मैं कैसे दूसरी लड़की को भी उस बेचारे को अस्वीकार करने देती।

30 मई। मैं बहुत दिन से इसमें कुछ नहीं लिख पाई हूँ क्योंकि निपटाने वाले कामों की जैसे आँधी आ गई है। विवाह 10 जुलाई को है। मैं अपने विवाह के वस्त्र मिस कोर्निश से बनवा रही हूँ जो मुझे खड़ा कर मेरे अधोवस्त्रों में जगह-जगह पिन खोंस मुझे न हिलने की हिदायतें दे-देकर पागल कर देती है। कपड़ा सफ़ेद जालीदार है और मैं उसमें घिसटता चलता पुछल्ला नहीं लगवा रही हूँ क्योंकि मुझे भय है कि मैं अवश्य किसी-न-किसी तरह उसमें फँसकर गिर जाऊँगी।

मेरे दहेज के सामान में आधा दर्जन गर्मियों के लिये उपयुक्त नाइटियाँ हैं और एक कुमुद लगे लहरियादार रेशम सिल्क का जापानी किमोनो और तीन जोड़े सर्दियों

वाले नाइट-सूट हैं। ये सभी टोरंटो में सिम्पसन नाम की दुकान से ख़रीदे गए थे। यह सही है कि अपने दहेज में नाइट-सूट ले जाना कोई अच्छी बात नहीं है लेकिन नाइटी के चोगे आपको गरम नहीं रख पाते और वैसे भी मुझे उनसे उलझन होती है क्योंकि वे सदा आपकी कमर के इर्द-गिर्द सिकुड़ जाते हैं। और ढेर-सी रेशमी सिल्क की अंगिया और दूसरे कपड़े, सभी आड़ू के रंग की या त्वचावर्ण। जिनी कहती है कि जब मौक़ा मिला है तो मुझे यह सब जमा कर लेना चाहिए क्योंकि यदि चीन में युद्ध आरम्भ हो गया तो रेशम सिल्क की बहुत-सी चीज़ें दुर्लभ हो जाएँगी। उसे हमेशा की तरह हर ख़बर पता रहती है। उसकी वधू-सखी का परिधान पाउडर ब्लू जैसा नीला है।

कल श्रीमती बॉक्स ने केक बनाया था। माना जाता है कि इसको तैयार होने में छह हफ़्ते लग जाते हैं इसलिए हमने इसे बिलकुल सही समय पर बना लिया। मुझे शगुन के लिए आटे के मिश्रण में कुछ देर चम्मच चलाना पड़ा। जो मेवे भरे होने के कारण इतना ठस हो गया था कि मुझे लगा कि मेरा हाथ टूटकर गिर जाएगा। औली वहाँ था और जब श्रीमती बॉक्स नहीं देख रही थीं, उसने मेरे बदले चम्मच चला दिया। मुझे नहीं मालूम कि इससे मेरा कौन सा भाग्य जग जाएगा।

औली विल्फ़ का चचेरा भाई है और दो महीनों के लिए यहाँ आया हुआ है। विल्फ़ का कोई भाई है नहीं इसलिये वह—मतलब, औली—ही वरसखा बनने जा रहा है। वह मुझसे सात महीने बड़ा है पर लगता है कि विल्फ़ के सामने वह और मैं एक तरह से बच्चे ही हैं। (मैं विल्फ़ के कभी बच्चा होने की कल्पना नहीं कर सकती।) वह—औली—तीन साल के लिए एक यक्ष्मा सेनेटोरियम में रह चुका है लेकिन अब ठीक है। जब वह वहाँ था उन लोगों ने उसका एक फेफड़ा पिचका दिया था। मैंने इस बारे में सुना था और समझती थी कि आपको फिर हमेशा एक ही फेफड़े से काम चलाना पड़ेगा लेकिन स्पष्टत: ऐसा नहीं। वे इसको पिचका देते हैं ताकि वह कुछ समय के लिये निष्क्रिय हो जाए और इस बीच दवाओं से संक्रमण को दबा देते हैं। (देख लो, डॉक्टर से शादी तय होने के बाद मैं किस तरह से ख़ुद डॉक्टरी की जानकार बनती जा रही हूँ।) जब विल्फ़ यह सब समझा रहा था तो औली ने अपने कानों पर हाथ रख लिए। वह कहता है कि जो कुछ भी हो चुका है, वह उसके बारे में सोचना भी पसन्द नहीं करता और ऐसा ज़ाहिर करता है कि जैसे वह सेल्यूलॉयड की गुड़िया की तरह अन्दर से खोखला हो गया है। उसका स्वभाव विल्फ़ से बिलकुल उलटा है पर लगता है दोनों में अच्छी पटती है।

भगवान को धन्यवाद कि हम लोग केक की सज्जा बाज़ार की एक बेकरी से करवायेंगे। मुझे वैसे भी नहीं लगता था कि श्रीमती बॉक्स इतने काम का बोझ झेल पातीं।

11 जून। एक माह से कम समय बचा है। मुझे यहाँ ठाली बैठे लिखना नहीं चाहिए, मुझे शादी के उपहारों की सूची बनानी चाहिए। मुझे यक़ीन नहीं होता कि यह सारा सामान मेरा होने जा रहा है। विल्फ़ दीवारों पर मढ़े जाने वाले काग़ज़ के चुनाव के लिए मेरे पीछे पड़ा है। मैं समझती थी कि सारे कमरे इसलिए प्लास्टर करके सफ़ेद रँगे गए थे कि उसको ऐसे ही पसन्द थे, लेकिन लगता है कि उसने उनको इसीलिए ऐसा छोड़ा था ताकि उसकी पत्नी काग़ज़ का चुनाव कर सके। मैं यह जानकर हतप्रभ सी हो गई थी किन्तु मैंने अपने आपको सँभाल लिया और उससे कहा कि यह उसकी विचारशीलता थी मगर जब तक मैं वहाँ ख़ुद रहना न शुरू कर दूँ मैं कल्पना भी नहीं कर सकती कि मुझे क्या पसन्द आएगा। (उसने अवश्य ही आशा की होगी कि जब हम हनीमून से वापस आएँ तो काम पूरा हो चुका हो।) इस बात को मैंने इस तरह से टाल दिया।

मैं अब भी सप्ताह में दो दिन काम करने पापा की कटाई मिल जाती हूँ। मुझे कुछ आशा थी कि विवाह के बाद भी मैं इसी तरह काम करती रहूँगी, मगर पापा कहते हैं कि हरगिज़ नहीं। उन्होंने कहा कि एक विवाहित स्त्री को, जब तक कि वह विधवा या तंगहाल न हो, काम पर रखना क़ानूनी तौर पर भी सही नहीं होगा लेकिन मैंने कहा कि यह कोई काम पर रखना तो है नहीं क्योंकि वह मुझे कोई वेतन तो देते नहीं हैं। तब वह बोले कि वह पहले कहते हुए कतरा रहे थे कि जब मेरी शादी हो जाएगी तो कई व्यवधान आएँगे।

"ऐसा समय आएगा जब तुम घर से बाहर जाने लायक नहीं होगी।" उन्होंने कहा।

"ओह, उस बारे में मैं नहीं जानती।" मैंने कहा, और एक बुद्धू की तरह मेरा चेहरा लाल हो गया।

तो उनके दिमाग़ में यह बात थी कि बहुत अच्छा होता अगर औली वह काम सँभाल ले जो मैं कर रही थी और उन्हें वास्तव में आशा थी कि औली व्यवसाय में अपने आपको ठीक तरह से जमा कर अन्ततः पूरा काम सँभाल सकता है। शायद उन्हें आशा थी कि मैं किसी ऐसे व्यक्ति से शादी करूँगी जो उनका काम सँभाल सकेगा—गोकि उन्हें विल्फ़ भी पसन्द है। और औली के बेरोज़गार और चतुर और पढ़ा-लिखा होने के कारण (मुझे ठीक से नहीं पता कि वह कितना पढ़ा-लिखा है लेकिन स्पष्टतः यहाँ सभी दूसरे लोगों से अधिक अकलमन्द लगता है) वह सबसे उत्तम विकल्प नज़र आ रहा था। और इस कारण मैं कल उसे अपने साथ ऑफ़िस ले गई और उसे खाते इत्यादि दिखाए और पापा ने सारे कर्मियों से तथा जो कोई भी वहाँ था, उसका परिचय कराया और ऐसा लगता है कि सभी कुछ ठीक-ठाक हो गया। औली बहुत ध्यान से और समझ-बूझकर सब देख-सुन रहा था और फिर लोगों से बहुत ख़ुशमिज़ाजी से और मज़ाक़िया तौर पर (बहुत ज़्यादा मज़ाक़िया नहीं) बातें कर रहा था, यहाँ तक कि उसने उन लोगों से अपनी बातचीत का ढंग

भी स्थिति अनुसार बदल लिया था। पापा इस सबसे बहुत ख़ुश और उत्साहित थे। जब मैंने उनसे शुभ रात्रि कहा तो वह बोले, "मैं वाकई क़िस्मत की बात मानता हूँ कि यह नवजवान यहाँ आ गया। वह स्पष्टत: अपना भविष्य बनाने, ज़िन्दगी बसर करने के लिए जगह ढूँढ़ रहा है।"

और मैंने इसका विरोध नहीं किया लेकिन मेरा मानना है कि औली के यहाँ बसने और कटाई मिल चलाने की उतनी ही सम्भावना है जितनी कि मेरी ज़ीगफ़ील्ड फ़ॉलीज़ नौटंकी में शामिल होने की।

वह बस अच्छे व्यवहार का ढोंग करने से बाज़ नहीं आ सकता।

एक समय तो मैं सोचती थी कि वह जिनी पर आकर्षित हो जाएगा। जिनी अच्छी पढ़ी-लिखी है और सिगरेट पीती है और वह चर्च तो जाती है पर उसकी बातचीत ऐसी है कि अक्सर लोग उसे नास्तिक समझ लेते हैं। और उसने मुझे बताया कि उसके ख़याल से औली देखने में बुरा नहीं है, अलबत्ता लम्बा थोड़ा कम है (मैं कहूँगी पाँच-आठ या नौ)। उसकी आँखें नीली हैं जो जिनी को पसन्द हैं और उसके सुनहरे-भूरे बाल माथे पर लहराते-झूलते रहते हैं, जो जान-बूझकर आकर्षक दिखने का यत्न लगता है। वह जब जिनी से मिला तो ज़रूर उसके साथ शराफ़त से पेश आया और उससे ढेर सारी बातें कीं, और जब वह घर चली गई तब बोला, "तुम्हारी नन्ही दोस्त बड़ी बुद्धिजीवी लगती है, नहीं?"

"नन्ही?"

जिनी कम-से-कम उतनी लम्बी है जितना कि वह और मेरा मन किया कि मैं यह उसे बता दूँ। मगर किसी मर्द से, जो कुछ नाटा हो, यह कहना कमीनी हरकत होगी। अत: मैंने अपना मुँह बन्द रखा। समझ नहीं आया कि 'बुद्धिजीवी' वाली बात के लिए मैं क्या कहूँ। मेरे विचार से जिनी बुद्धिजीवी है। (क्या औली ने उसकी तरह 'वॉर एंड पीस' पढ़ी होगी?) मगर औली के कहने के ढंग से मैं साफ़ समझ नहीं पाई कि उसका अभिप्राय क्या था—कि जिनी बुद्धिजीवी थी या नहीं। मुझे केवल इतना समझ आया कि अगर वह थी तो औली को कोई परवाह नहीं थी, और अगर वह नहीं थी मगर दिखाना चाह रही थी कि वह थी, तो भी औली को कोई फ़र्क़ नहीं पड़ता था। मुझे कोई गोलमोल या अस्पष्ट-सी बात कहनी चाहिए थी, जैसे कि, "तुम्हें समझना मेरे लिए कठिन है।" पर यह विचार सदा की तरह मुझे बाद में आया। और सबसे बुरी बात कि औली की टिप्पणी के बाद जिनी के बारे में मेरी राय में कुछ बदलाव आ गया। एक ओर तो मैं दिल-ही-दिल में जिनी का बचाव कर रही थी, साथ ही कुछ छलपूर्वक औली की बात से भी सहमत हो रही थी। कह नहीं सकती कि भविष्य में मुझे कभी वह पहले की भाँति चतुर लग पाएगी।

विल्फ़ वहीं था और उसने सारी बातें ज़रूर सुनी होंगी लेकिन कुछ बोला नहीं। मैं उससे पूछ सकती थी कि क्या वह उस लड़की के बचाव में कुछ नहीं

कहना चाहेगा जिससे वह कभी शादी करना चाहता था, लेकिन मैंने कभी मालूम ही नहीं होने दिया था कि मैं उस मामले के बारे में क्या जानती हूँ। वह प्राय: बस अपना सिर आगे झुकाए (जैसा कि वह ज़्यादातर लोगों के साथ करता है क्योंकि वह इतना लम्बा है) और चेहरे पर हलकी-सी मुस्कराहट लिए मुझे और औली को बातें करते सुनता है। मैं यह भी निश्चय से नहीं कह सकती कि वह मुस्कुराता है या उसका चेहरा ही ऐसा है। शाम को ये दोनों आ जाते हैं और अक्सर यही होता है कि पापा और विल्फ़ ताश खेलते हैं और औली और मैं बस गप-शप करते हैं। या विल्फ़ और औली और मैं तीन खिलाड़ियों वाला ब्रिज खेलते हैं। (पापा कभी ब्रिज नहीं खेलते क्योंकि पता नहीं वह क्यों सोचते हैं कि यह नकचढ़ों का खेल है।) कभी-कभी विल्फ़ के लिए अस्पताल से या एल्सी बेन्टन (उसकी नौकरानी जिसका नाम मुझे कभी याद नहीं रहता—हमेशा श्रीमती बॉक्स को आवाज़ दे पूछना पड़ता है) का फ़ोन आता है और उसको जाना पड़ता है। या कभी-कभी ब्रिज खेलना समाप्त हो जाने पर वह प्यानो बजाता है। कभी अँधेरे ही में। पापा बरामदे में आकर औली और मेरे साथ बैठ जाते हैं और हम दोलन कुर्सियों पर बैठ सुनते हैं। उस समय ऐसा लगता है कि विल्फ़ प्यानो सिर्फ़ अपने लिए बजाता है, हमें सुनाने के लिए नहीं। इससे कोई फ़र्क़ नहीं पड़ता कि हम सुनें या नहीं या बतियाना शुरू कर दें। और कभी-कभी हम वही करते हैं, जब पापा के लिए—जिनकी पसन्दीदा धुन 'माई ओल्ड केंटकी होम' है—विल्फ़ का संगीत कुछ ज़्यादा ही गहन हो जाता है। आप उन्हें बेचैन होते हुए देख सकते हैं, इस तरह के संगीत से उन्हें यह महसूस होने लगता है कि दुनिया उनकी समझ के परे है, और उनकी ख़ातिर हम कोई और बातचीत शुरू कर देते हैं। फिर वही—पापा—ही विल्फ़ से ज़रूर कहते हैं कि उसके प्यानो बजने से सबको कितना आनन्द आया और विल्फ़ अपनी उसी अन्यमनस्क विनम्रता से उन्हें धन्यवाद देता है। औली और मुझे पता है कि कुछ नहीं कहना है क्योंकि हम जानते हैं कि उसे संगीत के बारे में हमारी राय की कोई परवाह नहीं है।

एक बार मैंने औली को विल्फ़ के बजाने के साथ-साथ बहुत धीमे-धीमे गाते हुए पकड़ लिया।

"सुबह की आभा फैल रही है और पिअर गिंट को जम्हाई आ रही है—"

"क्या?" मैंने फुसफुसाते हुए पूछा।

"कुछ नहीं।" औली ने कहा, "वही धुन जो वह बजा रहा है।"

मैंने उससे हिज्जे करवाए। पि-अ-र गिं-ट।

मुझे संगीत के बारे में और सीखना चाहिए, इससे विल्फ़ और मेरी कुछ रुचियाँ एक जैसी होंगी।

मौसम अचानक गर्म हो गया है। पिओनी के फूल आ गए हैं, इतने बड़े और गोल जैसे शिशु के नितम्ब और स्पीरिया की झाड़ियों से फूल ऐसे झड़ रहे हैं कि

जैसे बर्फ़। श्रीमती बॉक्स यह कहती फिर रही हैं कि ऐसे ही चलता रहा तो शादी का समय आते-आते सब कुछ सूख जाएगा।

यह सब लिखते-लिखते मैं कॉफ़ी के तीन प्याले पी चुकी हूँ और मैंने बाल तक नहीं बनाए हैं। श्रीमती बॉक्स कहती हैं, "बहुत जल्दी तुमको अपने तौर-तरीके बदलने पड़ेंगे।"

वह ऐसा इसलिए कहती हैं क्योंकि एल्सी, क्या दूसरा नाम है उसका, विल्फ़ से कह चुकी है कि वह रिटायर होने जा रही है ताकि मुझे घर की ज़िम्मेदारी लेनी पड़े।

तो अब मैं अपने तौर-तरीके बदल रही हूँ और अलविदा डायरी, कम-से-कम अभी के लिए। मुझे हमेशा लगता था कि मेरे जीवन में कुछ असामान्य ज़रूर घटित होगा, और इसलिए सब कुछ दर्ज करना आवश्यक था। क्या यह सिर्फ़ एक अनुभूति ही थी?

ढीला ब्लाउज़ पहने लड़की

"यह मत समझना तुम यहाँ ख़ाली बैठ मक्खियाँ मारोगे।" नैन्सी ने कहा, "मैं कुछ बताना चाहती हूँ जिसे जानकर तुम्हें अचम्भा होगा।"

औली ने कहा, "तुम तो अचम्भों से भरी हुई हो।"

यह रविवार को हुआ था, और औली को आशा थी कि आज के दिन वह आराम कर सकेगा। नैन्सी की एक बात उसे सदा नहीं भाती थी, वह थी उसकी ऊर्जा।

उसे लगता था कि जल्दी ही नैन्सी को इसकी ज़रूरत पड़ेगी। उस परिवार की देखभाल करने के लिए जिसकी शान्तचित्त और ठहरे स्वभाव वाले विल्फ़ को आशा थी।

चर्च से आने के बाद विल्फ़ सीधे अस्पताल चला गया था और नैन्सी और उसके पिता के साथ औली भोजन के लिए वापस घर आ गया था। वे रविवार को ठंडा खाया जाने वाला भोजन करते थे। श्रीमती बॉक्स उस दिन अपने चर्च जाया करती थीं और बाक़ी दोपहर अपने छोटे से घर में आराम करती थीं। औली ने रसोई सँभालने में नैन्सी की मदद की। भोजनकक्ष से ज़ोरदार खर्राटों की आवाज़ें आ रही थीं।

"तुम्हारे पिता।" औली ने अन्दर झाँकने के बाद कहा, "वह अपनी आराम कुर्सी में घुटनों पर 'सेटरडे ईवनिंग पोस्ट' डाले सो रहे हैं।"

"वह कभी नहीं मानते कि वह रविवार दोपहर में सो जाएँगे।" नैन्सी ने कहा, "वह हमेशा सोचते हैं कि वह पढ़ते रहेंगे।"

नैन्सी ने अपनी कमर पर छोटा-सा एप्रन बाँध रखा था—उस तरह का एप्रन नहीं जैसा कि रसोइए पहनते हैं। उसने उसे उतारा और दरवाज़े की मुठिया पर टाँग

दिया और रसोईघर के दरवाज़े के पास लगे एक छोटे से शीशे के सामने खड़ी हो अपने बाल सँवारने लगी।

"क्या हुलिया है मेरा।" उसने कहा, पर उसकी आवाज़ में प्रसन्नता का पुट था।

"ठीक कह रही हो। मैं समझ नहीं सकता विल्फ़ को तुम में क्या दिखता है।"

"सँभल के वरना एक लगाऊँगी तुम्हें।"

वह और औली दरवाज़े से निकले और रसभरी की झाड़ियों की बगल से हो मेपल के पेड़ के नीचे पहुँच गए जहाँ—वह उसको दो या तीन बार पहले ही बता चुकी थी—वह झूला झूलती थी। फिर पीछे की गली से होते हुए एक पंक्ति में बने घरों के अन्त तक। आज रविवार होने के कारण कोई घास नहीं काट रहा था। असल में पिछवाड़े की तरफ़ कोई बाहर था ही नहीं और मकान शान्त और सुरक्षित आशियाने लग रहे थे, जैसे कि प्रत्येक के अन्दर, नैन्सी के पिता की तरह भले लोग संसार से कुछ समय के लिए छुट्टी ले सुअर्जित विश्राम कर रहे हैं।

इसका यह मतलब नहीं था कि शहर बिलकुल शान्त था। रविवारी दोपहर में देहाती लोग और देहात में रहनेवाले शहरियों के झुंड चौथाई मील पर एक प्रपात के नीचे झील के तट पर जमा हो गए थे। पानी के किनारे पर लगे फिसलनों पर जाते लोगों की चीख़ें और छपाछप करते व डुबकियाँ लगाते बच्चों की चिल्लाहटें, और गाड़ियों के हॉर्न और आइसक्रीम के ठेलों के भोंपू और शेख़ी दिखाते नवयुवकों की उन्मादी चीख़-पुकार और माँओं की सावधान रहने की पुकारें सुनाई दे रही थीं। यह सब गड्ड-मड्ड हो कोलाहल का विस्फोट बन गया था।

गली के अन्त में, एक कच्ची सड़क के पार, एक ख़ाली इमारत थी जो नैन्सी ने कहा कि पुराना बर्फ़घर था और उसके बाद ख़ाली ज़मीन पड़ी थी और एक सूखे नाले के ऊपर लकड़ी के तख़्तों से बना पुल था और तब वे एक सड़क पर पहुँच गए जो केवल एक मोटर गाड़ी जितनी चौड़ी थी—या एक घोड़े की बग्घी के लिए बनाई गई थी। इस सड़क के दोनों ओर घनी कँटीली झाड़ियों की दीवार थी जिसकी छोटी पत्तियाँ शोख हरे रंग की थीं और सूख गए गुलाबी फूल थे। झाड़ियों से न कोई हवा अन्दर आ पा रही थी और न ही उनसे कोई छाया थी, और टहनियों में औली की कमीज की आस्तीन फँसने लगी।

"जंगली गुलाब।" नैन्सी ने कहा, जब औली ने पूछा क्या बेहूदी चीज़ें थीं ये।

"यही है वो अचम्भा?"

"अभी पता चल जाएगा।"

औली इस सुरंग से रास्ते में पसीने-पसीने हो रहा था, और चाहता था कि नैन्सी थोड़ा धीरे चले। उसे अक्सर विस्मय होता था कि वह कितना समय इस लड़की के साथ बिताता है जो किसी काबिल नहीं थी, सिर्फ़ लाड़-प्यार से बिगड़ी, ढीठ और घमंडी थी। शायद उसको नैन्सी से कुछ छेड़खानी करना पसन्द था जो

उसके सामान्य लड़कियों की अपेक्षा बस थोड़ी अधिक होशियार होने के कारण वह कर सकता था।

थोड़ी दूर पर ऊँचे और छायादार पेड़ों से घिरे एक घर की छत दिखाई दे रही थी। और चूँकि नैन्सी से कोई और बात पता लगने की उम्मीद नहीं थी, औली ने यह सोचकर सन्तोष कर लिया कि वहाँ पहुँचकर वे शीतल छाया में बैठ सकेंगे।

"कोई आया हुआ है।" नैन्सी ने कहा, "मुझे अनुमान कर लेना चाहिए था।"

सड़क के अन्त में मोड़ पर एक मैली-कुचैली माडल टी फ़ोर्ड गाड़ी खड़ी हुई थी।

"ख़ैर, केवल एक जना ही है।" वह बोली, "और आशा करो वे जाने ही वाले होंगे।"

लेकिन जब वे गाड़ी तक पहुँचे तब तक कोई भी उस सुथरे डेढ़-मंज़िले मकान से बाहर नहीं आया था—जो कि उन ईंटों से बना था जिन्हें देश के इस भाग में 'सफ़ेद' और जिस भाग से औली आया था 'पीला' कहते हैं। (उन पर दरअसल समय के साथ पीला-भूरा गहरापन छा गया था।) कोई बाड़ नहीं थी—केवल अहाते के चारों ओर तार खेंच दिए गए थे। अहाते की घास भी नहीं काटी गई थी। और फाटक से लेकर दरवाज़े तक कोई पक्का रास्ता भी नहीं था, केवल एक पगडंडी थी। ऐसा नहीं कि शहर से बाहर यह कोई अजीब बात थी—बहुत से किसान पक्के रास्ते नहीं बनाते या घास काटने की मशीन नहीं रखते।

शायद कभी वहाँ पर फूलों की क्यारियाँ रही होंगी—अब घास में यहाँ-वहाँ सफ़ेद और पीले फूल खिले हुए थे। वे गुलबहार थे, लेकिन वह नैन्सी से पूछकर अपनी भद्द नहीं उड़वाना चाहता था।

नैन्सी उसे पुराने ज़माने की एक यादगार दिखा रही थी जब ज़िन्दगी खरामा-खरामा चला करती थी। यह था बिना रंग-रोगन का लकड़ी का झूला, जिसमें आमने-सामने दो बेंचें थीं। उसके आस-पास की घास कहीं कुचली हुई नहीं थी—ज़ाहिर था ज़्यादा इस्तेमाल नहीं हुआ था। यह दो बहुत घने पेड़ों के साये में था। नैन्सी इस पर बैठी फिर उछलकर खड़ी हो गई और बेंचों के बीच पाँव जमा चरमराते झूले को आगे-पीछे झुलाने लगी।

"इससे उसको मालूम हो जाएगा कि हम आ गए हैं।" उसने कहा।

"किसको मालूम हो जाएगा?"

"टेसा को।"

"तुम्हारी दोस्त है?"

"हाँ, है।"

"बुढ़िया दोस्त?" औली ने उत्सुकता दिखाए बिना कहा। वह पहले भी देख चुका था कि नैन्सी कैसे अनेक बार आवश्यकता से कुछ अधिक मिलनसार और कृपालु हो जाती है। उसने सम्भवत: ऐसे व्यवहार के बारे में किशोरियों की प्रिय

पुस्तकों में पढ़ा था और आत्मसात कर लिया था। मिल के कर्मचारियों के साथ नैन्सी का हँसी-मज़ाक़ करना उसे याद आ गया।

"हम दोनों स्कूल में साथ थे। टेसा और मैं।"

दूसरी बात औली ने सोची—किस तरह नैन्सी ने उसका जिनी के साथ मिलन कराने की कोशिश की थी।

"और उसके बारे में ऐसा ख़ास क्या है?"

"तुम देखना। ओह!"

वह झूलते-झूलते बीच में ही कूद गई और घर के पास लगे हैंड पम्प की तरफ़ दौड़ी। पम्प का हैंडल तेज़ी से ऊपर-नीचे होने लगा। पानी निकलने से पहले उसे देर तक और ज़ोर से पम्प चलाना पड़ा। और उसके बावजूद भी वह थकी नहीं। वह थोड़ी देर और पम्प चलाती रही जब तक कि उसने कील पर टँगा हुआ टिन का मग न भर लिया। वह पानी छलकते मग को लिए झूले तक लाई। उसके चेहरे का भाव देखकर औली को लगा कि नैन्सी पानी उसे पीने को देगी, लेकिन उसने मग को अपने होंठों पर लगाया और गटगट पी गई।

"यह शहरी पानी नहीं है।" नैन्सी ने मग उसको देते हुए कहा, "यह कुएँ का पानी है। मीठा है।"

वह ऐसी लड़की थी जो एक कुएँ पर लटकते किसी पुराने टिन के मग से अशोधित पानी पी लेती। (औली के अपने शरीर में जो मुसीबतें घर कर चुकी थीं उन्होंने उसको ऐसे ख़तरों के प्रति किसी दूसरे से अधिक जागरूक कर दिया था।) वह कई बार दिखावटी व्यवहार ज़रूर करती थी। लेकिन वह स्वभावत: छोटे-मोटे जोखिम उठाने से न डरती थी क्योंकि उसे विश्वास था कि उसका बाल बाँका न होगा।

औली की धारणा थी कि स्वयं उसका जीवन सामान्य न था, कि उसके जीवन का कोई ध्येय था। पर यह बात मज़ाक़ किए बिना वह किसी को बता नहीं पाता था। सम्भवत: यही बात थी जो दोनों को एक-दूसरे के नज़दीक ले आई थी। लेकिन अन्तर यह था कि वह प्रयास करना नहीं छोड़ेगा, अपनी आकांक्षा से कम कुछ नहीं स्वीकारेगा। पर नैन्सी को लड़की होने के कारण ऐसा करना पड़ सकता था और करना पड़ भी चुका था। जीवन में उसके लिए जितने विकल्प थे, लड़कियों के लिए सम्भव नहीं थे। यह विचार औली को सदा नैन्सी के प्रति सहृदय बना देता था, उससे हँसी-मज़ाक़ करने देता था। ऐसा समय भी आया जब उसे अपने से पूछने की आवश्यकता नहीं जान पड़ी कि वह नैन्सी की संगति क्यों चाहता है, जब उनका आपस में छेड़खानी का व्यवहार समय को एक जीवन्त सुगमता से बिता देता था।

पानी स्वादिष्ट था, और ख़ूब ठंडा भी।

"लोग टेसा से मिलने आते हैं।" नैन्सी ने उसके सामने बैठकर कहा, "पता नहीं होता कि यहाँ कब कौन आ जाएगा।"

"ऐसा है?" औली ने कहा। उसे हठात् विचार आया कि क्या नैन्सी इतनी दुराग्रही या रूढ़िमुक्त सोच वाली थी कि उसकी ऐसी लड़की से मित्रता थी जो देहात की गाहे-बगाहे धन्धा करने वाली वेश्या हो। या जिसके चरित्र के बारे में दूसरों को शंका होने के बावजूद उसकी मित्र बनी रही थी।

नैन्सी बहुत तेज़ थी। उसने उसका सोच भाँप लिया।

"अरे नहीं।" नैन्सी ने कहा, "मेरा मतलब वो नहीं था। ओह, इतनी बुरी बात तो मैं कभी सोच ही नहीं सकती। टेसा तो संसार की अन्तिम लड़की होगी जो... तुमने बहुत घृणित बात की। तुम्हें अपने आप पर शर्म आनी चाहिए। वह तो अन्तिम लड़की होगी—ओह, तुम स्वयं देखना।" उसका चेहरा लाल हो गया था।

दरवाज़ा खुला और मध्य वय के एक पुरुष और महिला बिना कोई औपचारिक अलविदा किए (या उनका अलविदा करना सुनाई नहीं दिया) गाड़ी की तरफ़ आए। वे अपनी गाड़ी की तरह पुराने पर उतने खस्ताहाल नहीं लग रहे थे। उन्होंने झूले के पास नैन्सी और औली को देखा पर कुछ नहीं कहा। हैरानी तो यह कि नैन्सी ने भी कुछ नहीं कहा, न उनका खुलकर अभिवादन किया। दम्पती अपनी गाड़ी के दोनों ओर गए, अन्दर बैठे और चले गए।

तब दरवाज़े के गलियारे के अँधेरे से निकल कोई बाहर आया और नैन्सी ने पुकारा।

"ओए। टेसा।"

उस महिला की कद-काठी एक हट्टे-कट्टे बच्चे जैसी थी। काले घुँघराले बालों से ढका हुआ बड़ा-सा सिर, चौड़े कन्धे, गोल-मटोल नंगी टाँगें, अजीब-सी पोशाक—एक ऊँचे कॉलर वाला ढीला ब्लाउज़ और स्कर्ट। कम-से-कम एक गरम दिन के हिसाब से ये कपड़े ठीक नहीं थे और फिर वह अब कोई स्कूल जाने वाली बच्ची नहीं रही थी। सम्भावना थी कि उसने यही कपड़े कभी स्कूल के लिए पहने होंगे, और वह इनको अब पैसे बचाने के लिए घर में पहन रही थी। ऐसे कपड़े कभी पुराने नहीं होते, और औली के विचार में लड़कियों को किसी तरह आकर्षक नहीं बनाते। अधिकतर स्कूल छात्राओं की तरह वह भी इन कपड़ों में बेढंगी-सी नज़र आ रही थी।

नैन्सी, औली के साथ आगे बढ़ी और उसका परिचय कराया। औली ने उस अन्दाज़ में जो अधिकतर लड़कियों को भाता है, टेसा से कहा कि उसने उसके बारे में बहुत सुना है।

"कुछ नहीं सुना।" नैन्सी ने कहा, "इसके एक शब्द पर विश्वास मत करना। मैं इसको सिर्फ़ इसलिए यहाँ साथ ले आई क्योंकि असल में मैं समझ नहीं पा रही थी कि इसे कहाँ छोड़ूँ।"

टेसा की घनी पलकों वाली आँखें बहुत बड़ी नहीं थीं, लेकिन उनका रंग आश्चर्यजनक रूप से बहुत गहराई वाला, हलका नीला था। जब उसने औली

की ओर देखा तो उनमें किसी ख़ास दोस्ती या कौतूहल का भाव नहीं था। टेसा की गहरी, आश्वस्त नज़र ने उसके लिए बेमतलब की नम्र बातें बनाना कठिन कर दिया।

"अन्दर आ जाओ।" टेसा ने कहा, और उनको लेकर अन्दर आ गई, "आशा है मैं अपना मथने का काम पूरा कर लूँ तो तुम्हें बुरा नहीं लगेगा। मैं मथ रही थी जब पिछले लोग आए और मुझे रोकना पड़ा, लेकिन अगर मैं इसको दोबारा नहीं करूँगी तो मक्खन ख़राब हो जाएगा।"

"ये शरीफ लड़की रविवार को भी मथने का काम कर रही है।" नैन्सी ने कहा, "तुमने देखा, औली, मक्खन ऐसे बनाते हैं। मैं शर्त लगा सकती हूँ कि तुम यही समझते थे कि यह गाय से बना-बनाया निकल आता है और उसे लपेटकर दुकानों में भेज दिया जाता है। तुम शुरू करो।" उसने टेसा से कहा, "अगर थक जाओ तो कुछ देर के लिए मुझे कोशिश करने दे सकती हो। मैं असल में तुमको अपनी शादी पर बुलाने के लिए आई थी।"

"मैंने उस बारे में कुछ सुना था।" टेसा ने कहा।

"मैं तुमको निमंत्रण पत्र भेज देती, लेकिन पता नहीं था कि तुम उसे पढ़ोगी भी या नहीं। मैंने सोचा, अच्छा होगा कि मैं ख़ुद ही यहाँ आ जाऊँ और जब तक कि तुम आने के लिए हाँ न कह दो तुम्हारे सिर पर सवार रहूँ।"

वे सीधे रसोई में आ गए थे। खिड़कियों के परदे सिलों तक गिरे हुए थे, सिर के ऊपर एक पंखा घूम रहा था। कमरा खाना पकने, तश्तरियों में रखी मक्खीमार दवाई, मिट्टी के तेल, बर्तन पोंछने के कपड़ों की गन्ध से भरा हुआ था। यह सारी गन्ध दशकों से दीवारों और फर्श के तख़्तों में बस चुकी थी। लेकिन किसी ने—कोई शक नहीं कि मथानी चलाती तेज़ साँसें भरती और हाँफती इसी लड़की ने—आलमारियों और दरवाज़ों को हलकी हरियाली लिए नीले रंग में रँगने की ज़हमत उठाई थी।

फर्श को बचाने के लिए मथानी के आस-पास अख़बार डाले हुए थे। मेज़ और चूल्हे के इर्द-गिर्द ज़्यादा चलने के कारण फर्श पर निशान पड़ गए थे। औली सम्भवत: अधिकतर लड़कियों से मुरव्वत में यह पूछ लेता कि क्या वह भी मथने में सहायता कर सकता है, लेकिन यहाँ वह साहस नहीं कर सका। टेसा उसे कोई विशेष बदमिज़ाज नहीं लगी, केवल अपनी उम्र से कुछ बड़ी, कुछ सरल और अपने-आप में खोई-सी। कुछ समय बाद उसके सामने नैन्सी भी ख़ामोश हो गई।

मक्खन निकल आया। नैन्सी उसे देखने के लिए कूदकर आगे आ गई और औली से भी देखने को कहा। उसे मक्खन की पीलापन लिए सफ़ेदी देख कुछ विस्मय हुआ, मगर यह सोचकर कि नैन्सी उसकी अज्ञानता का मज़ाक़ उड़ाएगी, उसने

कुछ नहीं कहा। फिर दोनों लड़कियों ने उस चिपचिपे लोंदे को मेज़ पर रखे कपड़े पर रख दिया और कपड़ा उसके ऊपर लपेटकर लकड़ी के बल्ले से पीटने लगीं। टेसा ने फर्श में बना एक दरवाज़ा खोला और दोनों मक्खन लेकर किसी तहखाने की सीढ़ियों पर उतर गईं। औली को कभी अनुमान न होता कि वहाँ तहखाना हो सकता है। नैन्सी पैर लड़खड़ाने से चीख़ी। औली को लगा कि टेसा ने यह काम अकेली ही कर लिया होता लेकिन उसने नैन्सी का लिहाज़ किया, जैसा कि लोग किसी उधम मचाते पर प्यारे लगते बच्चों का करते हैं। उसने नैन्सी को फर्श पर फैले हुए काग़ज़ों को समेटने दिया और ख़ुद तहखाने से ऊपर लाई नींबू के शरबत की बोतलें खोलने लगी। कोने में रखे बर्फ़ रखने के डिब्बे से उसने बर्फ़ का एक टुकड़ा निकाला, उस पर से बुरादा धोकर साफ़ किया और नाँद में रख हथौड़े से तोड़ने लगी—ताकि उनमें से कुछ टुकड़े गिलासों में डाल सके। औली ने वहाँ भी सहायता करने की कोई कोशिश नहीं की।

"तो टेसा।" नींबू के शरबत को पीने के बाद नैन्सी ने कहा, "अब समय आ गया। मुझ पर एक कृपा करो।"

टेसा शरबत पीती रही।

"औली को बताओ।" नैन्सी ने कहा, "उसको बताओ कि उसकी जेब में क्या है। दाईं ओर वाली से शुरू करो।"

टेसा ने बिना ऊपर देखे हुए कहा, "हूँ, मुझे लगता है उसका बटुआ है।"

"अरे, और बताओ।" नैन्सी बोली।

"हाँ, ठीक कह रही हैं।" औली ने कहा, "मेरा बटुआ है। अब क्या बताना ज़रूरी है कि उसके अन्दर क्या है? क्योंकि उसमें कुछ ख़ास है नहीं।"

"कोई फ़र्क़ नहीं पड़ता।" नैन्सी ने कहा, "उसको और बताओ टेसा। दाईं ओर की जेब में।"

"वैसे यह क्या चक्कर है?" औली ने कहा।

"टेसा।" नैन्सी ने आवाज़ में मिठास घोलकर कहा, "चलो, टेसा, तुम जानती हो मुझे। याद नहीं हम लोग कितने पुराने दोस्त हैं, स्कूल की पहली क्लास से लेकर हमारी दोस्ती है। बस एक बार बता दो।"

"यह कोई खेल है?" औली ने कहा, "क्या तुम दोनों कोई खेल खेल रही हो?"

नैन्सी उस पर हँस पड़ी।

"क्या बात है?" नैन्सी ने कहा, "तुम्हारी जेब में ऐसा क्या है कि तुमको शर्म आ रही है? कोई पुराना बदबूदार मोज़ा है?"

"एक पेंसिल है।" टेसा ने धीरे से कहा, "कुछ पैसे हैं। सिक्के। कितने, मैं नहीं कह सकती। एक काग़ज़ के टुकड़े पर कुछ लिखा हुआ, छपा हुआ।"

"सब बाहर निकालो, औली।" नैन्सी ने ज़ोर से कहा, "निकालकर दिखाओ।"

"हाँ, च्यूइंग-गम, मेरा ख़याल है एक टुकड़ा।" टेसा बोली, "बस इतना ही।"

च्यूइंग-गम का आवरण खुला हुआ था और उसमें रोएँ चिपके थे।

"मैं यह तो भूल ही गया था।" औली ने कहा, यद्यपि वह भूला नहीं था। एक पेंसिल का टुकड़ा निकला, कुछ छोटे-बड़े सिक्के और एक अख़बार से काटा पुराना-सा हुआ टुकड़ा।

"किसी ने मुझको दिया था।" औली बोला। नैन्सी टुकड़े को छीनकर सीधा करने लगी।

"हमें उच्चकोटि की, पद्य और गद्य दोनों प्रकार की, मूल पांडुलिपियों की खोज है।" वह ऊँची आवाज़ में पढ़ने लगी, "अच्छा पारिश्रमिक दिया जाएगा।"

औली ने वह उसके हाथ से छीन लिया।

"किसी ने यह मुझको दिया था। वे जानना चाहते थे कि मेरे विचार में यह संस्था विश्वसनीय है या नहीं।"

"हैं, औली।"

"मुझे याद भी नहीं कि यह मेरे पास था। च्यूइंग-गम की तरह।"

"तुम्हें विस्मय नहीं हुआ?"

"हाँ, हुआ पर मैं भूल गया था।"

"तुम्हें विस्मय नहीं हुआ कि टेसा ने कैसे पता लगा लिया।"

औली क्षुब्ध हो गया था, पर टेसा को दिखाने को मुस्करा दिया। यह टेसा की ग़लती नहीं थी।

"यह ऐसी चीज़ें हैं जो बहुत से मर्दों की जेब में होती हैं।" उसने कहा, "सिक्के तो रहते ही हैं। पेंसिल—"

"च्यूइंग-गम?" नैन्सी ने कहा।

"वह भी हो सकती है।"

"और छपा हुआ काग़ज़। उसने कहा था छपा हुआ।"

"उसने कहा काग़ज़ का टुकड़ा। उसको यह नहीं मालूम था उस पर लिखा क्या है। तुम्हें मालूम था क्या?" उसने टेसा से कहा।

टेसा ने नहीं में सिर हिलाया। उसने कुछ आवाज़ आने पर दरवाज़े की तरफ़ देखा।

"लगता है कोई गाड़ी आई है।"

वह ठीक थी। उन सभी ने अब आवाज़ सुनी। नैन्सी ने जाकर पर्दों से झाँका और उसी क्षण टेसा, औली की तरफ़ देखकर अचानक मुस्कुराई। उसकी मुस्कुराहट में कोई प्रत्यक्ष या अप्रत्यक्ष संकेत नहीं था। वह एक मित्र की मुस्कराहट थी और कुछ नहीं। यह केवल उसके सौहार्द, उसके सरल स्वभाव की परिचायक थी। और उसी समय उसके चौड़े कन्धों में एक हरकत हुई। जैसे कि वह मुस्कराहट उसके पूरे व्यक्तित्व में फैलती जा रही हो।

"ये और मुसीबत।" नैन्सी ने कहा। लेकिन उसको अपनी उत्तेजना पर काबू करना पड़ा। और औली को एक विचित्र और अप्रत्याशित आकर्षण की भावना पर।

टेसा ने दरवाज़ा खोला तो एक आदमी गाड़ी से उतर रहा था। वह नैन्सी और औली के नीचे आने तक फाटक पर खड़ा रहा। भरे हुए कन्धे, गम्भीर चेहरा, हलके रंग का ग्रीष्मकालीन सूट और क्रिस्टी टोपी पहने हुए, वह सम्भवत: अपनी आयु के साठवें दशक में था। उसकी गाड़ी दो दरवाज़े वाली नए मॉडल की थी। उसने बिना कोई जिज्ञासा दिखाए नैन्सी और औली के अभिवादन में हल्के से सिर हिलाया, जैसा वह कहता मानो वे दोनों एक डॉक्टर के ऑफ़िस से बाहर आ रहे हों और वह उनके लिए दरवाज़ा पकड़े खड़ा था।

टेसा का दरवाज़ा बन्द हुए देर नहीं हुई थी कि सड़क के दूर के कोने पर दूसरी गाड़ी आती दिखाई पड़ गई।

"लाइन लग गई है।" नैन्सी ने कहा, "रविवार की दोपहर व्यस्त होती है। गर्मियों में ख़ासकर, लोग मीलों दूर से उससे मिलने आते हैं।"

'ताकि वह बता सके कि उनकी जेबों में क्या है?"

नैन्सी ने अनसुना कर दिया।

"अधिकतर उससे अपनी खोई हुई चीज़ों के बारे में पूछते हैं। क़ीमती चीज़ें। कम-से-कम उनके लिए क़ीमती।"

"क्या वह कोई पैसे लेती है?"

"मुझे नहीं लगता।"

"उसे लेने चाहिए।"

"क्यों लेने चाहिए?"

"वह ग़रीब नहीं है?"

"वह भूखी नहीं मर रही है।"

"शायद वह हर बार सही नहीं होती।"

"हो सकता है पर मैं समझती हूँ वह सही होती है, वरना लोग यहाँ लगातार उससे मिलने क्यों आएँगे?"

गुलाब की झाड़ियों के बीच घुटन भरे रास्ते पर पहुँचने पर, उनकी बातचीत का अन्दाज़ बदल गया। वे अपने चेहरे का पसीना पोंछने लगे, और उनमें एक-दूसरे पर कटाक्ष करने की शक्ति भी न रही।

औली ने कहा, "मेरी समझ में कुछ नहीं आया।"

नैन्सी ने कहा, "शायद कोई भी नहीं समझ पाता है। केवल उन्हीं चीज़ों की बात नहीं है जो लोग खो देते हैं। उसने शव भी ढूँढ़े हैं।"

"शव?"

"एक आदमी था जो लोग समझते थे रेल की पटरियों के उस पार गया था और बर्फ़ के तूफ़ान में फँसकर जमकर मर गया था। जब लोग उसे ढूँढ़ नहीं सके तो इसने बताया। प्रपात के पास झील के तल में देखो। और यही हुआ। रेल की पटरी के पार तो हरगिज़ नहीं। और एक बार एक गाय खो गई। उसने लोगों को बताया वह डूबकर मर गई थी।"

"तो?" औली ने कहा, "अगर यह सच है तो किसी व्यक्ति ने जाँच-पड़ताल क्यों नहीं की? मेरा मतलब है वैज्ञानिक अनुसन्धान?"

"यह बिलकुल सच है।"

"मेरा मतलब यह नहीं है कि मुझे उस पर विश्वास नहीं है। लेकिन मैं जानना चाहता हूँ वह यह करती कैसे है। तुमने उससे यह कभी नहीं पूछा?"

नैन्सी के उत्तर से उसे विस्मय हुआ। "क्या यह अशिष्टता न होती?" उसने कहा। लगा कि वह इस बातचीत से थक चुकी थी।

"तो।" औली ने ज़ोर दिया, "जब वह छोटी बच्ची थी, तब भी उसे यह सब दिखाई देता था?"

"नहीं, पता नहीं। उसने कभी पता नहीं चलने दिया।"

"क्या वह दूसरों जैसी ही थी?"

"वह पूरी तरह दूसरे लोगों जैसी नहीं थी। मगर कौन होता है? मेरा मतलब, मुझे कभी नहीं लगा कि मैं थी। या जिनी भी नहीं समझती कि वह थी। टेसा के साथ बस इतना ही था कि जहाँ वह रहती थी, वहाँ उसको स्कूल आने से पहले गाय दुहनी पड़ती थी, जो हम में से किसी भी दूसरे बच्चे ने नहीं किया। मैंने उससे हमेशा दोस्ती रखने की कोशिश की।"

"ज़रूर की होगी।" औली ने धीमे से कहा।

वह बोलती रही जैसे उसने कुछ सुना ही नहीं।

"मेरा ख़याल है यह शुरू हुआ जब वह बीमार पड़ी थी। हाईस्कूल के दूसरे साल में वह बीमार पड़ गई थी, उसको दौरे पड़ते थे। उसने स्कूल छोड़ दिया और फिर कभी वापस नहीं आई। यही वह समय था जब वह दूसरों से थोड़ा कट-सी गई।"

"दौरे।" औली बोला, "मिरगी के दौरे?"

"मैंने कभी नहीं सुना। हाय।" उसने मुँह मोड़ लिया, "मैंने बहुत ग़लत काम किया।"

औली चलते-चलते रुक गया। उसने कहा, "क्या?"

नैन्सी भी रुक गई।

"मैं तुम्हें वहाँ ले गई दिखाने के लिए कि यहाँ हमारे पास भी एक अजूबा था। वो...टेसा। मेरा मतलब है, टेसा को दिखाने के लिए।"

"हाँ, तो?"

"क्योंकि तुम सोचते हो कि यहाँ कुछ देखने लायक नहीं है। तुम समझते हो कि यहाँ सब कुछ और हम लोग सिर्फ़ मज़ाक़ उड़ाने लायक हैं। इसलिए मैं तुमको उसको दिखाने ले जा रही थी। किसी अजूबे की तरह।"

"अजूबा वह शब्द नहीं है जो मैं उसके लिए प्रयोग करूँगा।"

"लेकिन, मेरा आशय यही था। किसी को मुझे एक ज़ोरदार झापड़ लगाना चाहिए।"

'ऐसी बात नहीं।"

"मुझे जाकर उससे माफी माँगनी चाहिए।"

"मैं होता तो ऐसा नहीं करता।"

"तुम नहीं करते?"

"नहीं।"

उस शाम औली ने ठंडा खाना ही खाया। खाना परोसने में नैन्सी की मदद की। श्रीमती बॉक्स ने फ्रिज में मुर्गा और जेली वाला सलाद बनाकर रख छोड़ा था, और नैन्सी ने शनिवार को केक बनाया था, जिसे स्ट्रॉबेरी के साथ परोसा जाना था। उन्होंने सारी चीज़ें बरामदे में लगा दीं जहाँ दोपहर बाद की धूप नहीं आ रही थी। मुख्य भोजन और अन्त के मीठे के बीच औली प्लेटें और सलाद के बर्तन वापस रसोई में ले आया।

अकस्मात वह बोला, "पता नहीं टेसा के यहाँ आने वाले उसके लिए कभी कोई पकवान लाते हैं या नहीं? मसलन मुर्गा या स्ट्रॉबेरी?"

नैन्सी पकी बेरियों पर बारीक पिसी चीनी लगा रही थी। कुछ क्षण बाद उसने कहा, "क्या कहा?"

"वो लड़की। टेसा।"

"ओह।" नैन्सी बोली, "उसने मुर्गियाँ पाली हुई हैं, अगर वह चाहे तो उनमें से एक काट सकती है। आश्चर्य नहीं अगर उसके पास बेरियों का छोटा-सा बग़ीचा भी हो। गाँव में अधिकतर के पास होता है।"

वापस आते समय नैन्सी को हो रहा अनुताप अब समाप्त हो चुका था और यह अच्छा ही हुआ था।

"केवल ऐसा नहीं कि वह एक अजूबा नहीं है।" औली बोला, "बात यह है कि वह अपने आपको अजूबा नहीं समझती।"

"नहीं, बिलकुल नहीं।"

"वह जो भी है उसी से सन्तुष्ट है। उसकी आँखें बहुत ख़ूबसूरत हैं।"

नैन्सी ने विल्फ़ को पुकारकर कहा कि जब तक खाने के लिए कुछ मीठा तैयार हो क्या वह प्यानो बजाना चाहेगा।

"मुझे क्रीम फेंटनी है, और इस मौसम में इस काम में बहुत देर लग जाएगी।"

विल्फ़ ने कहा, कुछ समय बाद क्योंकि वह थका हुआ था।

यद्यपि उसने प्यानो बजाया, बाद में जब बर्तन धुल चुके थे और रात गहरा रही थी। नैन्सी के पिता चर्च की शाम की प्रार्थना सभा में नहीं गए—वे समझते थे कि यह कुछ ज़्यादा ही प्रार्थना हो जाएगी—किन्तु वे रविवार को किसी प्रकार के ताश या शतरंज जैसे खेल की अनुमति नहीं देते थे। जब विल्फ़ प्यानो बजाने लगा, उन्होंने पत्रिका को फिर से पढ़ना शुरू कर दिया। नैन्सी उसकी निगाहों से दूर बरामदे की सीढ़ियों पर बैठ गई और इस उम्मीद के साथ कि उसके पिता तक गन्ध नहीं पहुँचेगी, सिगरेट पीने लगी।

"जब मेरी शादी हो जाएगी—" उसने औली से कहा, जो रेलिंग पर झुका खड़ा हुआ था, "जब मेरी शादी हो जाएगी तो जब मेरा दिल करेगा मैं सिगरेट पिऊँगी।"

औली, ज़ाहिर है अपने फेफड़ों की वजह से, सिगरेट नहीं पीता था।

वह हँस पड़ा। उसने कहा, "सोच लो। क्या यह अच्छा कारण है?"

विल्फ़, मोज़ार्ट की एक धुन बजा रहा था जो उसे याद थी।

"अच्छा बजाता है।" औली ने कहा, "उसकी उँगलियाँ ख़ूब चलती हैं। मगर लड़कियाँ कहा करती थीं कि उसके हाथ ठंडे रहते हैं।"

वह विल्फ़ या नैन्सी या उनके विवाह के बारे में नहीं सोच रहा था। वह टेसा के बारे में सोच रहा था, उसके असामान्य जीवन और आत्मसंवरण के बारे में कि वह गर्मी की इस लम्बी शाम में अपने जंगली गुलाबों की सड़क के अन्त के घर में क्या कर रही होगी? क्या अब भी लोग आए हुए होंगे, क्या अब भी वह लोगों के जीवन की समस्याओं को सुलझाने में व्यस्त होगी? या वह बाहर आ और चर्रमर्र करते झूले पर बैठी आगे-पीछे झूल रही होगी, कोई और नहीं बस उगता हुआ चन्द्रमा उसके संगी के रूप में।

थोड़े ही दिन बाद उसे मालूम पड़ने वाला था कि टेसा अपनी शामें पम्प से बाल्टियों में पानी भरकर टमाटर के पौधे सींचते हुए और फलियों और आलुओं की निराई करते हुए बिताती है और यह कि यदि वह उससे बात करने का कोई मौक़ा चाहता है, तो उसे भी उसके साथ वही करना होगा।

उस पूरे समय नैन्सी अपनी शादी की तैयारियों में ज़्यादा और ज़्यादा घिरती गई। टेसा के बारे में एक भी, और औली के बारे में कोई भी विचार मन में लाए बिना, सिवाय उन इक्का-दुक्का कसी फब्तियों के कि जब उसको औली की ज़रूरत होती है, वह कभी नज़र ही नहीं आता।

29 अप्रैल

प्रिय औली,

हमारे क्यूबेक सिटी से वापस लौटने के बाद से मैं सोच रही थी कि तुम्हारा पत्र अवश्य मिलेगा, और विस्मय हुआ जब नहीं मिला (क्रिसमस पर भी नहीं!), लेकिन अब मुझे समझ आ गया क्यों। कई बार पत्र लिखना शुरू करके रोकना पड़ा ताकि मैं अपनी भावनाओं को सुलझा सकूँ। इतना तो कह सकती हूँ कि मेरे ख़याल में 'सैटरडे नाईट' में तुम्हारा जो लेख या कहानी—या जो कुछ भी तुम कहना चाहो—छपा था, वह अच्छा लिखा हुआ था और किसी पत्रिका में उसका छपना तुम्हारे लिए निश्चय ही बड़ी उपलब्धि की बात है। पापा को हमारे क्षेत्र को तुम्हारा 'नन्हा-सा' बन्दरगाही शहर कहना पसन्द नहीं आया और तुम्हें याद दिलाना चाहते हैं कि ह्यूरॉन झील के इस किनारे पर यह सबसे माकूल और व्यस्त बंदरगाह है। और मैं भी नहीं कह सकती कि मुझे इसे 'नीरस' कहना पसन्द आया। अगर यह दूसरी जगहों से ज़्यादा नीरस जगह है तुम क्या उम्मीद करते थे कि यहाँ क्या होगा—हसीन वादियाँ?

मुख्य समस्या वैसे टेसा है और इसके छपने से उसके जीवन पर क्या असर पड़ेगा। मैं नहीं समझती कि तुमने इस बारे में सोचा भी होगा। मैं उससे फ़ोन पर सम्पर्क नहीं कर पा रहीं हूँ और मैं इस हालत में नहीं हूँ कि गाड़ी ठीक से स्टियरिंग के पीछे बैठ चला सकूँ (कारण मैं तुम्हारी समझ पर छोड़ती हूँ) और उससे मिलने के लिए जा सकूँ। फिर भी जैसा मैंने सुना है वह हर समय मिलने आने वाले लोगों से घिरी रहती है और जहाँ वह रहती है वहाँ मोटर गाड़ी जाने के लिए शायद यह साल का सबसे बुरा समय है। मैकेनिकों को गड्ढों में फँसी गाड़ियों को खींचकर बाहर निकालना पड़ता है (जिसके लिए उन्हें कोई धन्यवाद तक नहीं देता, उलटा हमारे क्षेत्र के पिछड़े हालात पर भाषण सुनने को मिलता है)। बुरी तरह से दलदल बन चुकी सड़क इतनी ख़राब हो गई है कि मरम्मत भी नहीं हो सकती। जंगली गुलाब तो निश्चित तौर पर बीते दिनों की बातें बन जाएँगे। नगर परिषद में पहले ही हंगामा मचा हुआ है कि इतना ख़र्च आ रहा है इन कामों में और बहुत से लोग नाराज़ हैं क्योंकि वे सोचते हैं कि इस सारे हो-हल्ले के पीछे टेसा का हाथ है और वह पैसे बटोर रही है। वे विश्वास नहीं करते कि यह सब बिना कुछ लिए करती है और अगर इससे किसी ने कोई पैसा बनाया है तो वह तुम हो। मैं पापा के शब्द लिख रही हूँ—मैं जानती हूँ तुम लालची

नहीं हो। तुम्हारे लिए इसका छप जाना ही शान की बात है। क्षमा करना अगर तुम्हें मेरी बात व्यंग्यपूर्ण लगे। महत्त्वाकांक्षी होना अच्छा है लेकिन उसका दूसरे लोगों पर क्या असर पड़ता है?

ख़ैर, शायद तुम बधाई के पत्र की प्रतीक्षा में थे लेकिन आशा है तुम मुझे माफ कर दोगे। मैं केवल दिल का गुबार निकाल रही हूँ।

हाँ, एक बात और। मैं जानना चाहती हूँ, क्या तुम पूरे समय यह लिखने के बारे में सोच रहे थे? अब मुझे पता चला है कि तुम कई बार अकेले टेसा के यहाँ गए थे। तुमने मुझको कभी नहीं बताया या मुझसे वहाँ जाने के लिए नहीं पूछा। तुमने कभी इशारा भी नहीं किया कि तुम वहाँ से लिखने के लिए 'मसाला' इकट्ठा कर रहे थे (मैं समझती हूँ तुम इसको यही नाम दोगे), और जहाँ तक मुझे याद है तुमने टेसा से मिलने की बात को कोई महत्त्व नहीं दिया था। और तुम्हारे उस पूरे निबन्ध में एक शब्द भी नहीं है कि किस तरह मैं तुमको वहाँ ले गई या तुमको टेसा से मिलवाया। कहीं कोई स्वीकृति नहीं है, और तो और तुमने मेरे प्रति न आभार प्रकट किया न मुझे धन्यवाद दिया। और पता नहीं तुमने अपने इरादों के बारे में टेसा से कितना सच बोला या क्या तुमने—यहाँ मैं तुम्हारे ही शब्द लिख रही हूँ—अपनी 'वैज्ञानिक जिज्ञासा' पूरी करने के लिए उसकी अनुमति ली! क्या उसको बताया कि तुम उसके साथ क्या कर रहे थे? या बस तुम आए और गए और अपने 'लेखक के जीवन के शुभारम्भ' के लिए हम 'नीरस लोगों' को इस्तेमाल कर लिया?

अच्छा शुभकामनाएँ औली, मुझे कोई आशा नहीं कि तुम पत्र लिखोगे (पर हमें इससे पूर्व तुम्हारा पत्र मिलने का सम्मान मिला ही कब है)।

चचेरी भाभी, नैन्सी

प्रिय नैन्सी,

नैन्सी मुझे कहना पड़ेगा कि मेरे विचार में तुम बिना बात परेशान हो रही हो। टेसा के बारे में एक-न-एक दिन दुनिया को पता लगना ही था और कोई उसके बारे में लिखता ही और वह कोई मैं क्यों नहीं हो सकता? यह लेख लिखने का विचार मेरे मस्तिष्क में धीरे-धीरे आया जब मैं उससे मिलने जाने लगा था। और मेरी वैज्ञानिक जिज्ञासा पूरी तरह से सच्ची थी, यह मेरे व्यक्तित्व, मेरी प्रकृति की एक ऐसी बात है जिसके लिए मैं कभी लज्जा नहीं अनुभव करूँगा। तुम समझती हो कि मुझे तुम्हारी अनुमति लेनी चाहिए थी या तुम्हें ऐसे समय में, जब तुम अपनी शादी

के जोड़े और तुम्हारे अपने दहेज के सामान और तुम्हें कितने चाँदी के बर्तन मिल रहे हैं या भगवान जाने क्या-क्या समस्याएँ लिये भागी-भागी फिर रही थीं, अपनी योजनाओं और गतिविधियों के बारे में सूचित करते रहना चाहिए था?

जहाँ तक टेसा की बात है, अगर तुम समझती हो कि लेख छप चुकने के बाद मैं उसके बारे में भूल गया हूँ या मैंने यह नहीं सोचा था कि इसका उसके जीवन पर क्या असर पड़ेगा तो यह तुम्हारी ग़लती है। और वास्तव में मेरे पास उसका एक पत्र भी है जिससे कहीं ज़ाहिर नहीं होता कि वह इतने बुरे हाल में है जैसाकि तुमने लिखा है। वैसे भी उसे बहुत समय तक अपना जीवन उसी स्थान पर नहीं बिताना पड़ेगा। मैं कुछ लोगों के सम्पर्क में हूँ जिन्होंने वह लेख पढ़ा है और वे उसके विषय में जानना चाहते हैं। आजकल ऐसे विषयों पर बहुत प्रामाणिक अनुसन्धान किए जा रहे हैं, यहाँ कम पर अमेरिका में ज़्यादा। ऐसे कामों के लिए वहाँ ज़्यादा पैसा उपलब्ध है और उनकी ऐसी चीज़ों में सच्ची दिलचस्पी है। मैं वहाँ बॉस्टन में या बाल्टिमोर में या शायद उत्तरी कैरोलाईना में टेसा के अनुसन्धान के विषय के रूप में जाने और अपने लिए इन विषयों पर वैज्ञानिक पत्रकार के रूप में काम करने की सम्भावनाओं की जाँच-पड़ताल कर रहा हूँ।

दु:ख है कि तुम्हारी मेरे बारे में इतनी बुरी राय है। तुमने कुछ नहीं लिखा—सिवाय एक गोलमोल (ख़ुशी की?) बात के—कि तुम्हारा वैवाहिक जीवन कैसा चल रहा है। विल्फ़ के बारे में एक शब्द भी नहीं, लेकिन मेरा ख़याल है तुम उसे अपने साथ क्यूबेक सिटी ले गईं थीं और आशा है तुम दोनों ने मज़े किए। यह भी आशा है वह हमेशा की तरह फल-फूल रहा है।

तुम्हारा, औली

प्रिय टेसा,

लगता है तुमने अपना फ़ोन कटवा दिया है क्योंकि तुम्हारी प्रसिद्धि जैसे फैल रही है उसके बाद यह ज़रूरी हो गया होगा। यह कहने का मतलब फिज़ूल में उलाहना देना नहीं है। आजकल अक्सर ऐसी बातें मुँह से निकल जाती हैं जो मेरा मतलब नहीं होता है। मुझे बच्चा होने वाला है—मुझे नहीं पता तुमने सुना है या नहीं—और हो सकता है कि इस वजह से मैं चिड़चिड़ी और तुनकमिज़ाज हो गई हूँ।

मेरा ख़याल है इतने लोगों के तुमने मिलने आने की वजह से तुम काफ़ी व्यस्त और अनियमित जीवन बिता रही होगी। अपना सामान्य जीवन बिताना सचमुच मुश्किल हो गया होगा। अगर तुम्हें कभी शहर की तरफ़ आने का मौक़ा मिले तो मुझे तुमसे मिलकर बहुत ख़ुशी होगी। इसे निमंत्रण समझो। (मैंने दुकान पर सुना था कि तुम अब अपना सारा सामान घर पर ही मँगवा लेती हो।) तुमने कभी मेरा नया—मेरा मतलब है नई तरह से सजाया गया और मेरे लिए नया—घर अन्दर से नहीं देखा है। पुराने घर में भी, जैसा मुझे याद है, हमेशा मैं ही थी जो तुमसे मिलने जाया करती थी। और उतना भी नहीं जितना मैं चाहती थी। ज़िन्दगी में हमेशा भाग-दौड़ लगी रहती है और इसमें हम अपनी सब शक्तियाँ व्यर्थ गँवा देते हैं। क्यों हम अपने आपको इतना व्यस्त कर लेते हैं कि वह सब करने से चूक जाते हैं जो हमें करना चाहिए था या करना पसन्द करते हैं? याद है हमने पुराने लकड़ी के बल्ले से दबा-दबाकर मक्खन बनाया था? मुझे बहुत मज़ा आया था। यह तब की बात है जब मैं औली को तुमसे मिलवाने लाई थी और आशा है तुम्हें उसका कोई खेद नहीं है।

टेसा, मुझे आशा है तुम यह नहीं सोचोगी कि मैं व्यर्थ दख़ल दे रही हूँ या बेमतलब टाँग अड़ा रही हूँ, लेकिन औली ने मुझे पत्र लिखा है कि वह कुछ लोगों के सम्पर्क में है जो तुम पर अमरीका में अनुसन्धान या ऐसा ही कुछ करने जा रहे हैं। मुझे लगता है कि वह तुम्हें इस बारे में बता चुका है। मालूम नहीं कि उसका मतलब किस प्रकार के अनुसन्धान से है लेकिन मैं यह ज़रूर कहूँगी कि जब मैंने उसके पत्र का वह भाग पढ़ा तो मेरी जान सूख गई। मेरा दिल नहीं कहता तुम्हारा यहाँ से जाना कोई अच्छी बात है—अगर तुम ऐसा करने को सोच रही हो—और तुम ऐसी जगह चली जाओ जहाँ न तो तुम्हें कोई जानता है और न ही तुमसे एक मित्र या सामान्य व्यक्ति की तरह व्यवहार करता है। मुझे बस लगा कि मुझे यह तुमको बता देना चाहिए।

एक और बात मैं समझती हूँ मुझे तुमको बता देनी चाहिए पर पता नहीं कैसे कहूँ। औली निश्चय ही कोई बुरा व्यक्ति नहीं है किन्तु उसकी संगति का एक प्रभाव पड़ता है—अब ख़याल आता है न केवल औरतों पर बल्कि मर्दों पर भी—और ऐसा नहीं है कि वह इस बारे में जानता नहीं है लेकिन उस बारे में पूरी ज़िम्मेदारी नहीं लेता। साफ़-साफ़ कहूँ तो, मैं उससे प्रेम में पड़ने से ज़्यादा बुरी बात के बारे में सोच ही नहीं सकती। लगता है वह तुम्हारे साथ मिलकर तुम्हारे बारे में या उन अनुसन्धानों के या वहाँ जो कुछ भी होता है, उसके बारे में लेख लिख सकने की सोच

रहा है। तुमसे वह बड़ी दोस्ती और अपनापन दिखाएगा लेकिन तुम उसके व्यवहार को मित्रता से ज़्यादा समझने का धोखा खा सकती हो। मेहरबानी करके यह सब कहने के लिए मुझसे नाराज़ मत होना।

प्यार, नैन्सी

प्रिय नैन्सी,

मेरे लिए कृपया परेशान न हो। औली मुझे हर बात की जानकारी देता रहता है। जब तक तुमको यह पत्र मिलेगा हम शादी कर चुके होंगे और शायद पहले से ही अमरीका में हो सकते हैं। मुझे बहुत दु:ख है कि मैं तुम्हारे घर को अन्दर से नहीं देख सकी।

तुम्हारी, टेसा

सिर में छेद

मिशिगन के केन्द्र की पहाड़ियाँ बलूत के जंगलों से ढकी हुई हैं। नैन्सी केवल एक बार 1968 के पतझड़ में वहाँ आई थी, जब बलूत की पत्तियों का रंग बदल चुका था, लेकिन वे अभी भी पेड़ों पर ही थीं। वह सख़्त लकड़ी वाले पेड़ों के जंगलों की नहीं, झुरमुटों की आदी थी जो मेपल के छायादार वृक्षों से भरे होते हैं, शरद ऋतु में जिनका रंग लाल व सुनहरा हो जाता है। बलूत की, गहरे भूरे और गहरे लाल रंगों वाली, बड़ी-बड़ी पत्तियाँ भी उस सुहावने दिन में भी उसका जी नहीं ख़ुश कर पाईं।

जिस पहाड़ी पर वह निजी अस्पताल था वहाँ कोई वृक्ष नहीं थे। यह जगह किसी भी शहर या गाँव या फ़ॉर्म से, जहाँ कोई रहता हो, काफ़ी दूर थी। इसकी इमारत उस तरह की थी जैसी छोटे शहरों में अस्पताल में बदल दी जाती है—किन्हीं पुराने बड़े लोगों की शानदार हवेली जो अब मर चुके हैं या इसके रख-रखाव का ख़र्च नहीं उठा सकते थे। सामने के दरवाज़े के दोनों ओर दो बड़ी-बड़ी खिड़कियाँ थीं, और तीसरी मंज़िल पर चारों ओर ढलुआ छत के नीचे बाहर को निकली हुई खिड़कियाँ बनी हुई थीं। ईंटें पुरानी होकर मैली पड़ चुकी थीं। झाड़ियों या बाड़ों या सेब के बागों का वहाँ अभाव था, केवल थी बारीक कटी हुई घास और एक बजरी कूटकर बनाया हुआ पार्किंग का स्थान।

अगर कोई अस्पताल छोड़ भागना चाहे तो छिपने की जगह कहीं नहीं थी।

ऐसा विचार उन दिनों नैन्सी को नहीं आता—या इतनी जल्दी तो नहीं ही—जब विल्फ़ बीमार नहीं हुआ था।

उसने अपनी गाड़ी दूसरी गाड़ियों के साथ खड़ी कर दी। वे वहाँ के कर्मचारियों की थीं या आगन्तुकों की; ऐसी वीरान जगह पर कितने आगन्तुक आते होंगे, उसने सोचा?

सामने के दरवाज़े पर लिखे हुए निर्देश को पढ़ने के लिए, जिस पर घूमकर दूसरी तरफ़ के दरवाज़े पर जाने की सूचना लिखी थी, काफ़ी सीढ़ियाँ चढ़नी पड़ती थीं। पास आने पर उसने देखा कि कुछ खिड़कियों पर सलाखें लगी हुई थीं। दरवाज़े के पास की बड़ी खिड़कियों पर नहीं—जिन पर परदे भी नहीं थे—लेकिन कुछ ऊपर की और कुछ नीचे की खिड़कियों पर जो आंशिक रूप से धरती के नीचे बनी कोठरियाँ थीं।

जिस दरवाज़े पर जाने की सलाह दी गई थी, वह निचले तल्ले पर खुलता था। उसने घंटी बजाई, फिर खटखटाया, फिर घंटी बजाई। उसे लगा कि उसे घंटी का बजना सुनाई पड़ा। लेकिन वह निश्चित तौर पर नहीं कह सकती थी क्योंकि अन्दर बहुत ज़्यादा ठोंक-पीट मची हुई थी। उसने दरवाज़े का कुंडा घुमाया, और उसे विस्मय हुआ जब—खिड़कियों पर लगी हुई सलाखों को देखते हुए—दरवाज़ा खुल गया। वहाँ सामने एक रसोई, एक संस्थान की बड़ी-सी, अतिव्यस्त रसोई की डेवढ़ी थी, जहाँ बहुत से लोग खाने के बाद की धुलाई और सफ़ाई में लगे हुए थे।

रसोई की खिड़कियों पर परदे नहीं थे। छत ऊँची थी, जिससे आवाज़ें गूँज रही थीं, और दीवारों और आलमारियों को सफ़ेद रँगा गया था। ढेरों बत्तियाँ जल रही थीं, जबकि पतझड़ के खुले दिनों का पूरा प्रकाश अन्दर आ रहा था।

निश्चित तौर पर उन लोगों ने उसे आते ही देख लिया था। लेकिन कोई भी आगे आकर उससे मिलने और यह जानने की, कि वह वहाँ क्या कर रही थी, जल्दी में नहीं लग रहा था।

वहाँ कुछ और था जो उसको जाना-पहचाना लगा। प्रकाश और कोलाहल से भरा होने के साथ-साथ, वहाँ पर वही अनुभूति थी जो उसको अब अपने घर में होती थी और जिसका भान उसके घर आने वाले लोगों को होता होगा।

वह थी एक ऐसी अस्तव्यस्तता से घिरे होने की अनुभूति, जिसको न सुधारा जा सकता है न ही बदला जा सकता है, केवल उसका प्रतिरोध किया जा सकता है, जितना भी आप कर सकें। कुछ लोग ऐसे स्थान में आते ही हतोत्साहित हो जाते हैं, वे नहीं जानते कि इसका सामना कैसे करें। वे या तो परेशान हो जाते हैं या भयभीत, उन्हें वहाँ से चले जाना पड़ता है।

एक आदमी सफ़ेद एप्रन पहने कूड़े का डिब्बा रखी गाड़ी धकेलता हुआ आया। वह समझ नहीं पाई कि वह उससे मिलने आया था या केवल उसके रास्ते से गुज़र रहा था, लेकिन वह मुस्कुरा रहा था। उसका मित्रवत व्यवहार देखकर नैन्सी ने उसे बताया कि वह कौन थी और किससे मिलने आई थी। उसने सुनकर

कई बार सिर हिलाया, उसके होंठ मुस्कराहट में फैल गए। यह दिखाने के लिए कि वह बोल नहीं सकता था या उसको बोलने से मना किया गया था, उसने अपने सिर को दाएँ-बाएँ और उँगलियों से अपने मुँह को थपथपाया जैसे कि कोई खेल हो और गाड़ी को तहखाने के रास्ते पर धकेलते हुए आगे बढ़ गया।

वह कोई अस्पताल में भर्ती आदमी था, न कि कर्मचारी। यह ज़रूर ऐसी जगह थी जहाँ पर लोगों को, अगर वे इस योग्य समझे जाएं तो—काम पर लगा दिया जाता है। इस विचार से कि यह उनके लिए उपचारात्मक है और शायद था भी।

अन्ततः ज़िम्मेदार लगता कोई नज़र आया। गहरे रंग के सूट में एक औरत जो लगभग नैन्सी की उम्र की थी—लेकिन जिसने दूसरों की तरह सफ़ेद एप्रन नहीं पहना हुआ था। नैन्सी ने उसे फिर से सारी बात बताई कि उसको एक पत्र मिला है, उसका नाम किसी मरीज़ के द्वारा—या जैसा कहना चाहिए किसी अस्पताल निवासी द्वारा—सम्पर्क व्यक्ति के तौर पर दिया गया था।

उसने ठीक ही सोचा था कि रसोई में काम करने वाले लोग किराये के नौकर नहीं थे।

"लेकिन उन्हें यहाँ काम करना अच्छा लगता है।" मेट्रन ने कहा, "इससे उनका आत्मसम्मान बढ़ता है।" दाएँ-बाएँ मुस्कराहट भरी चेतावनी की नज़र डालते हुए वह नैन्सी को रसोई के पास बने अपने ऑफ़िस में ले गई। जब वे बातें कर रहे थे तो यह स्पष्ट हो गया कि उनकी बातचीत में बार-बार व्यवधान पड़ते रहेंगे, मेट्रन को रसोई के काम के बारे में निर्णय लेने पड़ेंगे और जब भी कोई सफ़ेद एप्रन लपेटे दरवाज़े से झाँकता नज़र आएगा, उसकी समस्याओं को सुलझाते जाना होगा। इसके अलावा वह फ़ाइलें भी निपटानी होंगी और बिल और नोटिस के मामले भी जो कि दीवारों पर यहाँ-वहाँ बेतरतीब टँगे हुए थे। साथ-ही-साथ उसे नैन्सी जैसे आगन्तुकों से भी निपटना पड़ता होगा।

"हमने अपने पुराने काग़ज़ातों से वे नाम ढूँढ़ लिये जो कि सम्बन्धियों के तौर पर दिए गए थे—"

"मैं सम्बन्धी नहीं हूँ।" नैन्सी ने कहा।

"जो भी हो, जैसा पत्र आपको मिला, वैसे ही अनेक पत्र हमने लिखे कि इन मामलों को निपटाने के लिए क्या सुझाव हैं? यह ज़रूर है कि हमें बहुत उत्तर नहीं मिले। आपकी मेहरबानी कि आप इतनी दूर गाड़ी चला के आई हैं।"

नैन्सी ने पूछा कि इन मामलों का क्या मतलब।

मेट्रन ने कहा कई लोग सालों से यहाँ हैं जिनको यहाँ मरीज़ होने की ज़रूरत नहीं थी।

"आपको बता दूँ कि मैं यहाँ पर नई हूँ।" उसने कहा, "लेकिन जो कुछ मैं जानती हूँ आपको बता देती हूँ।"

उसके अनुसार वह जगह वस्तुत: एक मालगोदाम की तरह थी—उन सबके लिये जो वास्तव में मानसिक रूप से बीमार थे या सठिया गए थे या जिनका किसी भी कारण से मानसिक विकास नहीं हो पाया या ऐसे लोग जिनकी देखभाल उनके परिवार वाले नहीं कर सकते थे। वहाँ हमेशा से हर तरह के लोग भर्ती किए जाते रहे थे। गम्भीर समस्याओं वाले मामले, सुरक्षाकर्मियों की देख-रेख में, उत्तरी खंड में थे।

मूल रूप से यह एक निजी अस्पताल था जिसे एक डॉक्टर चलाता था। उसकी मृत्यु के बाद डॉक्टर के परिवार ने इसे अपने हाथ में ले लिया, और उनके काम करने के अपने तरीके थे। आंशिक रूप से यह ख़ैराती अस्पताल में बदल गया। ख़ैराती मरीज़ों के नाम पर दूसरों के लिए भी ग़लत-सलत तरीकों से पैसा जमा किया गया। कुछ मृत लोगों के नाम अभी तक मरीज़ों के रजिस्टर में दर्ज थे और उनके भी जिनका यहाँ होने का कोई यथोचित कारण न था। उनमें से बहुत से, अवश्य ही, अपनी जीविका के लिए अस्पताल में काम करते थे और यह उनके मनोबल के लिए आमतौर पर अच्छा था लेकिन कुछ भी हो, यह सब अनियमित और ग़ैरक़ानूनी था।

और अब बात यह थी कि सब मामलों की विस्तृत जाँच-पड़ताल हो रही थी और यह अस्पताल बन्द किया जाना था। इमारत तो वैसे ही पुरानी हो गई थी और मरीज़ों के लिए स्थान कम पड़ते थे। गम्भीर मामले फ़्लिंट या लैजिंग—अभी ठीक से तय नहीं था—के एक बड़े अस्पताल में भेजे जा रहे थे और कुछ मरीज़ जैसा कि नया चलन था, छोटे भवनों या सामूहिक घरों में जा सकते थे और कुछ अपने सम्बन्धियों के—अगर वे उनकी देख-रेख कर सकें—साथ रह सकते थे।

टेसा इस तरह के मरीज़ों में थी। शुरू में लगता था उसे कुछ बिजली के उपचार की आवश्यकता थी, लेकिन अब काफ़ी समय से वह केवल न्यूनतम औषधियों पर ही थी।

"बिजली के झटके?" नैन्सी ने कहा।

"शायद आघातोपचार कहना चाहिए।" मेट्रन ने कहा, जैसे कि इससे कोई बड़ा अन्तर आ जाएगा, "आप कहती हैं आप सम्बन्धी नहीं हैं, इसका मतलब आप उन्हें ले जाने को तैयार नहीं हैं।"

"मैं विवाहित हूँ—" नैन्सी ने कहा, "मेरे पति शायद ऐसी ही किसी जगह पर होते, लेकिन मैं उनकी घर पर देख-भाल कर रही हूँ।"

"अच्छा, ऐसी बात।" मेट्रन ने एक निश्वास ले कहा। उसकी आवाज़ में अविश्वास नहीं तो सहानुभूति भी नहीं थी, "और एक समस्या यह है कि वह यहाँ की नागरिक भी नहीं है। उसका भी यही सोचना है—तो अब आप उससे मिलने की भी इच्छुक नहीं हैं?"

"हाँ।" नैन्सी ने कहा, "हाँ, मैं हूँ। इसीलिए तो आई हूँ।"

"ठीक है। वह यहीं पास के बेकरी में है। सालों से वह यहाँ तन्दूर में रोटी पका रही है। मेरे ख़याल में पहले यहाँ उस काम के लिए एक कर्मचारी था, लेकिन जब से वह गया है उन्होंने किसी और को नहीं रखा, टेसा के होते हुए उन्हें ज़रूरत ही नहीं थी।"

खड़े होते हुए उसने कहा, "ठीक है। कुछ समय बाद आप मेरे ऑफ़िस में आकर कह सकती हैं कि आप मुझसे कुछ बात करना चाहती हैं। फिर आप यहाँ से जा सकती हैं। टेसा काफ़ी समझदार है और वह हवा का रुख़ पहचानती है और आपको बिना उसे साथ लिये जाते हुए देख परेशान हो सकती है। सो मैं आपको चुपके से निकल जाने का मौक़ा दूँगी।"

टेसा के बाल पूरी तरह से सफ़ेद नहीं हुए थे। वे सिर के पीछे कसकर बँधे हुए थे, जिससे उसका बिना झुर्रियों वाला चमकता माथा नज़र आ रहा था जो पहले से भी बड़ा और ऊँचा और गोरा लग रहा था। उसका शरीर भी कुछ और फैल चुका था। स्तन और बड़े होकर ऐसे सख़्त लग रहे जैसे उसकी सफ़ेद बेकरी की पोशाक में दो बड़े गोल पत्थर रख दिए गए हों। और इस भार के बावजूद, मेज़ पर झुकी हुई, आटा गूँधते हुए उसके कन्धे चौड़े और सुडौल थे।

वह बेकरी में अकेली थी, सिवाय एक लम्बी, दुबली, अच्छे नैन-नक्श वाली लड़की—नहीं, एक औरत—के जिसका सुन्दर चेहरा अजीब प्रकार से बार-बार ऐंठ रहा था।

"अरे, नैन्सी! तुम!" टेसा ने सहजता से कहा, लेकिन थोड़ा हाँफ कर जैसा मोटे लोग आत्मीयता जताने के लिए करते हैं, "रुको। एलिनर। ऐसे नहीं करते। जाओ, जाकर मेरी दोस्त के लिए एक कुर्सी लाओ।"

यह देखकर नैन्सी उसके गले लगना चाहती थी, जैसा कि लोग अब करते हैं, वह थोड़ा सकपका गई थी। "ओह, पूरे शरीर पर आटा लगा हुआ है। और दूसरी बात यह है, एलिनर भड़ककर तुम्हें काट सकती है। एलिनर को पसन्द नहीं आता जब कोई मेरे बहुत पास आना चाहता है।"

एलिनर जल्दी से कुर्सी लेकर वापस आई। नैन्सी ने तब सीधे उसके चेहरे को देखते हुए बहुत मधुरता से बोलने का ध्यान रखा।

"बहुत बहुत धन्यवाद, एलिनर।"

"वह बात नहीं करती।" टेसा ने कहा, "अलबत्ता, वह मेरी बहुत अच्छी सहायक है। मैं उसके बिना कुछ नहीं कर सकती, मैं कर सकती हूँ, एलिनर?"

"ख़ैर।" नैन्सी ने कहा, "हैरानी है कि तुमने मुझे पहचान लिया। मैं काफ़ी बुढ़ा गई हूँ।"

"हाँ।" टेसा ने कहा, "मुझे उत्सुकता थी कि तुम आओगी कि नहीं।"

"अगर मैं मर गई होती तो? तुम्हें जिनी रॉस याद है? उसका निधन हो गया।"

"हूँ।"

टेसा एक भरवाँ मीठी चीज़ बना रही थी। उसने आटे की लोई का टुकड़ा काटा और एक टीन की तश्तरी में दबाकर फैला दिया। तश्तरी हाथ से घुमाते हुए कुशलता से किनारों से बाहर निकले आटे को दूसरे हाथ में पकड़े चाकू से काट दिया।

"विल्फ़ अभी ज़िन्दा है?" टेसा ने कहा।

"अभी ज़िन्दा है। लेकिन कुछ पगला गया है, टेसा।" कहने के बाद नैन्सी को लगा कि यह कहने की बात नहीं थी। उसने बात सँभालने की कोशिश की, "वह थोड़ी अजीब हरकतें करने लगा है, बेचारा वोल्फ़ी (भेड़िया)।" सालों पहले उसने विल्फ़ को, यह सोचकर कि यह नाम उसके लम्बूतरे जबड़े, पतली मूँछों और पैनी आँखें के अनुकूल है, वोल्फ़ी पुकारना शुरू किया था। लेकिन विल्फ़ को यह नाम पसन्द नहीं आया, उसको लगता था कि उसका मज़ाक़ उड़ाया जा रहा है, सो नैन्सी ने उस नाम का प्रयोग बन्द कर दिया था। पर अब वह बुरा नहीं मानता, और वह नाम फिर लेने पर नैन्सी का हृदय विल्फ़ के लिए एक मीठी और कोमल भावना से भर गया। उससे मौजूदा परिस्थिति में बात करने में मदद ही मिली।

"जैसे कि उसे गलीचों से नफरत हो गई है।"

"गलीचे?"

"वह कमरे में इस तरह से घूमता रहता है।" नैन्सी ने हवा में आयत का आकार बनाते हुए कहा, "मुझे फ़र्नीचर को दीवारों से दूर हटाना पड़ा है। चक्कर-पे-चक्कर-पे-चक्कर।" अचानक, और कुछ लज्जित-सी हो, वह हँस पड़ी।

"ओह, यहाँ कई हैं जो ऐसा करते हैं।" टेसा ने सिर हिलाते हुए कहा, जैसे उसे यह सब पता था, "वे अपने और दीवार के बीच में किसी को आने नहीं देना चाहते।"

"केवल मैं हूँ जिस पर वह आजकल भरोसा करता है। हर समय, नैन्सी कहाँ हो की आवाज़।"

"वह मार-पीट तो नहीं करता?" टेसा ने फिर एक अनुभवी, एक जानकार की तरह कहा।

"नहीं, हालाँकि बहुत शक्की हो गया है। सोचता है कि लोग घर के अन्दर आकर चीज़ें छुपा जाते हैं। उसे लगता है कोई हमेशा घड़ी का समय बदलता रहता है और समाचार-पत्र पर लिखा दिन भी बदल देता है। जब कभी भी मैं किसी की चिकित्सा सम्बन्धी समस्या की बात करती हूँ तो वह फ़ौरन ठीक हो जाता है और रोग की सही पहचान कर देता है। दिमाग़ भी क्या अजीब चीज़ है।"

फिर वही न कहने की बात मुँह से निकल गई।

"दिमाग़ थोड़ा गड़बड़ है लेकिन मारपीट नहीं करता।"

"चलो, ठीक है।"

टेसा ने तश्तरी मेज़ पर रख दी और करछुल से उसमें एक बड़े से बिना मार्का के डिब्बे से, जिस पर सिर्फ़ ब्लूबेरी लिखा था, मीठा मसाला निकालकर भरने लगी। मसाला पतला और लसीला लग रहा था।

"यहाँ आओ, एलिनर।" टेसा ने कहा, "ये टुकड़े तुम्हारे लिए हैं।"

एलिनर ठीक नैन्सी की कुर्सी के पीछे खड़ी हुई थी—नैन्सी ने पीछे न मुड़ने और देखने की पूरी सावधानी बरती थी। एलिनर आँखें नीची किए मेज़ के पास आ गई और चाकू से काटे गए लोई के बचे हुए टुकड़ों को एक साथ इकट्ठा करने लगी।

"वह आदमी ज़रूर मर चुका है।" टेसा ने कहा, "इतना मैं जानती हूँ।"

"किसके बारे में बात कर रही हो?"

"वही आदमी। तुम्हारा दोस्त।"

"औली? तुम्हारा मतलब औली मर गया है?"

"तुमको नहीं मालूम?" टेसा ने कहा।

"न। नहीं।"

"मैं समझती थी तुम्हें मालूम होगा। क्या विल्फ़ भी नहीं जानता था।"

"क्या विल्फ़ भी नहीं जानता है।" नैन्सी ने अपने पति के बचाव में उसको जीवित लोगों के साथ रखा।

"मैं समझती थी वह जानता होगा।" टेसा ने कहा, "क्या वे सम्बन्धी नहीं थे?"

नैन्सी ने जवाब नहीं दिया। अगर टेसा यहाँ थी तो उसको समझ लेना चाहिए था कि औली जीवित न था।

"मुझे लगता है यह बात उसने अपने तक ही रखी।" टेसा ने कहा।

"विल्फ़ बातों को अपने तक रखने में माहिर है।" नैन्सी ने कहा, "यह कहाँ हुआ? क्या तुम उसके साथ थी?"

टेसा ने नहीं कहने में सिर हिलाया, या फिर यह कहने के लिए कि वह नहीं जानती थी।

"ख़ैर, कब हुआ? तुम्हें क्या बताया गया?"

"किसी ने कुछ नहीं बताया। लोग मुझे कभी कुछ नहीं बताएँगे।"

"ऐसा नहीं, टेसा।"

"मेरे सिर में एक छेद था। बहुत लम्बे समय से था।"

"क्या वैसे ही जैसे तुम्हें बातों की जानकारी अपने आप हो जाती थी?" नैन्सी ने कहा, "तुम्हें याद है वह बात?"

"उन्होंने मुझे गैस सुँघाई।"

"किसने?" नैन्सी ने सख़्ती से कहा, "तुम्हारा क्या मतलब कि तुम्हें गैस सुँघाई गई?"

"यहाँ के डॉक्टर मुझे इंजेक्शन भी लगाते थे।"

"तुमने कहा था गैस।"

"वे मुझे सुईयाँ और गैस दोनों लगाते थे। यह मेरे दिमाग़ के इलाज के लिए था। ताकि मुझे बातें याद न आएँ। कुछ ख़ास बातें मुझे याद हैं, लेकिन यह नहीं बता सकती कब हुईं। मेरे सिर में बहुत समय तक एक छेद था।"

"औली तुम्हारे यहाँ आने से पहले मरा या बाद में? तुम्हें याद नहीं है वह मरा कैसे?"

"अरे, मैंने देखा था उसको। उसका सिर काले कोट में लिपटा था। गले के चारों ओर रस्सी बँधी थी। किसी ने यह किया था उसके साथ।" कुछ देर के लिए उसने अपने होंठ भींच लिए, "किसी को इसके लिये फाँसी पर चढ़ना चाहिए था।"

"तुमने शायद कोई बुरा सपना देखा था। शायद तुम्हारा सपना असली घटनाओं के साथ मिल गया।"

टेसा ने ठोड़ी ऐसे उठाई जैसे कोई बात साफ़ कर देना चाहती थी, "मैं जानती हूँ ऐसा कुछ नहीं हुआ।"

बिजली के झटके से इलाज, नैन्सी ने सोचा। क्या बिजली के इलाज से उसकी याददाश्त पर असर पड़ गया था? अस्पताल के रिकॉर्ड में कुछ-न-कुछ होगा। वह फिर से मेट्रन के पास जाकर बात करेगी।

उसने एलिनर की तरफ़ देखा कि वह लोई के बचे हुए टुकड़ों के साथ क्या कर रही है। उसने बड़ी कुशलता से उनमें सिर और कान और दुम जोड़कर छोटे-छोटे आटे के चूहे बना लिए थे।

बहुत सधे हाथों से टेसा ने पाई (भरवाँ मिठाई) की ऊपरी परतों पर हवा के लिए दरारें बनाईं। पाई के साथ एक अलग प्लेट में चूहे भी तन्दूर में रख दिए गए।

तब टेसा अपने हाथ आगे बढ़ाकर खड़ी प्रतीक्षा करती रही जब तक एलिनर मेज़ पर चिपके लोई के टुकड़ों और आटे को पोंछने के लिए छोटी-सी भीगी तौलिया न ले आई।

"कुर्सी।" टेसा ने मन्द स्वर में कहा, और एलिनर एक कुर्सी ले आई और मेज़ के एक छोर पर, नैन्सी की कुर्सी के पास, रख दी ताकि टेसा बैठ सके।

"और चाहो तो तुम जाकर हमारे लिए चाय बना सकती हो।" टेसा ने कहा, "घबराओ नहीं, हम तुम्हारी पकती चीज़ का ध्यान रखेंगे। तुम्हारे नन्हे-मुन्ने चूहों को देखते रहेंगे।"

"चलो, यह सब बातें छोड़ो।" उसने नैन्सी से कहा, "तुम्हारा आख़िरी पत्र जब आया था, तब तुम्हें बच्चा नहीं होने वाला था? लड़का था या लड़की?"

"लड़का।" नैन्सी ने कहा, "वह तो सालों पहले की बात है। और उसके बाद मेरी दो लड़कियाँ हुईं। अब तो सब बड़े हो चुके हैं।"

"यहाँ पता नहीं समय कैसे गुज़र जाता है। पता नहीं ये अच्छी बात है कि नहीं। बच्चे क्या कर रहे हैं अब?"

"लड़का—"

"क्या नाम है उसका?"

"ऐलन। उसने भी डॉक्टरी पढ़ी।"

"वह भी डॉक्टर है। बहुत बढ़िया।"

"दोनों लड़कियों की शादी हो चुकी है। ऐलन भी शादीशुदा है।"

"अच्छा उनके क्या नाम हैं? लड़कियों के?"

"सूज़न और पेट्रीशिया। वे दोनों नर्सें हैं।"

"तुमने बहुत अच्छे नाम चुने हैं।"

चाय जल्दी आ गई—पानी की केतली शायद यहाँ हर समय उबलती ही रहती थी—और टेसा ने चाय उड़ेली।

"ये संसार की सबसे अच्छी प्यालियाँ नहीं।" उसने एक ज़रा-सा चटका हुआ प्याला अपने लिए रखते हुए कहा।

"कोई बात नहीं।" नैन्सी ने कहा, "टेसा! क्या तुम्हें याद है तुम दूसरों की बातें जान लिया करती थीं। जब लोगों की चीज़ें खो जाती थीं, तुम उन्हें बता सकती थीं कि वे चीज़ें कहाँ हैं।"

"अरे नहीं।" टेसा ने कहा, "मैं सिर्फ़ दिखावा करती थी।"

"वह दिखावा तो नहीं था।"

"इसके बारे में बात करना मेरे लिये कष्टदायक है।"

"माफ करना।"

दरवाज़े पर मेट्रन दिखाई पड़ी।

"मैं आपकी बातचीत के बीच विघ्न नहीं डालना चाहती।" उसने नैन्सी से कहा, "मगर चाय ख़तम करने के बाद क्या आप मेरे कमरे में एक मिनट के लिए आ सकती हैं—"

टेसा ने इतना इन्तज़ार भी नहीं किया कि मेट्रन दूर चली जाए और उसकी बात न सुन सके।

"वो बहाना इसलिए कि तुमको मुझे अलविदा न कहना पड़े।" उसने ऐसे कहा जैसे कि वह यह बात पहले भी सुन चुकी हो, "सब जानते हैं यह एक चाल है। मैं जानती थी तुम मुझे ले जाने के लिए नहीं आई हो। तुम भला यह कैसे कर सकती?"

"यह तुम्हारे बारे में नहीं है, टेसा। बात यह है कि मुझे विल्फ़ की देखभाल भी करनी पड़ती है।"

"ठीक कह रही हो।"

"उसका कुछ अधिकार है मुझ पर। पति की तरह उसने मुझसे अच्छा व्यवहार किया, उतना अच्छा जितना कि वह कर सकता था। मैंने अपने आपसे वायदा किया था कि वह कभी किसी ऐसे अस्पताल में नहीं रहेगा।"

"नहीं। ऐसे अस्पताल में तो हरगिज़ नहीं।" टेसा ने कहा।

"ओह! मैं कैसी बेवक़ूफ़ी की बात कह गई।"

टेसा मुस्कुरा रही थी, और नैन्सी ने उसकी मुस्कराहट में वही बात देखी जो उसे सालों पहले हैरत में डाल देती थी। उसके मुस्कुराने में दूसरों से बेहतर होने के घमंड का नहीं वरन दयालुता का भाव था।

"तुमने अच्छा किया कि मुझसे मिलने आईं, नैन्सी। तुम देख सकती हो मैं अपनी सेहत का ख़याल रखती हूँ। यह कोई कम बात नहीं। अच्छा होगा कि तुम जाते समय उस औरत से मिल लो।"

"मेरा उससे मिलने का कोई इरादा नहीं है।" नैन्सी ने कहा, "मैं ऐसे ही खिसक नहीं जाऊँगी। पूरी तरह से तुमको अलविदा कर जाऊँगी।"

टेसा द्वारा बताई बातें मेट्रन से अब वह कैसे पूछ सकती थी? और समझ नहीं आ रहा था कि वे बातें पूछनी भी चाहिए या नहीं। टेसा की पीठ पीछे ऐसी बात पूछने से उसके ख़िलाफ़ बदले की भावना पैदा हो सकती थी और इस जगह में किस बात से कैसी प्रतिक्रिया होगी, कहा नहीं जा सकता था।

"सुनो, तब तक अलविदा मत लो जब तक एलिनर का एक चूहा न खा लो। वह चाहती है तुम उसका खिलौना खाओ। तुम उसे पसन्द आने लगी हो। और चिन्ता मत करो—मैं ध्यान रखती हूँ कि वह हाथ धोती रहे।"

नैन्सी ने चूहा खाया, और एलिनर को बताया कि वह बहुत स्वादिष्ट था। एलिनर उससे हाथ मिलाने को तैयार हो गई, और फिर टेसा ने भी वही किया।

"अगर वह जीवित होता।" टेसा ने काफ़ी भरोसे से कहा, "तो वह यहाँ मुझे लेने क्यों नहीं आया? उसने कहा था वह आएगा।"

नैन्सी ने हाँ में सिर हिलाया।

"मैं तुमको पत्र लिखूँगी।" उसने कहा।

और वह लिखना चाहती थी, सच में, लेकिन उसके घर पहुँचते ही विल्फ़ की हालत कुछ ज़्यादा ख़राब रहने लगी, और मिशिगन की पूरी यात्रा अवास्तविक लगते हुए भी उद्विग्नता का ऐसा कारण बन गई, कि वह कभी लिख न सकी।

वर्ग, वृत्त, तारक

सत्तर के दशक के आरम्भ में ढलती हुई ग्रीष्म ऋतु में एक दिन, वैंकूवर नगर की सड़कों पर एक महिला घूम रही थी। इस शहर में वह पहले कभी नहीं आई थी और जहाँ तक वह जानती थी फिर कभी आएगी भी नहीं। वह शहर के बीच बने अपने होटल से निकलकर बुर्राड स्ट्रीट के पुल को पार कर फ़ोर्थ एवेन्यू पर पहुँच चुकी थी। फ़ोर्थ एवेन्यू पर तमाम छोटी-छोटी दुकानें थीं जिनमें सुगन्ध सामग्री, स्फटिक, काग़ज़ के बने बड़े-बड़े फूल, साल्वाडोर डाली और व्हॉइट रैबिट के पोस्टर, दुनिया के ग़रीब परन्तु पौराणिक सभ्यता वाले देश में बने सस्ते कपड़े भी, या तो झीने और भड़कीले या धूसर रंगों में और मोटे इतने जैसे कि कम्बल, मिलते थे। इन दुकानों के सामने से गुज़रने पर अन्दर बज रहा संगीत आप पर हमला-सा करता और धक्के देता मालूम पड़ता था।

और कुछ ऐसा ही असर वहाँ फैली अपरिचित मीठी गन्धों का भी होता, और ठलुए घूमते लड़के-लड़कियों का, या नौजवान मर्द और औरतों का, जिन्होंने फ़ुटपाथों पर अपने घर से बना रखे थे। वह महिला इस युवा संस्कृति कहलाने वाली जीवन शैली के बारे में सुन और पढ़ चुकी थी। इधर कुछ सालों से प्रचलित यह संस्कृति अब ह्रासोन्मुख थी। लेकिन उसे कभी ऐसी जगह से नहीं गुज़रना पड़ा था या अकेले ऐसी जगह जाना पड़ा था जहाँ उसका इतना प्रभाव था।

वह सढ़सठ साल की थी। वह इतनी दुबली हो चुकी थी कि उसके कूल्हे और वक्ष पूरी तरह से सपाट हो गए थे। वह सिर उठाए तनकर कुछ चुनौती भरे ढंग और कुछ कौतूहल से दाएँ-बाएँ देखती चल रही थी।

जहाँ तक नज़र जा सकती ऐसा लग रहा था कि सभी की उम्र उससे तीन दशक कम थी।

एक लड़का और लड़की हास्यास्पद लगती गम्भीरता से उसकी ओर बढ़े। उनके सिर पर गुँथे हुए रिबन की पट्टी बँधी थी। उन्होंने उससे एक काग़ज़ की छोटी-सी लपेटी हुई नली ख़रीदने को कहा।

उसने पूछा कि क्या इसमें उसका भाग्य लिखा था।

"शायद।" लड़की ने कहा।

लड़के ने कुछ तुनककर कहा, "इसमें ज्ञान भरा है।"

"ऐसा है तो।" नैन्सी ने कहा, और एक डॉलर उनकी आगे बढ़ाई हुई कढ़ाईदार टोपी में डाल दिया।

"अब तुम लोग अपने नाम बताओ।" उसने हँसी दबाने का असफल यत्न किया। पर उनके चेहरे पर हँसी नहीं आई।

"एडम और ईव।" लड़की ने पैसे उठाकर अपनी पोशाक में खोंसते हुए कहा।

नैन्सी ने एक गीत की पंक्तियाँ कहीं, "एडम एंड ईव एंड पिंच-मी-टाइट। वेंट डाउन टू द रिवर ऑन सैटरडे नाईट।"

लेकिन वे दोनों उसकी उपेक्षा कर उकताए से एक ओर चले गए।

चलो छुट्टी मिली, उसने सोचा और आगे चल दी।

क्या मेरे यहाँ आने के ख़िलाफ़ कोई क़ानून है?

एक खस्ताहाल लगते कैफ़े के बाहर एक बोर्ड लगा था। उसने होटल में नाश्ते के बाद से कुछ खाया नहीं था। अब चार बज चुके थे। वह बोर्ड पढ़ने के लिए रुक गई।

बोर्ड पर घसीटकर लिखा था, गाँजे की जय। उसके पीछे दिखाई दी, त्योरियाँ चढ़ाए हुए, रोनी-सी सूरत वाली महिला जिसके माथे और गालों पर यहाँ-वहाँ बाल झूल रहे थे। सूखे से लाल-भूरे बाल। नैन्सी की केश प्रसाधक कहा करती है कि बालों को हमेशा उनके प्राकृतिक रंग से हलका रँगो। उसके अपने बालों का रंग गहरा था, गहरा भूरा, लगभग काला।

नहीं, नहीं था। उसके बाल अब सफ़ेद थे।

आपके जीवन काल में ऐसा कुछ—एक बार कम-से-कम अगर आप एक महिला हैं तो होता ही है कि आपका अचानक अपने आपसे सामना हो जाता है। ऐसा होना उन बुरे सपनों की ही तरह था जिनमें नैन्सी अपने आपको नाइटी में, या केवल तन का ऊपरी भाग ढके, सड़कों पर घूमता पाती थी।

पिछले दस या पन्द्रह सालों में उसने कई बार अपने चेहरे को तेज़ रोशनी में सूक्ष्मता से देखा ताकि ठीक से समझ सके कि किस प्रकार का शृंगार करना है और फैसला कर सके कि बालों को रँगने का समय आ गया है कि नहीं। उसे अनेक बार अपने चेहरे-मोहरे में वही पुरानी और कुछ नई भी चीज़ें नज़र आईं जिनकी ओर ध्यान देना ज़रूरी था या शरीर में ऐसे बदलाव दिखाई दिए जिनकी उपेक्षा नहीं की जा सकती थी। परन्तु अपने को एक पूरी तरह से अजनबी की तरह देखने का ऐसा धक्का न लगा था।

कोई ऐसा जिसे न वह जानती थी और न ही जानना चाहेगी।

उसने फ़ौरन ही अपने चेहरे का भाव सहज कर लिया। कुछ सुधार नज़र आया और कहा जा सकता है कि उसने अपने आपको पहचान लिया। उसने तुरन्त कोई सुखद बात सोचने के लिये दिमाग़ दौड़ाया मानो उसके पास गँवाने के लिए एक मिनट भी न था। बालों पर हेयर स्प्रे करने की ज़रूरत थी ताकि वे इस तरह से बेकाबू न उड़ें। उसे लिपस्टिक का कुछ गहरा रंग चाहिए था। आजकल प्रचलित हल्के तथा गुलाबीपन लिये भूरे रंग के बजाय शोख गहरा गुलाबी, जो अब मुश्किल से ही मिलता है। उसको ढूँढ़ पाने के संकल्प के साथ उसने इधर-उधर देखा—तीन-चार दुकानें। पहले वह एक प्रसाधनों की दुकान

देख चुकी थी—और एडम और ईव से दोबारा न मिलना पड़े इसके लिए उसने सड़क पार कर ली।

अगर ऐसा न होता तो उससे कभी भेंट नहीं होती।

एक बूढ़ा मर्द फ़ुटपाथ पर चला आ रहा था। मध्यम गठा हुआ शरीर। गंजे चाँद पर सफ़ेद बालों की झालर नैन्सी के बालों जैसे हवा में उड़ रही थी। खुले गले की डेनिम की कमीज, पुराना कोट और पतलून। ऐसा कुछ भी नहीं जिससे वह सड़क पर घूम रहे दूसरे नवयुवकों की तरह दिखे—न बालों की चोटी, न गले में रूमाल, न ही जींस पहने। पर फिर भी यह व्यक्ति भूल से भी उस प्रकार का पुरुष नहीं हो सकता था जिसके साथ वह पिछले दो सप्ताह से प्रतिदिन समय बिता रही थी।

वह फ़ौरन पहचान गई। औली था। पर विश्वास न होने के कारण वह खड़ी रह गई।

औली। जीवित है। औली।

और उसने कहा, "नैन्सी!"

नैन्सी के एक क्षण के लिए भयाक्रान्त चेहरे को सम्भवत: औली ने नहीं देखा। अब उन दोनों के चेहरों पर एक जैसे भाव थे। अविश्वास, आनन्द, क्षमायाचना के।

क्षमायाचना क्यों कि उनकी मित्रता पहले की तरह नहीं रही थी, या कि इतने वर्षों तक उन्होंने एक-दूसरे के समाचार जानने की कोशिश नहीं की थी? या उन दोनों में आ गए परिवर्तनों के लिए, या जिस तरह से वे अपने बारे में दूसरे को बताने जा रहे थे।

औली की अपेक्षा नैन्सी को विस्मय होने के अवश्य अधिक कारण थे। लेकिन नैन्सी ने उन बातों को छोड़कर पहले सामान्य बातें ही कीं।

"मैं यहाँ बस रात भर के लिए हूँ।" उसने कहा, "मेरा मतलब, पिछली रात और आज की रात। मैं बूढ़ी विधवाओं के एक दल के साथ अलास्का घूमने गई थी। पता है विल्फ़ नहीं रहा। लगभग एक साल हो रहा है उसे मरे हुए। बड़ी भूख लगी है। मैं बस ऐसे ही घूम रही थी और पता नहीं कैसे यहाँ पहुँच गई।"

और वह बिना सोचे कहती गई, "मैं नहीं जानती थी तुम यहाँ रहते हो।" पर उसने कभी सोचा ही नहीं था कि वह कहाँ रहता था। लेकिन उसे निश्चित रूप से यह भी नहीं मालूम था कि उसका निधन हो चुका था। जहाँ तक उसे पता था, विल्फ़ को कभी इस तरह की कोई ख़बर नहीं मिली थी। वह विल्फ़ से कुछ ज़्यादा पूछ भी न पाई थी। उस थोड़े से समय में, जब वह टेसा से मिलने के लिए मिशिगन की यात्रा पर थी, विल्फ़ की हालत और बिगड़ गई थी।

औली कह रहा था कि वह भी वैंकूवर में नहीं रहता था, वह भी यहाँ कुछ समय के लिए आया था। अस्पताल में कुछ साधारण जाँच-पड़ताल होनी थी। वह

क्सेडा द्वीप पर रहता था। ठीक बताना कि वह स्थान कहाँ पर था, कुछ मुश्किल था। इतना ही कहना काफ़ी होगा कि यहाँ से वहाँ पहुँचने के लिए तीन बार नाव बदलनी पड़ती हैं।

वे दोनों उसकी एक पास की सड़क पर खड़ी मैली सफ़ेद रंग की फ़ॉक्सवैगन वैन में बैठ एक भोजनालय की ओर चल दिए। गाड़ी में समुद्र की गन्ध भरी हुई थी, समुद्री शैवाल की और मछलियों की और रबड़ की। पता चला कि अब वह मांस नहीं, केवल मछली ही खाता है। भोजनालय, जिसमें आधा दर्जन से अधिक मेज़ें नहीं थीं, जापानी था। एक जापानी लड़का किसी युवा पुजारी सदृश प्यारा-सा चेहरा झुकाए काउंटर पर कमाल की तेज़ी से मछलियाँ काट रहा था। औली ने पुकारा, "क्या हाल है, पीट?" और युवक ने बिना ज़रा भी लय के टूटे हास्यात्मक उपहासी उत्तरी अमरीकी लहजे में जवाब दिया, "बा-हूत बाढ़ी-या।" नैन्सी ने गौर किया—औली ने उस नवयुवक का नाम पुकारा था और उस नवयुवक ने औली का नहीं। उसे उम्मीद थी कि औली उसके इस बात पर गौर करने पर ध्यान नहीं देगा। कुछ लोग दुकानों या भोजनालयों के कर्मचारियों से दोस्ती की बात को काफ़ी महत्त्व देते हैं।

बिना पकी मछली खाने का विचार नैन्सी को बर्दाश्त न हुआ, तो उसने नूडल ले लिए। चॉपस्टिक्स उसके लिए थोड़े अनोखे से थे—वे उन चीनी चॉपस्टिक्स की तरह नहीं लग रहे थे जिनका वह एक-दो बार प्रयोग कर चुकी थी—लेकिन यहाँ केवल वही दिए गए।

अब जब वे बैठ चुके थे, उसे टेसा के बारे में बात करनी चाहिए। यद्यपि यह ज़्यादा शिष्ट होगा कि वह प्रतीक्षा करे और औली को ही उसे बताने दे।

इसलिए उसने अपने समुद्री क्रूज़ के बारे में बात करनी शुरू कर दी। उसने कहा कि अपनी जान बचाने के लिए भी वह कभी किसी ऐसी यात्रा पर नहीं जाएगी। सिर्फ़ ख़राब मौसम के कारण नहीं, यद्यपि कभी-कभी बरसात और कोहरे के कारण ज़्यादा दिखाई नहीं देता था। फिर भी बहुत देखा, वास्तव में उससे भी ज़्यादा जितना कि एक जीवनकाल के लिए काफ़ी है। पहाड़ों के बाद पहाड़ और टापुओं के बाद टापू और पत्थर और पानी और पेड़। हर कोई कहे जा रहा था, क्या यह कमाल का नज़ारा नहीं? क्या यह अद्भुत दृश्य नहीं?

अद्भुत, अद्भुत, अद्भुत, कमाल।

उन्होंने रीछ देखे। उन्होंने सील, जलव्याघ्र, एक व्हेल देखी। हर आदमी फ़ोटो ले रहा था। लोग झुँझला रहे थे और गालियाँ बक रहे थे कि पता नहीं उनके नए कैमरे ठीक से काम क्यों नहीं कर रहे हैं। फिर उन्होंने जहाज़ से उतरकर उन प्रसिद्ध नगरों की प्रसिद्ध रेल यात्राएँ कीं जहाँ सोने की खाने थीं, उनके बहुत सारे चित्र खींचे और 1890 के दशक के निवासियों का हुलिया बनाकर घूमते अभिनेताओं

के भी। अधिकतर लोगों ने वहाँ क्या किया; लाइन लगाकर फ़ज नाम की मिठाई की ख़रीदारी की।

रेलगाड़ी की यात्रा के दौरान सामूहिक गायन। और जहाज़ पर नशे में धुत्त हो जाना। कुछ लोग तो सुबह नाश्ते के समय से ही शुरू हो जाते थे। जुआ खेलना। रात में बालरूम डांस जहाँ दस बूढ़ियों में एक बूढ़े का अनुपात होता था।

"सभी औरतें रंग-बिरंगे कपड़ों में सजी, बाल सँवारे और ऐसे श्रृंगार किए रहतीं जैसे कुत्तों को किसी प्रदर्शनी के लिए सजाया जाता है। मैं बता रही हूँ तुम्हें, मर्दों की संगति के लिए वहाँ बहुत सख़्त द्वन्द्विता थी।"

इस पूरी कहानी में कई स्थानों पर औली हँसा था, यद्यपि नैन्सी ने एक बार उसे अपनी तरफ़ न देखकर, अनवस्थित, उत्कंठित भाव से काउंटर की ओर देखते पकड़ा था। उसने अपना सूप समाप्त कर लिया था और सम्भवत: सोच रहा था कि अब क्या परोसा जाएगा। शायद वह भी, कुछ दूसरे पुरुषों की तरह, अपने खाने का तुरन्त न परोसा जाना अपमान की तरह लेता था।

नैन्सी की पकड़ से नूडल बार-बार फिसलते जा रहे थे।

"और हे भगवान, मैं सोचती रहती कि क्या कर रही थी मैं यहाँ? सब लोग कहते कि मुझे घूमने जाना चाहिए। विल्फ़ का स्वास्थ्य कई सालों तक गड़बड़ चला था और मैंने घर पर ही उसकी देखभाल की थी। और उसकी मृत्यु के बाद लोगों ने कहा कि मुझे घर से बाहर निकलकर दूसरे कामों से जुड़ना चाहिए। सीनियर सिटिज़नों के पुस्तक क्लब के साथ, सीनियर प्रकृति भ्रमण करने तथा वाटर कलर बनाने वालों के साथ, यहाँ तक कि सीनियर स्वयंसेवकों के साथ भी, जो अस्पतालों में जाते हैं और बेचारे मरीज़ों के आराम में खलल डालते हैं। तो जब मुझे नहीं लगा कि मैं उसमें से कुछ भी कर सकती हूँ, तो बस हर आदमी मेरे पीछे पड़ गया कि घर से बाहर निकलो, बाहर निकलो। मेरे बच्चे भी कहें कि मुझे घर के काम से छुट्टी की ज़रूरत है। तो मैं बहुत दुविधा में थी और समझ ही नहीं पा रही थी कि क्या करूँ, कहाँ जाऊँ? तभी किसी ने कहा, ठीक है, तुम समुद्री क्रूज़ पर चली जाओ। तो मैंने सोचा, ठीक है, मैं क्रूज़ पर चली जाती हूँ।"

"ख़ूब।" औली ने कहा, "अगर मेरी पत्नी नहीं रहती तो मैं शायद सोच भी नहीं सकता कि किसी क्रूज़ पर जाऊँ।"

नैन्सी ने फ़ौरन जवाब दिया, "बड़े समझदार हो तुम।"

उसने सोचा कि शायद औली, टेसा के बारे में कुछ कहे, लेकिन उसका मछली का खाना आ गया और उसका ध्यान उस ओर चला गया। उसने मनाने की कोशिश की कि नैन्सी भी थोड़ा-सा चखकर देखे।

नैन्सी ने नहीं चखा। वास्तव में, उसने कुछ भी खाने का विचार छोड़ दिया और सिगरेट सुलगा ली।

उसने कहा कि वह हमेशा प्रतीक्षा करती रहती थी कि औली का लिखा कोई दूसरा लेख, उस लेख के बाद जिसके कारण इतना हंगामा हो गया था, पढ़ने को मिले। पहले लेख से लगा था कि वह उदीयमान लेखक था।

एक क्षण के लिए वह उलझन में पड़ गया जैसे कि वह नैन्सी की बात समझ ही नहीं पा रहा था। फिर कुछ विस्मित-सा हो सिर हिलाया, और कहा कि वह तो बहुत साल पुरानी बात है।

"जो मैं वास्तव में चाहता था वो कुछ और था।"

"क्या मतलब?" नैन्सी ने कहा, "तुम वैसे नहीं रहे जैसे थे। तुम कुछ बदल गए हो।"

"हाँ।"

"मेरा मतलब है, तुम्हारा शरीर कुछ बदल गया है। तुम्हारा गठन, तुम्हारे कन्धे भी, या मुझे ठीक याद नहीं है?"

औली ने कहा कि हाँ, बिलकुल ठीक है। उसको लगा था कि ज़िन्दगी थोड़ी और श्रमयुक्त होनी चाहिए। क्या नहीं। हुआ ये कि उसकी पुरानी बला वापस आ गई थी (नैन्सी ने अनुमान लगाया कि उसका मतलब पुराने क्षय रोग से था) और उसको लगा कि वह सब कुछ ग़लत कर रहा है, तो उसने अपनी जीवन शैली बदल दी। अब तो इस बात को बहुत साल हो चुके हैं। उसने नाव बनाने का काम सीखा। फिर वह एक आदमी के साथ काम पर लग गया जो गहरे समुद्र में मछलियाँ पकड़ता था। उसने एक करोड़पति की नावों की देखभाल भी की। ओरिगन राज्य में। कनाडा वापस लौटते समय एकाध जगह काम किया था, और कुछ समय के लिए वह यहाँ—वैंकूवर में—रहा और फिर उसने सीशेल्ट में थोड़ी ज़मीन ख़रीद ली—समुद्र तट पर, जब वह काफ़ी सस्ती थी। उसने किश्तियों का धन्धा शुरू कर दिया। नाव बनाना, किराये पर देना, बेचना, खेना सिखाना। फिर ऐसा समय आया कि उसको लगा कि सीशेल्ट में बहुत भीड़ भर गई है, और उसने अपनी ज़मीन एक दोस्त को कौड़ियों के भाव बेच दी। उसके विचार में वह अकेला व्यक्ति था जिसने सीशेल्ट में अपनी ज़मीन से पैसे नहीं बनाए।

"लेकिन मेरे जीवन में पैसों का कोई मूल्य नहीं।" उसने कहा।

उसने सुना था कि टेक्सेडा द्वीप पर ज़मीन ख़रीदी जा सकती थी। और अब मुश्किल से ही वहाँ से बाहर जाना होता था। जीवनयापन के लिए वह इधर-उधर के काम करता रहा था। कुछ किश्तियों का ही काम, और कुछ मछलियाँ पकड़ने का। उसने नाविक, राजमिस्त्री, बढ़ईगिरी की नौकरी भी की थी।

"काम चल जाता है।" उसने कहा।

उसने नैन्सी को अपने लिए बनाए घर का पूरा विवरण दिया। घर बाहर से एक झोपड़ी ही लगता था, किन्तु अन्दर से, कम-से-कम उसके लिए, बहुत आरामदेह

था। सोने के लिए एक मचान और छोटी-सी वृत्ताकार खिड़की। जिस चीज़ की ज़रूरत हो एक हाथ की दूरी पर, खुले में, कुछ भी आलमारी में नहीं। घर से थोड़ी ही दूर पर सुगन्धित पौधों की क्यारी के बीच ज़मीन में उसका नहाने का टब गड़ा था। वह जाड़ों में भी बालटी भर-भर के गर्म पानी वहाँ ले जाता और खुले आसमान के नीचे आराम से नहाता था।

वह सब्ज़ियाँ उगाता था, ख़ुद खाता और हिरणों को खिलाता था।

उसके यह सब सुनाते हुए नैन्सी को कुछ खटक रहा था। औली की बात में एक बड़ी असंगति के बावजूद यह केवल अविश्वास की भावना नहीं थी। नैन्सी की दुविधा धीरे-धीरे निराशा में बदल गई। औली का बात करने का ढंग कुछ दूसरे पुरुषों जैसा था। (उदाहरणार्थ, नैन्सी ने एक पुरुष से क्रूज़ के दौरान कई बार बातचीत की थी। जहाज़ पर वह इतनी एकान्तप्रिय, उसका व्यवहार इतना रूखा नहीं था, जैसा कि उसने औली को बताया था।) बहुत से पुरुष अपने जीवन के बारे में, इससे अधिक कि क्या कब हुआ और कहाँ हुआ, एक शब्द नहीं कहते। लेकिन कुछ थे जो इस तरह की सहज बातचीत को भी पहले से सोची हुई कहानियों में बदल देते थे। कि उनके जीवन की राह कठिनाइयों से भरी ज़रूर थी, लेकिन प्रत्येक दुर्भाग्यपूर्ण घटना अच्छाई की दिशा में ही थी, उससे उन्होंने ज़िन्दगी के सबक सीखे थे, और इसमें कोई शक नहीं कि अन्ततः सुबह ख़ुशियाँ लेकर ही आई थी।

उसे दूसरे लोगों से इस प्रकार की बातों से कोई शिकायत नहीं थी—वह उन्हें हमेशा अनसुना कर सकती थी—किन्तु जब औली ने छोटी-सी जर्जर मेज़ पर पत्तर में रखे विचित्र सी मछली के टुकड़ों पर झुके हुए ऐसा किया, तो उसके अन्दर उदासी की लहर दौड़ गई।

वह बदल चुका था। वह सचमुच बदल चुका था।

और वह? अरे, समस्या तो यह थी कि वह ख़ुद भी तो ऐसी ही थी। अपने क्रूज़ का वर्णन करते हुए वह बहुत उत्साहित हो गई थी—उसे ख़ुद अपनी बातों को सुनने में मज़ा आ रहा था। ऐसा नहीं कि औली से वास्तव में वह ऐसे ही बातें किया करती थी—बल्कि ऐसे बात करना चाहती थी और उसका साथ छूटने के बाद कभी-कभी उससे अपने ख़यालों में बात कर भी चुकी थी। (हाँ, तब तक नहीं जब तक औली पर उसका क्रोध ख़त्म नहीं हो गया।) कई बातों के बारे में वह सोचती, काश मैं औली को इस बारे में बता पाती। जब उसने दूसरे लोगों से इस तरह बात करनी चाही तो वह कुछ अधिक ही कह गई। वह साफ़ देख सकती थी कि वे उसकी बातों को तानों, शिकायतों और कटुता से भी भरी पा रहे हैं। विल्फ़ ने उसके बारे में ऐसा कभी नहीं कहा था, लेकिन क्या पता उसने क्या सोचा हो। जिनी मुस्कुरा देती, लेकिन उस तरह नहीं जिस तरह वह मुस्कुराया करती थी। अपनी अविवाहित अधेड़ावस्था में वह कुछ उदारमना और सहनशील तो हो गई थी

पर जैसे कोई रहस्य छुपाए थी। (रहस्य उसकी मृत्यु से कुछ पहले ही सामने आया जब उसने स्वीकार किया कि वह बौद्ध हो गई थी।)

तो नैन्सी ने औली को बहुत याद किया था बिना यह जाने हुए कि ऐसा क्या था जिसके कारण वह औली को इतना याद कर रही थी। औली के व्यवहार में एक रहस्यमय बेचैनी थी, जिसे वह कभी ठीक से समझ न सकी। उसकी जो बातें उनकी जान-पहचान के छोटे से समयकाल में उसे परेशान करती थीं, बाद में केवल वही उसे याद रहीं।

अब वह उसकी आँखों में देख मुस्कराते हुए गंभीरतापूर्वक बात कर रहा था। नैन्सी को याद आया वह कैसे अपनी बातों से लोगों को मोह लेता था। पर उसको नहीं, केवल दूसरों को।

उसे आशंका हुई कि कहीं वह ऐसा न कहे, "अपनी बातों से तुमको कहीं ऊबा तो नहीं रहा हूँ?" या फिर, "जीवन में कैसे अद्भुत संयोग आते हैं, हैं कि नहीं?"

"मैं अपने को ख़ुशक़िस्मत समझता हूँ।" औली ने कहा, "मैं जानता हूँ कुछ लोग ऐसा नहीं मानेंगे। वे कहेंगे कि मैं जीवन में कुछ कर नहीं सका, या यह कि मैंने कोई धन नहीं कमाया। वे कहेंगे मैंने वह सारा समय बरबाद कर दिया। लेकिन यह सच नहीं है।"

"मैंने अन्त:करण की पुकार सुनी।" उसने भौंहें उचका अपनी बात पर ही ज़रा मुस्कुराकर कहा, "वास्तव में सुनी। बन्धनों से मुक्त होने की पुकार। कुछ बड़ा करके दिखाने के बन्धन से मुक्ति की, अपने अहंकार से मुक्त होने की। भाग्य मेरे साथ था। यह भी मेरा सौभाग्य ही था कि मुझे क्षय रोग हो गया था। इससे मैं पढ़ने कॉलेज जाने से बच गया जहाँ मेरे सिर में सारी व्यर्थ की बातें भर दी जातीं। और अगर युद्ध जल्दी छिड़ गया होता तो भी इसने मुझे फ़ौज में भर्ती किए जाने से बचा लिया होता।"

"उससे तो तुम वैसे भी बच जाते क्योंकि तुम शादी कर चुके थे।" नैन्सी ने कहा।

(एक बार तो वह किसी सनक में विल्फ़ से कह बैठी थी कि यह भी कोई शादी करने का कारण हो सकता है।)

"दूसरे क्या सोचते हैं उसे मैं बहुत महत्त्व नहीं देता हूँ।" विल्फ़ ने कहा था। उसने कहा था वैसे भी युद्ध नहीं होने जा रहा था। (और अगले दशक तक कोई हुआ भी नहीं था।)

"हाँ, सच है।" औली ने कहा, "लेकिन असल में वह कोई पूरी तरह क़ानूनी बात नहीं थी। मेरा सोच समय से आगे था, नैन्सी। लेकिन मैं यह हमेशा भूल जाता हूँ कि असल में मैं पूरी तरह शादीशुदा था ही नहीं। शायद इसलिये कि टेसा बहुत गहरी और गम्भीर प्रकृति की औरत थी। उसका साथ देने का अर्थ उसका पूरी तरह से साथ देना था। टेसा के लिए आधा-अधूरा कुछ नहीं था।"

"तो।" नैन्सी ने जितनी सहजता से कह सकती थी, कहा, "तो तुम और टेसा...।"

"वह 1929 वाला आर्थिक विध्वंस था जिसने सब कुछ बिगाड़ दिया।" औली ने कहा।

उसका अभिप्राय था, वह कहता गया, कि टेसा जैसे मामलों में वैज्ञानिकों की रुचि कम हो गई और फलस्वरूप परीक्षणों के लिए निधिकरण धीरे-धीरे बन्द हो गया। लोगों की सोच बदल रही थी और उसके साथ बढ़ी थी अब निरर्थक समझे जाने वाले विषयों के प्रति वैज्ञानिक समुदाय की उदासीनता। कुछ समय के लिए, पर संयोजित रूप से नहीं, कुछ जाँच का काम चलता रहा, उसने कहा, और यहाँ तक कि वे लोग जो सबसे अधिक रुचि ले रहे थे और प्रतिबद्ध थे—वे लोग जिन्होंने उससे सम्पर्क किया था, औली ने कहा, ऐसा नहीं था कि उसने उनसे सम्पर्क किया था—वे लोग साथ छोड़ने वालों में सबसे आगे थे। उन्होंने पत्रों के उत्तर देना या सम्पर्क रखना छोड़ दिया। अन्तत: उन्होंने अपने मातहतों से एक पत्री भिजवा दी कि परीक्षणों की योजना ख़त्म हो चुकी है। एक बार हवा बदलने के बाद, उन लोगों ने उसके और टेसा के साथ बिलकुल कूड़े-सा व्यवहार किया था जैसे कि वे कोई मुसीबत हों और मौक़ापरस्त लोग हों।

"शिक्षाविद् ऐसे ही होते हैं।" उसने कहा, "और हमने अपने को शोध के लिए उनके हवाले कर दिया था। मेरे लिए वे सब तो बेकार के लोग हैं।"

"मैं समझती थी तुम्हारा सम्पर्क अधिकतर डॉक्टरों से था।"

"डॉक्टर, शिक्षाविद्, अपना फ़ायदा चाहते लोग।"

इन पुराने ज़ख्मों और अप्रिय यादों को भुलाने के लिए नैन्सी ने उससे परीक्षणों के बारे में पूछा।

परीक्षणों में अधिकतर कार्ड प्रयोग किए जाते थे, अपरसंवेदना शोध के लिए बनाए विशेष कार्ड। वृत्त, तारक, लहरिया लकीरें, वर्ग और क्रास के चिह्न वाले। वे सभी चिह्नों का एक कार्ड मेज़ पर रखते थे, फिर शेष कार्डों की गड्डी को फेंटकर उलटा रखा जाता था। टेसा का काम यह बताना था कि उसके सामने रखे चिह्नों में से कौन सा चिह्न गड्डी के सबसे ऊपर वाले कार्ड पर बना है। यह प्रत्यक्ष मिलान प्रयोग था। अप्रत्यक्ष मिलान प्रयोग भी ऐसा ही था, केवल यह अन्तर था कि पाँचों चिह्नित कार्ड भी उलटे करके रखे होते थे। अन्य परीक्षण अधिक चुनौतीपूर्ण थे। कई बार पाँसे या सिक्के प्रयोग किए जाते थे। कभी कुछ भी नहीं, केवल काल्पनिक छवियों की श्रृंखला, कुछ भी लिखा हुआ नहीं। कभी परीक्षण का विषय और परीक्षणकर्ता एक ही कमरे में, या कभी अलग कमरों में, या कभी एक-चौथाई मील दूर।

तब टेसा की सफलता की दर उन परिणामों से मापी जाती थी जो आप केवल संयोग से पाएँगे। जो कि सम्भाव्यता के नियम के अनुसार बीस प्रतिशत थी।

कमरे में केवल एक कुर्सी, एक मेज़ और एक प्रकाश के स्रोत के अतिरिक्त और कुछ नहीं। पुलिसिया पूछताछ के कमरे की तरह। टेसा वहाँ से बिलकुल निचुड़ी हुई निकलती थी। वे चिह्न घंटों उसकी आँखों के सामने रहते। सिर दर्द शुरू हो जाता था।

और परिणाम अनिर्णायक निकलते थे। हर प्रकार की आपत्तियाँ उठाई जाती थीं, टेसा को लेकर नहीं बल्कि क्या प्रयोगविधि तो त्रुटिपूर्ण न थी। ऐसा कहा गया कि लोग कुछ चीज़ों को वरीयता देते थे। उदाहरण के लिए, जब आप सिक्का उछालेंगे, तो अधिकांशत: लोग पट की अपेक्षा चित्त चुनेंगे। और इसके अतिरिक्त जैसा उसने पहले कहा था, तब के बौद्धिक वातावरण में लोग ऐसे परीक्षणों को निरर्थक बताने पर तुले हुए थे।

अँधेरा हो रहा था। भोजनालय के दरवाज़े पर 'बन्द' का बोर्ड लगा दिया गया था। औली को बिल पढ़ने में परेशानी हो रही थी। मालूम पड़ा कि जिस कारण से वह वैंकूवर आया था, चिकित्सा सम्बन्धी समस्याएँ, वह उसकी आँखों से सम्बन्धित थीं। नैन्सी हँस पड़ी, और उससे बिल ले लिया, और चुका दिया।

"क्यों नहीं चुकाऊँ—मैं एक धनवान विधवा नहीं हूँ?"

फिर, चूँकि उनकी बातचीत अभी समाप्त नहीं हुई थी—नैन्सी के हिसाब से समाप्ति के आस-पास भी नहीं थी—वे कॉफ़ी पीने के लिए उसी सड़क पर स्थित डेनी नाम के रेस्तराँ में चले गए।

"शायद तुम किसी बेहतर जगह जाना चाहोगी?" औली ने कहा, "शायद तुम शराब पीने की सोच रही थीं?"

नैन्सी ने फ़ौरन कहा कि वह जहाज़ पर इतनी शराब पी चुकी थी कि कुछ समय के लिए काफ़ी था।

"मैं इतनी पी चुका हूँ कि वह मेरे जीवन भर के लिए काफ़ी है।" औली ने कहा, "पन्द्रह साल पहले मैंने छोड़ दी थी। ठीक पन्द्रह साल, नौ महीने। किसी के महीने गिनने से ही आप समझ सकते हैं कि वह कितना बड़ा पियक्कड़ रहा होगा।"

अध्यात्म-मनोवैज्ञानिकों के साथ उन सारे परीक्षणों के दौरान उसने और टेसा ने कुछ मित्र बना लिए थे। वे ऐसे लोगों से मिले थे जो अपनी जीविका ऐसे ही दिमाग़ी करतब दिखाकर चलाते थे। और उसे भविष्यकथन, या मनोभाव विद्या, या दूरानुभूति, या अतींद्रिय मनोरंजन कहते थे। कुछ बाज़ारों की दुकानों के एक भाग में या घर से ही यह धन्धा सालों से कर रहे थे। ये लोग भविष्य बताने के, ज्योतिष के काम के, और आध्यात्मिक चिकित्सा के व्यक्तिगत परामर्श देते थे। अन्य सार्वजनिक प्रदर्शन करते थे—शिक्षात्मक व्याख्यान और वाचन और शेक्सपीयर के नाटकों के कुछ

दृश्य और कोई शास्त्रीय गायन और यात्राओं के चित्रों से युक्त प्रदर्शन। दूसरी तरह के लोग मेलों में जाकर नौटंकी और सम्मोहन विद्या के प्रदर्शनों में अपने करतब दिखाते थे जहाँ मंच पर सर्प लपेटे अर्धनग्न औरतें भी दिखाई देती थीं।

स्वाभाविक था कि औली और टेसा अपने आपको पहली तरह के लोगों में मानते थे। वे तमाशा दिखाना नहीं जनता को शिक्षित करना चाहते थे। किन्तु यहाँ भी क़िस्मत ने उनका साथ न दिया। उनके जैसे प्रर्दशनों में लोगों की रुचि लगभग समाप्त हो गई थी। आप अब रेडियो पर ही संगीत सुन सकते थे और काफ़ी कुछ सीख भी सकते थे। और जितने यात्रा वृत्तान्त देखने-सुनने चाहें, चर्च के हॉल में होने वाले आयोजनों में देख सकते थे।

उनके पास पैसे बनाने का एक ही रास्ता बचा कि वे नगर-नगर घूमकर टाउन हॉलों में या शरद में लगने वाले मेलों में अपने कार्यक्रम दिखाने वाले एक दल में सम्मिलित हो जाएँ। उन्होंने सम्मोहन करने वालों और सर्प कन्याओं और भांडों और पंखों में लिपटी स्ट्रिपटीज़ करने वालियों के साथ कार्यक्रम किए। इस तरह के कार्यक्रम भी धीरे-धीरे कम प्रचलित हो रहे थे, किन्तु युद्ध छिड़ जाने के साथ इनमें एक नई जान आ गई। पेट्रोल पर राशन लग जाने के कारण लोगों के लिए शहर के रात्रिकालीन क्लबों या बड़े सिनेमा घरों में जाना मुश्किल हो गया। और टेलीविज़न तब तक आया नहीं था जो जादू से घरों पर अपने आरामदेह सोफ़ों में बैठे लोगों का मनोरंजन करता। पचास के दशक के आरम्भ में टेलीविज़न पर एड सलिवेन इत्यादि के कार्यक्रम आने पर सही में उनके प्रदर्शनों का अन्त हो गया।

फिर भी कुछ समय तक काफ़ी भीड़ इकट्ठा हो जाती, पूरा हॉल भर जाया करता था—औली को भी मज़ा आता जब वह पहले कथानक सम्बन्धी छोटे व्याख्यानों के साथ मजमा बाँधता। और जल्दी ही वह भी तमाशे का हिस्सा बन गया। जिस प्रदर्शन को अब तक टेसा अकेले करती थी, उसे उन्होंने रहस्य, रोमांच और नाटकीयता का पुट देकर रोचक बनाया। प्रदर्शन का एक और पहलू भी था। जहाँ तक शारीरिक श्रम और उत्साह की बात थी, टेसा निभा ले जाती थी परन्तु उसकी मानसिक शक्तियाँ या जो कुछ भी वे थीं, बहुत विश्वसनीय नहीं साबित हुईं। उससे ग़लतियाँ होने लगीं। उसे एकाग्रचित्त होने के लिए यत्न करना पड़ता था जो उसने पहले कभी नहीं किया था, और अक्सर उससे भी काम नहीं चलता था। सिर दर्द की समस्या भी बनी रही।

जैसा कि अधिकतर लोग सन्देह करते हैं, यह सही था कि ये सब प्रदर्शन छल से भरे, झूठ से भरे, धोखे से भरे थे। कभी-कभी तो इसमें धेला भर भी सच नहीं था। लेकिन फिर भी लोग—अधिकांश लोग—सोचते हैं कि क्या पता इसमें कभी कुछ सच भी हो, सब सिर्फ़ झूठ नहीं हो। टेसा जैसी ईमानदार कलाकार लोगों की इस अपेक्षा के बारे में जानती थी और उसे समझती थी—उससे अच्छा कौन समझ

सकता था? इसलिए वे थोड़े छल और थोड़े तमाशे को मिलाकर यह सुनिश्चित कर लेते थे कि परिणाम दर्शकों की अपेक्षा के अनुसार हो। क्योंकि प्रत्येक रात, प्रत्येक प्रदर्शन में दर्शकों की अपेक्षा पूरी करनी पड़ती थी।

कभी-कभी प्रदर्शन की विधि बिलकुल भोंडी होती थी, प्रत्यक्ष जैसे कि उस बक्से के दो गुप्त भाग, जिस जादू में लड़की को आधा काट दिया जाता है। छुपा हुआ माईक। मंच पर प्रदर्शन कर रहे व्यक्ति और उसके सहायक के बीच गुप्त संकेत सबसे अधिक कारगर थे। ये गुप्त संकेत बनाना अपने आपमें एक कला थी।

नैन्सी ने पूछा, उसके और टेसा के गुप्त संकेत भी ऐसी कला थे?

"कई प्रकार के संकेत थे।" औली ने कहा। उसके चेहरे पर चमक आ गई थी, "बारीकी से सोचे हुए।"

फिर उसने कहा, "असल में हम अपने हिसाब से कुछ भी बना लेते थे। मेरे पास एक काला लबादा था जो मैं मंच पर पहनता था—"

"औली, सचमुच। काला लबादा?"

"हाँ। काला लबादा। पहले टेसा की आँखों पर पट्टी बाँध दी जाती थी—दर्शकों में से ही कोई आकर बाँधता था, और यह सुनिश्चित करता था कि वह अब कुछ देख नहीं सकती। फिर मैं दर्शकों में से किसी को बुला लेता और लबादा उस आदमी या औरत पर लपेट दिया करता। फिर मैं टेसा को पुकारकर पूछता, "कौन है लबादे में? या 'कौन व्यक्ति है लबादे में?' या मैं कहता था 'कोट' या 'काला कपड़ा'। या 'कौन है मेरे साथ?' या 'तुम्हें क्या दिख रहा है?' 'बालों का रंग क्या है?' 'लम्बा है कि छोटा?' मैं शब्दों के प्रयोग से ही उसे संकेत दे सकता था, अपनी आवाज़ में हलका-सा अन्तर लाकर भी। फिर उस व्यक्ति के बारे में दूसरे प्रश्न करता। यह केवल शुरुआत थी।"

"तुम्हें इसके बारे में लिखना चाहिए।"

"चाहता तो था। मैंने 'जादू बेनकाब' क़िस्म का लेख लिखने के बारे में सोचा था। लेकिन फिर मैंने सोचा कौन परवाह करेगा? कुछ लोग चरके में आना चाहते हैं, कुछ नहीं—सबूत हो-न-हो। एक और चीज़ जो मैंने सोची कि एक रहस्यात्मक उपन्यास लिखूँ। वह स्वाभाविक बात होती। मैंने सोचा कि उससे काफ़ी पैसे बन जाएँगे और हम लोग यह धन्धा बन्द कर सकेंगे। और मैंने एक फ़िल्म की स्क्रिप्ट के बारे में भी सोचा। क्या तुमने फ़ेलिनी द्वारा निर्मित कोई फ़िल्म देखी है—?"

नैन्सी ने कहा, "नहीं।"

"छोड़ो, बेकार की बात। मेरा मतलब फ़ेलिनी से नहीं बल्कि उस समय जो विचार मेरे मस्तिष्क में था। उससे था।"

"मुझे टेसा के बारे में बताओ।"

"मैंने तुमको पत्र लिखा तो होगा। मैंने तुम्हें लिखा नहीं था क्या?"

"नहीं।"

"मैंने विल्फ़ को लिखा होगा।"

"मेरा ख़याल है, वह मुझे बता देता।"

"अच्छा। शायद मैंने नहीं लिखा। उन दिनों मैं काफ़ी परेशान था।"

"कौन सा साल था?"

औली याद नहीं कर सका। कोरिया का युद्ध चल रहा था। हेरी ट्रूमन राष्ट्रपति थे। पहले ऐसा लगा कि टेसा को केवल इंफ़्लुएज़ा है। लेकिन वह ठीक नहीं हुई, और कमज़ोर होती चली गई, और उसका शरीर अजीब से चकत्तों से भर गया। उसे ल्यूकेमिया हो गया था।

गर्मियों में मौसम के कारण वे पहाड़ों के एक शहर में प्रदर्शन करते रहे। उन्हें सर्दियों से पहले केलिफ़ोर्निया पहुँचने की आशा थी। किन्तु वे अपने अगले प्रदर्शन में भी नहीं जा सके। उनके दल के लोग बिना उनको साथ लिए ही चले गए। औली को शहर के रेडियो स्टेशन पर कुछ काम मिल गया। टेसा के साथ काम करते-करते उसका तलफ़्फुज़ काफ़ी अच्छा हो गया था। वह समाचार पढ़ता था तथा विज्ञापन भी। कुछ विज्ञापन उसने ख़ुद लिखे थे। रेडियो स्टेशन का इस काम के लिये नियमित कर्मचारी शराब की लत की चिकित्सा के लिए अस्पताल में भर्ती था।

वह और टेसा होटल छोड़कर एक फ़्लैट में रहने लगे। वहाँ एअर कंडीशनर होने का तो सवाल नहीं था, किन्तु सौभाग्य से एक बारजा था जिस पर पेड़ की छाया पड़ती थी। उसने एक सोफ़ा वहाँ रख दिया था ताकि टेसा को ताज़ी हवा मिल सके। वह टेसा को अस्पताल नहीं ले जाना चाहता था—पैसों की समस्या थी ही, क्योंकि उनका किसी प्रकार का कोई बीमा तो था नहीं—लेकिन उसने यह भी सोचा कि घर पर टेसा को पेड़ की छाया में अधिक शान्ति मिलेगी। अन्ततः उसको भर्ती कराना ही पड़ा और केवल चन्द सप्ताह के अन्दर उसकी मृत्यु हो गई।

"क्या वह वहीं पर दफ़न है?" नैन्सी ने कहा, "तुमने यह नहीं सोचा कि हम तुम्हें पैसे भेज देते?"

"नहीं।" उसने कहा, "नहीं, दोनों बातों के उत्तर में। मेरा मतलब मैंने तुमसे पूछने के बारे में सोचा भी नहीं। मुझे लगता था यह मेरी ज़िम्मेदारी थी। और मैंने उसका दाह-संस्कार करवाया। उसकी अस्थियों के साथ शहर छोड़ समुद्र तट चला गया। वास्तव में यह उसकी अन्तिम बात थी जो उसने मुझसे कही थी, कि वह चाहती थी कि उसका दाह-संस्कार हो और उसकी अस्थियाँ प्रशान्त महासागर की लहरों पर बिखेर दी जाएँ।"

तो उसने वैसा ही किया था, औली ने कहा। उसे सब कुछ याद था, ओरिगन का किनारा, सड़क के साथ लम्बी समुद्र तट की पट्टी, प्रातःकालीन धुन्ध और ठंड का एहसास, समुद्री जल की गन्ध, लहरों का उदास कोलाहल। उसने अपने

जूते और मोज़े उतार दिए और पतलून को ऊपर मोड़कर पानी में उतर गया। और समुद्री पंछी उड़ते हुए उसके पास आ गए थे कि शायद उसके पास खाने के लिए कुछ हो। लेकिन केवल टेसा ही थी उसके पास।

"टेसा—" नैन्सी ने कहना चाहा। लेकिन फिर आगे नहीं बोल सकी।

"उसके बाद मुझे शराब की लत लग गई। किसी तरह जीता रहा लेकिन मेरा अन्तरतम पत्थर बन गया था। एक दिन मुझे उस हालत को बदलना ही पड़ा।" उसने नैन्सी की तरफ़ न देखकर नज़रें नीची रखीं। ख़ामोशी के कुछ पलों में वह राखदानी को अपनी उँगली से नचाता रहा।

"मेरा ख़याल है कि तुम समझ गए थे कि जीवन जीना ही पड़ता है।" नैन्सी ने कहा।

उसने आह-सी भरी। कुछ दर्द में और कुछ राहत में।

"कहना आसान है, नैन्सी।"

वह नैन्सी को लेकर वापस होटल आ गया जहाँ वह ठहरी हुई थी। गाड़ी के ढीले कल-पुर्जे बुरी तरह बज रहे थे, और पूरी गाड़ी में थरथराहट और खड़खड़ाहट मची हुई थी।

होटल कोई बहुत महँगा या नफ़ीस नहीं था—न कोई दरबान था, न ही आगन्तुक कक्ष में महँगे फूलों के गमले। फिर भी जब औली ने कहा, "कि वह शर्त लगा सकती है कि ऐसी खटारा गाड़ी यहाँ कभी नहीं आई होगी।" तो नैन्सी को उसके समर्थन में हँसना ही पड़ा।

"तुम्हारी वापसी की नौका का क्या हुआ?"

"छूट गई। सदियों पहले।"

"कहाँ सोओगे तुम?"

"हॉर्सशू की खाड़ी में दोस्त हैं या अगर मुझे उनको जगाना अच्छा नहीं लगा, तो गाड़ी में ही सो जाऊँगा। मैं पहले भी कई बार इसमें सो चुका हूँ।"

नैन्सी के कमरे में दो पलंग थे। औली को साथ अन्दर ले जाते हुए लोगों की निगाहें उस पर उठ सकती थीं, लेकिन वह उन्हें झेल सकती थी। कोई भी कुछ सोचे, सच्चाई उससे कोसों दूर होगी।

नैन्सी ने कुछ कहने के लिए साँस ली।

"नहीं, नैन्सी।"

पूरे समय वह प्रतीक्षा करती रही थी कि वह सच्चाई का एक शब्द तो कहे। पूरी शाम या शायद अपने जीवन का बहुत बड़ा भाग। वह प्रतीक्षा करती रही थी, और अब वह कह चुका था।

नहीं।

यह उस प्रस्ताव की अस्वीकृति स्वरूप लिया जा सकता था जो नैन्सी ने अभी किया ही नहीं था। इसे दम्भी अवांछनीय उत्तर समझा जा सकता था। किन्तु वास्तव में यह 'नहीं' नैन्सी के लिए उसकी भावनाओं की सहानुभूति में स्पष्टता से कही गई किसी भी बात की तरह था। नहीं।

वह कुछ भी कहने के ख़तरे को भली-भाँति समझ रही थी। उसकी अपनी चाहत का ख़तरा, क्योंकि वह स्वयं नहीं जानती थी कि वह किस प्रकार की चाहत है, किस चीज़ के लिए है। जो कुछ भी थी वे दोनों उससे सालों पहले दूर रहे थे और अब तो उन्हें उससे परे रहना ही पड़ेगा जबकि वे बूढ़े हो चुके हैं—बहुत अधिक बूढ़े भी नहीं, लेकिन इतने तो ज़रूर कि ऐसा व्यवहार भद्दा व बेतुका लगे। और इतने बदक़िस्मत कि सारा समय वे एक-दूसरे से झूठ बोलते रहेंगे।

वह ख़ुद अपनी ख़ामोशी में झूठ बोलती रही थी। और कुछ समय के लिए बोलती ही रहेगी।

"नहीं।" औली ने फिर कहा, धीरे से किन्तु बिना किसी संकोच के, "इसका नतीजा ठीक नहीं होगा।"

वास्तव में नहीं होता। और एक कारण था कि अपने घर पहुँचने के बाद पहली चीज़ जो वह करने जा रही थी वह मिशिगन में उस अस्पताल को लिखकर पता लगाना कि टेसा का क्या हुआ, और उसको वापिस घर पहुँचाना।

यात्रा कठिन नहीं है अगर आप बहुत भार लेकर न चलें।

काग़ज़ का वह टुकड़ा जो एडम और ईव ने उसको बेचा था, उसके जैकेट की जेब में रहा। घर पहुँचकर जब उसने अन्ततः उसे निकाला—उसने लगभग एक साल तक उस कोट को फिर नहीं पहना था—उस पर लिखे शब्दों से उसे और उलझन और परेशानी हुई।

यात्रा कठिन नहीं थी। मिशिगन को भेजा गया पत्र बिना खुले वापस आ गया था। उस प्रकार का कोई अस्पताल अब वहाँ था ही नहीं। लेकिन नैन्सी को पता चला कि वह फिर भी कुछ जानकारियाँ हासिल कर सकती थी, और उसने वह करने के लिए प्रयत्न भी आरम्भ कर दिया। अधिकारियों को लिखा जा सकता था, और पुराने रिकार्ड निकालवाए जा सकते थे। उसने हिम्मत नहीं हारी कि टेसा का पता नहीं लग सकता।

पर औली का पता न लगने की सम्भावना शायद उसे स्वीकार कर लेनी पड़ेगी। उसने टेक्सेडा द्वीप को पत्र भेजा था—इस विचार से कि सिर्फ़ जगह का नाम लिखना काफ़ी था, वहाँ इतने कम लोग होंगे कि नाम से ही किसी को ढूँढ़

पाना मुश्किल न था। लेकिन वह लिफ़ाफ़े पर लिखे इन शब्दों के साथ वापस आ गया—यहाँ नहीं रहते।

वह पत्र को खोलने और पढ़ने का साहस न जुटा पाई कि उसने उसमें लिखा क्या था। निश्चय ही ज़रूरत से ज़्यादा, उसे विश्वास था।

खिड़की की सिल पर मक्खियाँ

वह अपने घर के सूर्य-कक्ष में विल्फ़ की पुरानी आराम-कुर्सी पर बैठी हुई है। वह सोना नहीं चाहती। शरद् ऋतु की खुले आसमान की दोपहर ढलने को है—वास्तव में, आज ग्रे कप के मैच का दिन है, और उसको पॉटलक पार्टी में होना चाहिए था और टेलीविज़न पर सबके साथ खेल देखना चाहिए था। पर अन्तिम क्षण उसने क्षमा माँग ली थी। उसकी इस तरह की हरकतों के लोग आदी हो चुके हैं—पर कुछ अब भी कहते हैं वे उसके लिए परेशान रहते हैं। लेकिन जब कभी वह इन पार्टियों में जाती है तो पुरानी तरह व्यवहार करने लगती है और अपने को पार्टी की रौनक बनने से रोक नहीं पाती है। उसके बाद कुछ समय के लिए वे परेशान होना बन्द कर देते हैं।

उसके बच्चे कहते हैं कि आशा है कि वह यादों के सहारे नहीं जी रही है।

लेकिन उसका कहना है कि वह जो कर रही है—वह जो करना चाहती है अगर उसे करने का समय मिल जाए—यादों के सहारे न रहना बल्कि अतीत के पन्ने पलट उन्हें पढ़ने की कोशिश करना।

जब वह अपने आपको दूसरे कमरे में प्रवेश करते पाती है तो उसे लगता है कि वह सो नहीं रही है। सूर्य-कक्ष का उज्ज्वल कमरा जहाँ वह थी, अब किसी अन्धकार भरे गलियारे में बदल चुका है। एक कमरे के दरवाज़े में होटल की कुंजी वैसे लगी है जैसे कि वह समझती है कुंजियाँ लगी हुआ करती थीं, यद्यपि ऐसा उसने अपने जीवन में पहले कभी नहीं देखा।

मामूली से होटल में घिसे-पिटे सामान वाला कमरा। छत पर लटकती एक बत्ती, एक कपड़े टाँगने का डंडा जिस पर झूलते एक-दो घटिया हैंगर, गुलाबी और पीले फूलों वाला एक पर्दा जिसको खींचकर टँगे हुए कपड़ों को छुपाया जा सकता है। फूलदार कपड़ा कमरों में इसलिए प्रयोग किया गया होगा कि उससे कमरा रोशन या प्रफुल्लित लगे, लेकिन किसी कारणवश वह ठीक उलटा असर डाल रहा है।

औली जल्दी से पलंग पर अचानक धप से ऐसे लेट जाता है कि गद्दे के स्प्रिंग कराह उठते हैं। ऐसा लगता है कि वह और टेसा गाड़ी से अभी-अभी आए हैं, और सारे रास्ते गाड़ी उसी ने चलाई है। आज गर्मी और धूल ने उसे बुरी तरह थका दिया है। टेसा गाड़ी नहीं चला सकती। उसने कपड़ों के बक्से खोलने में

बहुत खटर-पटर की थी, फिर स्नानागार के विभाजन के लिए लगे हलके से पटरे के पीछे शोर मचाया था। जब वह बाहर आती है तो औली ऐसे दिखाता है कि वह सो रहा है, किन्तु अपनी अधखुली आँखों से उसको शृंगार मेज़ के दर्पण में देखते हुए देखता है जिस पर पीछे की परत ख़राब हो जाने के कारण जगह-जगह धब्बे उभर आए हैं। टेसा ने काली शॉल के साथ, जिस पर गुलाब बने हैं और जिसकी झालर आधा गज लम्बी है, काली बोलरो जैकेट और पीले साटन की टखने तक की लम्बाई वाली स्कर्ट पहन रखी है। उसकी पोशाकें उसकी अपनी कल्पना के अनुसार हैं, न वे मौलिक हैं और न सुन्दर। शृंगार के बावजूद उसका चेहरा फीका-सा है। उसके घुँघराले बाल सीधे खींचकर बँधे हुए हैं, और काली टोपी की तरह लग रहे हैं। आँखों के पपोटों पर नीलिमा है और पलकें सँवारी और काली की हुई हैं। जैसे कौए के पंख। पलकें उसकी बेरौनक आँखों को दी गई किसी सजा की तरह लग रही हैं। वास्तव में उसका पूरा का पूरा व्यक्तित्व उसके कपड़ों और उसके बाल और उसके शृंगार के बोझ तले दबा हुआ-सा लग रहा है।

औली की अनजाने में निकली कराह या शिकायत भरी आवाज़ उस तक पहुँचती है। वह बिस्तर तक आती है और झुककर उसके जूते खोलने लगती है।

औली उससे यह न करने के लिए कहता है।

"मैं एक मिनट में फिर बाहर जाऊँगा।" वह कहता है, "मुझे जाकर उनसे मिलना है।"

'उनसे' उसका मतलब दर्शकों या प्रदर्शन के आयोजक, वे जो भी हों।

वह कुछ नहीं कहती। वह दर्पण के सामने खड़े होकर अपने आपको देखती रहती है। उस पर अब भी उसकी पोशाक का और बालों—जो एक विग है—का बोझ है और हृदय से उमड़ती भावनाओं का भी। वह कमरे में इस तरह चक्कर लगाती है जैसे कि वहाँ उसे कई काम हैं, लेकिन वह कुछ भी करने के लिए ख़ुद को तैयार नहीं कर पाती।

जब वह औली के जूते उतारने के लिए झुकती है तब भी उसके चेहरे की तरफ़ नहीं देखती है। जिस क्षण बिस्तर पर लेट उसने अपनी आँखें बन्द कर ली थीं—वह सोचती है—यह उसकी आँखें में देखने से बचने के लिए ही किया होगा। वे एक पेशेवर युगल बनकर रह गए हैं, वे एक-दूसरे की साँसों की लय सुनते हुए सोते हैं और साथ खाते हैं और साथ ही यात्राएँ करते हैं। फिर भी वे एक-दूसरे की आँखों में—उन पलों को छोड़कर जब वे दर्शकों के प्रति साझी ज़िम्मेदारी से बँधे हुए हों—कभी नहीं, कभी नहीं देख सकते, इस डर से कि वे कुछ ऐसा देख लेंगे, जो बहुत भयंकर है।

धब्बेदार दर्पण वाली शृंगार-मेज़ के लिए दीवार के पास बहुत जगह नहीं है—उसका कुछ भाग खिड़की के आड़े आ गया है, जो अन्दर आ रहे प्रकाश को कम कर रहा है। एक क्षण को वह अनिश्चय से उसकी ओर देखती है, फिर वह उसको कुछ इंच कमरे में खिसकने के लिए उसके एक कोने पर ज़ोर लगाती है। कुछ पल साँस ले गन्दे जालीदार पर्दे को एक किनारे खींच देती है। वहाँ दूर के कोने पर खिड़की की सिल पर, ऐसी जगह जो आमतौर पर परदे और शृंगार-मेज़ के पीछे छिपी रहती, मरी हुई मक्खियों का छोटा-सा ढेर पड़ा है।

कोई जो हाल में ही इस कमरे में ठहरा था, समय काटने के लिए इन मक्खियों को मारता रहा था, उन क्षुद्र शरीरों को इकट्ठा कर उन्हें छिपाने के लिए उसे यह जगह मिल गई थी। वे एक तिकोन बनाकर रखी हुई थीं जो अब ढहने लगा था।

यह देखकर वह हल्के से चीख़ पड़ती है। घृणा से या चौंक के नहीं किन्तु आश्चर्य से, या आप कह सकते हैं हर्ष के साथ। ओह, ओह, आह। वे मक्खियाँ उसे वैसी ही सुन्दर लगती हैं जैसे कि उन्हें सूक्ष्मदर्शक से देखने पर जब वे नीली-हरी चमकीली आभायुक्त होती हैं, उनके पंख झिलमिलाती जाली जैसे। ओह, उसकी पुकार इस कारण से नहीं हो सकती कि उसने खिड़की की सिल पर कोई चमकीली आभायुक्त मक्खियाँ देखी हैं। उसके पास सूक्ष्मदर्शक यंत्र नहीं है और मरी हुई मक्खियाँ अपनी सारी आभा खो चुकी हैं।

ऐसा इसलिए हुआ क्योंकि वह इस कोने में छिपे हुए इन क्षुद्र शरीरों के क्षयोन्मुख ढेर पहले ही देख चुकी थी। उसने उनको शृंगार-मेज़ पर हाथ रखने और परदे को खिसकाने से पहले ही देख लिया था। वह जानती थी वे वहाँ थे, उसी तरह जैसे वह बहुत-सी बातें पहले से जानती थी।

लेकिन बहुत लम्बे समय से यह नहीं हुआ है। वह अब पहले से कुछ नहीं जान पाती है और केवल अपने प्रदर्शन की चालों और पूर्व निर्धारित संकेतों के ही भरोसे रह गई है। वह भूल चुकी है कि कभी उसके पास कोई और सिद्धि भी थी।

उसने अब विश्राम करने का यत्न करते औली को जगा दिया है। क्या है, वह पूछता है, किसी चीज़ ने तुम्हें काट लिया है? वह कराहते हुए खड़ा हो जाता है।

नहीं, वह कहती है। वह मक्खियों की ओर संकेत करती है।

मैं जानती थी वे वहाँ थीं।

औली उसी क्षण समझ जाता है कि टेसा के लिए इसका क्या महत्त्व है, कितनी राहत की बात है, लेकिन वह पूरी तरह से उसकी प्रसन्नता में भाग नहीं ले पाता। ऐसा इसलिए कि वह ख़ुद भी कुछ चीज़ें लगभग भूल चुका है—वह भूल चुका है कि उसे कभी सिद्धियों में विश्वास था, उसे अब केवल यही चिन्ता रहती कि उनकी चालबाज़ी ठीक से काम करती रहे।

तुम्हें कब मालूम चला?

जब मैंने दर्पण में देखा। जब मैंने खिड़की को देखा। मुझे मालूम नहीं कब।

टेसा बहुत प्रसन्न है। वह उन बातों को लेकर कभी प्रसन्न या अप्रसन्न नहीं होती थी जो वह कर सकती थी—वे बस हो जाती थीं। अब उसकी आँखें ऐसे चमक रही हैं कि जैसे उसने उन्हें रगड़कर धूल बाहर निकाल दी हो, और उसकी आवाज़ ऐसी निकल रही है कि जैसे उसने अपना गला जल से ताजा कर लिया हो।

हाँ, हाँ, वह कहता है। वह उसके पास आकर अपनी बाँहें उसके गले में डालकर अपना सिर उसके सीने पर इतनी ज़ोर से रगड़ती है कि औली की अन्दर की जेब में रखे काग़ज़ खड़खड़ा जाते हैं।

ये वे गुप्त काग़ज़ हैं जो उसे एक व्यक्ति ने दिए थे जो किसी शहर में उसको मिला था—एक डॉक्टर जो दौरे पर घूमते लोगों के लिए कुछ ऐसे काम कर देता था जो सामान्य चिकित्सा से अलग होते थे। उसने डॉक्टर को बताया था कि वह अपनी पत्नी के लिए परेशान है, जो बिस्तर में पड़ी एकाग्रता का यत्न करती घंटों एकटक छत को ताक़ती रहती है, और न जाने कितने दिनों तक, जितना दर्शकों के सम्मुख बोलना आवश्यक है, उसके सिवा एक शब्द नहीं बोलती (यह सारा सत्य है)। वह पहले अपने आपसे, फिर डॉक्टर से पूछ चुका है, कि कहीं उसकी पत्नी की असाधारण क्षमता ही उसके मस्तिष्क एवं व्यवहार में बढ़ता जा रहा असन्तुलन पैदा करने का कारण तो नहीं है। पहले भी उसको बुख़ारी दौरे पड़ चुके हैं, और उसे भय है कि वैसा ही कुछ दोबारा हो सकता है। वह बदमिज़ाज नहीं है या उसे कोई बुरी आदतें हैं, किन्तु वह सामान्य भी नहीं है और ऐसे निराले व्यक्ति के साथ रहना भी तनाव भरा हो सकता है, वास्तव में शायद उससे ज़्यादा तनाव भरा जितना कोई सामान्य व्यक्ति बर्दाश्त कर सकता है। डॉक्टर समझ जाता है और उसको एक जगह के बारे में बता देता है जहाँ टेसा को राहत देने के लिए भेजा जा सकता है।

वह उसके सीने से लगती है तो उसे डर लगता है कि वह अवश्य ही खड़खड़ सुन लेगी और पूछेगी कि यह आवाज़ कैसी है? वह नहीं बताना चाहता कि कुछ काग़ज़ हैं। फिर वह पूछेगी, कैसे काग़ज़?

लेकिन अगर उसकी पुरानी क्षमता सचमुच लौट आई है—वह टेसा के प्रति अपने उसी पुराने विस्मयजनक आदर भाव के साथ सोचता है—अगर वह वैसी ही हो गई जैसी वह हुआ करती थी, तो क्या यह सम्भव नहीं है कि वह बिना उन्हें देखे ही जान ले कि वे कैसे काग़ज़ हैं?

टेसा कुछ जानती तो है, लेकिन उसे न समझने का यत्न कर रही है।

क्योंकि यदि इसका अर्थ उसी पुरानी क्षमता की वापसी है, छिपी चीज़ों को देखकर उनके बारे में बता देने की क्षमता की, तो क्या उस क्षमता के बिना जीना अधिक उचित नहीं रहेगा? और क्या वह नहीं चाहेगी कि वह स्वयं उस क्षमता को विलीन हो जाने दे बजाय इसके कि क्षमता उसे छोड़ जाए?

वे कुछ और कर सकते हैं, वह सोचती है, वे किसी दूसरी तरह का जीवन जी सकते हैं।

औली अपने आपसे कहता है कि जितनी जल्दी हो सकेगा वह उन काग़ज़ों को नष्ट कर देगा। वह उस पूरे विचार के बारे में ही भूल जाएगा, वह भी आशा करने और सम्मान से जीने में समर्थ है।

हाँ। हाँ। टेसा को लगता है उसके चेहरे के दबने से खड़खड़ करती चीज़ से आती सब आशंकाएँ समाप्त हो गईं।

आसन्न संकट के स्थगन की अनुभूति वातावरण को सहज कर देती है। यह इतनी स्पष्ट, इतनी शक्तिशाली है कि नैन्सी को लगता है कि ज्ञात भविष्य इस आघात से सूखी हुई पत्तियों की तरह मुरझाकर यहाँ-वहाँ बिखर गया है।

किन्तु कहीं गहरी छुपी और प्रतीक्षारत एक अनिश्चितता की भावना भी है, जिसकी उपेक्षा करना नैन्सी तय कर चुकी है। उससे कोई लाभ नहीं है। उसे मालूम हो गया है कि अब वह उनसे जुड़ी नहीं रह सकती, कि वह उन दोनों को छोड़ केवल अपने जीवन में लौट आई है। ऐसा लगा कि किसी शान्त स्वभाव और संकल्पवान व्यक्ति—क्या वह विल्फ़ हो सकता है?—ने उसको उस घटिया हैंगरों और फूलदार पर्दोंवाले कमरे से निकालने का दायित्व ले लिया है। बहुत कोमलता से, किन्तु दृढ़ता के साथ वह नैन्सी को उस कमरे से बाहर ले जा रहा है जो उनके पीछे टूटकर बिखर रहा है और धीरे-धीरे जैसे कालिख और राख में परिवर्तित हो रहा है।

✪✪✪